JOSEPH JOFFO

La vieille dame de Djerba

JEAN-CLAUDE LATTÈS

A Liza,
ce livre qui lui doit tant.

I

Je ne cherchais pas l'Eden en débarquant à Djerba, cette île tunisienne, à l'entrée du golfe de Gabès, mais seulement une terre agréable où passer mes vacances. Sur ce point j'étais comblé. Un ciel si haut, si léger, si transparent, qu'il n'y avait rien au-dessus de ma tête, seulement un vide infini; c'est ainsi que beaucoup se représentent l'éternité. Aucune pensée mystique ne me tourmentait. Je me voulais touriste, curieux de pittoresque et décidé à oublier tous mes soucis. Bains de mer et de soleil. Quand un ami me conseilla de visiter la synagogue de la Ghriba, je m'y rendis en amateur de beautés antiques beaucoup plus qu'en pèlerin.

Cette visite à la Ghriba ne devait guère différer, en mon esprit, de celle au Musée des Arts et Traditions populaires, ou à ces ateliers de poteries de Guellala où les guides ne manquent pas de conduire les touristes. Je souhaitais tout connaître de l'île, étant très amateur de folklore.

Arrivé en vue de la synagogue, au village de Hara Séghira, un peu après midi, je commençai, en voyageur banal, par m'offrir un bon déjeuner, invitant mon guide à ma table. Hara Séghira est, depuis deux millénaires, peut-être davantage, un village juif; il ne cesse de se dépeupler depuis la création de l'Etat d'Israël. Quant à la synagogue, dite la Ghriba, ou la merveilleuse, elle est, quoique moins ancienne, parmi les plus vénérées : on la considère, dans toute l'Afrique du Nord, comme un des hauts lieux de la spiritualité juive. Assez déconcertante toutefois : elle ressemble, pierre pour pierre, à une mosquée. Mais n'a-t-on vu ailleurs des mosquées devenir synagogues et des synagogues devenir mosquées? Ce qui me surprit le plus, ce fut l'obligation de se déchausser pour y avoir accès : étrange concession au rite musulman. J'admirai à loisir des vitraux brillant de tous les feux de l'Orient, des carreaux de faïence que le guide affirmait dater de l'époque romaine et surtout, dans le sanctuaire, une merveilleuse Torah[1] en argent repoussé, qui compte parmi les plus antiques qui soient au monde; ce fut encore le guide qui me le dit. De vieux rabbins lisaient le texte sacré, chants et commentaires alternaient. Je me recueillis un instant.

Au sortir de la synagogue, la lumière m'aveugla. Je clignai des yeux et discernai sur le sol de la place le grouillement des mendiants. Arabes ou Juifs, rien ne les différenciait : même teint cuivré, même bouche mince, mêmes traits ravagés par la misère. Impossible de distinguer la lévite de la djellaba; les guenilles n'ont ni patrie ni religion. Soudain, parmi ces visages, ces habits, je distinguai une vieille femme d'une extraordinaire dignité. Son visage basané faisait ressortir la pureté de ses yeux, dont l'éclat était tempéré par une douceur mélancolique comme le souvenir

1. Livre sacré du peuple juif.

d'une patrie absente. Ce regard exprimait la joie de vivre et la bonté. Elle n'attendait plus rien de ce monde, semblait-il, mais elle était prête à donner ce qui lui restait de forces, simplement par générosité, par amour de son prochain. Pensée qui me vint à l'esprit, parce que, à la différence des autres mendiants, elle ne sollicitait pas les touristes et les fidèles qui sortaient de la synagogue. Je l'observai. Ses longs cheveux blancs couvraient ses épaules, présentant un vif contraste avec le noir de sa longue tunique, et elle me rappela un aigle noir à tête blanche que j'avais vu et dont on m'avait dit qu'il appartenait à une espèce en voie de disparition. Un vieil aigle, me dis-je donc, comme bientôt il ne s'en trouvera plus.

Nos regards se croisèrent; je détournai aussitôt le mien, gêné d'être surpris dans ma curiosité. Puis je songeai que l'occasion s'offrait de faire ma *mitzvah,* ma bonne action annuelle. Peut-être était-ce Dieu lui-même qui avait mis cette mendiante sur mon chemin pour m'aider à gagner ma petite place au Paradis. Je m'approchai donc de la vieille femme et glissai un billet de cinq dinars dans la poche de sa robe. Mais, au lieu de remercier, mon obligée sursauta et me prit la main, qu'elle serra avec violence.

« Non, non, pas toi! Mais, si tu as quelques instants à m'accorder, j'ai tant de choses à te dire... »

Elle voulut me rendre mon argent, que je refusai d'un geste de la main. Vivait-elle de la charité publique? Etait-elle la mère de quelque commerçant d'Hara Séghira? Peu m'importait... Je remarquai la propreté de sa robe taillée dans un assez beau tissu, la finesse de ses mains usées comme un vieux livre de prières. Mais une radoteuse, sans doute. Comme elle me tenait toujours, je me dégageai.

« Qu'as-tu donc à me dire? Nous ne nous connaissons pas. Garde les dinars et va boire un thé à la menthe. »

Je désignai l'hostellerie qui fait face à la synagogue; on y fait de bonnes affaires, surtout au trente-troisième jour qui sépare la Pâque de la Pentecôte juive, quand affluent les pèlerins. Mais ma fâcheuse me rabattit le bras.

« Si je te disais qui tu es, serais-tu convaincu?... Tu te nommes Joseph Joffo. »

Son ton affirmatif me troubla. Pas suffisamment toutefois pour m'empêcher de répliquer :

« Qu'est-ce que ça prouve? J'ai vu de faux sorciers faire ce numéro au music-hall. »

L'air brûlait et je me demandai si je n'étais pas victime d'une hallucination. Coup de soleil? Non, la vieille femme était vraiment présente, je sentais sa main sèche sur mon poignet. Je cherchai une explication raisonnable : sans doute m'avait-on délégué la voyante de service, gagée par le syndicat d'initiative. Mon nom, elle le connaissait très probablement par le guide, qui avait disparu, sans attendre que je lui donne un pourboire. Il s'était fait payer, avant notre départ pour la Ghriba, il est vrai, mais son pourboire, il y renonçait donc? Parbleu, il comptait sur la fausse devineresse pour gagner bien davantage. Dans le coup, tous les deux. Ne nous laissons pas faire. Cependant, la vieille reprenait, hâtivement, comme si elle voulait m'empêcher de réfléchir :

« Le nom de ta mère, le veux-tu aussi? Car je peux remonter loin, très loin, dans le temps. Et celui de ta grand-mère?... Ta grand-mère s'appelait Elisabeth Talchinski Markoff, je l'ai rencontrée à Kremantchik, dans une vie antérieure. »

J'en restai sans voix. Rêvais-je ? Inutile de me pincer, comme on le fait, paraît-il, pour s'assurer qu'on est vraiment éveillé : la main de la vieille dame se serra sur mon poignet, je la sentis avec une force que, même dans le pire cauchemar, je n'aurais jamais pu imaginer. Et puis ma grand-mère s'appelait vraiment Elisabeth Talchinski Markoff et je n'avais pas oublié le nom de son village natal : Kremantchik.

« Me feras-tu maintenant la grâce de m'écouter ? »

Ma bonne vieille me considérait en souriant : elle me savait convaincu, elle savait que j'écouterais sans me faire prier, que, si elle l'avait exigé, je lui aurais même donné tous mes dinars pour avoir le privilège d'entendre ses propos. Je l'emmenai hors de la fournaise, dans la pénombre de l'hostellerie dont le rez-de-chaussée était désert. Les clients devaient faire la sieste ou courir les routes. Un serveur se présenta, je commandai deux thés à la menthe et, quand les verres fumèrent sur notre table, je restai seul avec mon étrange inconnue, dans une odeur de bois verni et de safran.

II

« Je me nomme Liza, dit-elle dans le plus pur yiddish, mais je n'ai pas toujours vécu ici. Il n'y a pas très longtemps que je suis dans ce pays.

– Je ne demande qu'à te croire », murmurai-je, de plus en plus stupéfait, mais décidé à jouer le jeu.

Après tout, même si cette femme abusait de ma crédulité, je ne perdrais pas mon temps à l'écouter.

« Appelle-moi Liza.

– Eh bien, Liza, comment as-tu appris à parler si couramment la langue de nos pères? Où vivais-tu avant de venir à Djerba?

– Sache que ma vie se confond avec l'éternité des temps et que je parle aussi bien le yiddish, l'arabe, l'hébreu, le latin, le grec et l'araméen. Que les langues modernes elles-mêmes n'ont pas de secret pour moi. La première fois où je suis venue au monde, il n'y avait encore aucun homme sur la terre.

– Quoi! m'écriai-je avec frayeur. Serais-tu Lilith? »

Je m'écartai brusquement d'elle, prêt à jeter quelques dinars sur la table et à m'enfuir. Lilith la maléfique. Dans les temps très anciens, mes ancêtres les Hébreux écrivaient à la craie sur leurs portes : *Lilith, hors d'ici!* Car Dieu rata, si j'ose dire, sa première femme en créant d'abord Lilith, l'impérieuse, la dominatrice, la femme fatale, celle pour qui l'homme, par amour, se pervertit et se damne. Liza se mit à rire; je vis briller ses dents, très blanches, des dents de jeune fille, aussi belles que son regard.

« Rassure-toi. Si je ne suis fille d'Eve, puisque je l'ai devancée, j'appartiens à la même race. Lilith est, au contraire, une créature satanique. Notre divin Seigneur a beau être tout-puissant, il est probable qu'il a eu un moment de distraction dont le Diable a profité. Lilith sort de la main du Maudit, telle est, du moins, mon opinion. Je te jure que ce n'est pas mon cas, quoique je ne prétende pas être sans défauts. Si j'avais le moindre doute à ce sujet, je perdrais toute inquiétude au souvenir de mes multiples vies conjugales : il n'est aucun de mes maris que je n'aie rendu heureux. D'ailleurs, j'ai un peu connu Lilith et je t'affirme n'avoir jamais éprouvé pour elle une ombre de sympathie. Elle me jalousait parce que je l'avais précédée sur la planète, comme si j'étais femme à me prévaloir de cet avantage, en admettant que ce soit là un avantage. Dieu, qui est infaillible, n'a pas tardé à comprendre son erreur, son imprudence. Il l'a renvoyée au néant. »

En d'autres circonstances, de tels propos m'auraient paru absurdes, mais Liza parlait avec un tel calme, une telle assurance, que je ne pouvais douter de sa sincérité. Folle alors? Peut-être. Mais à la manière des prophètes, des grands esprits illuminés dont chacun se moque avant d'admirer les enseignements.

« Je ne demande qu'à te croire, Liza. Parle-moi de la terre avant la venue de l'homme. Tu as dû t'ennuyer...

– Pourquoi ? Je n'étais pas seule, je vivais familièrement avec les animaux. Je bavardais avec les oiseaux, qui avaient alors le don de la parole, un don qu'ils perdirent par la suite avec leurs dents. Mais je ne t'ai pas suivi ici pour te faire un cours sur l'évolution. Ecoute plutôt cette histoire. »

Il y a environ un demi-million d'années, j'ai vécu dans un curieux pays où le gouvernement interdisait le rêve à la population.

« Le rêve ! m'écriai-je. C'est impossible ! »

De grâce ! Ne me coupe pas la parole. Aujourd'hui, n'est-il pas des lieux où il est interdit de fumer ? Eh bien, dans ce royaume, il était, de par la volonté du monarque, interdit de rêver. Ne t'imagine surtout pas que les citoyens de ce pays étaient plus enclins au rêve qu'ailleurs... Le seul rêve admis était le cauchemar, car il ressemblait étrangement à leur vie quotidienne. Quant au rêve gai, chatoyant, ou rêve bleu, il était cruellement réprimé. Non sans raison : si l'un des malheureux sujets de ce royaume s'était imaginé, ne fût-ce qu'une minute, que le rêve pouvait devenir réalité ! Quelle source de difficultés pour un gouvernement qui se voulait sans défauts ! Cette interdiction me paraissait presque superflue pour cette excellente raison : nul n'avait le temps de rêver.

Les conditions de vie étaient alors terribles, les

pauvres gens subissant à peu près le sort de l'esclave, ce qui rendait très difficile l'obéissance aux trois prescriptions du Talmud que tu connais : se marier, avoir des enfants, construire sa maison. Passe encore pour le mariage, qui restait possible, les femmes n'étant pas rares. La paternité, c'était déjà plus ardu : la famine sévissant depuis plusieurs siècles, beaucoup d'enfants mouraient en bas âge. Quant au troisième commandement, on ne pouvait guère le suivre. Construire une maison, tout le petit peuple y aspirait, mais, quand, à force de labeur et de privations surhumaines, quelque malheureux, par miracle, y parvenait, les impôts l'accablaient et il se trouvait bientôt contraint à regagner sa hutte, dans les bois. Une maison en pierre incite à la rêverie et le gouvernement usait de tous les moyens pour empêcher les pauvres gens de rêver. Le rêve, en effet, ne hante guère les logis de branches et de boue sèche, où il vente et il pleut comme à ciel ouvert, ou peu s'en faut; ceux qui s'y abritent sont trop obsédés par la lutte contre les éléments pour laisser vagabonder leur imagination.

Seul avec quelques hauts dignitaires, le roi du pays occupait une demeure bâtie en pierre. Il y menait bonne vie avec sa nombreuse famille, servi par plusieurs dizaines d'esclaves. Ce somptueux palais aurait dû satisfaire son goût du faste; pour son malheur, il n'eut pas la sagesse de s'en contenter et il décida de se faire construire une autre résidence.

Ce roi, esprit des plus futiles, ne concevait pas qu'il bravait ainsi le Juge suprême. Il est, en effet, écrit « Construis ta maison » et non pas « *tes* maisons ». Vainement, des sages le mirent en garde; il tint tête à tous. Le monarque fit rassembler des hommes de peine plus habitués à entretenir les chemins forestiers qu'à édifier des demeures en pierre et les mit à l'ouvrage. Ce nouveau palais n'avait ni toiture de tuiles ou d'ardoises, ni contrevents, ni cage d'escalier; on eût plutôt dit une casemate, un énorme cube en troncs de chêne mal équarris et en gros cailloux. Le jour entrait par des ouvertures plus ou moins carrées, striées de barreaux en bois. Mais, aux yeux du potentat, cette construction, aussi sinistre que le vieux palais, présentait d'insignes avantages. D'abord, elle était à l'abri des regards indiscrets, loin des huttes où végétaient les faméliques; et puis elle s'élevait au milieu d'une forêt peuplée de milliers d'oiseaux. Qu'il faisait bon vivre dans cette forêt! Aux aurores, le roi partait à la chasse avec quelques fidèles. S'ensuivait une hécatombe de cerfs, chevreuils, sangliers, aurochs et autres animaux. Retour de la chasse, le roi festoyait en compagnie de ses courtisans.

Je te parle de tout cela en connaissance de cause, car je fus une des nombreuses épouses de ce monarque, ce dont je ne suis pas fière. Tu dois te douter que je n'avais pas fait là un mariage d'amour : mes parents m'avaient tout simplement vendue dès que j'eus l'âge de la puberté. Livrée à un colosse barbu, plus rude qu'une bête sauvage, je ne pouvais être heureuse. Nous n'en avions pas moins, les autres épouses, notre maître et seigneur, et moi-même, ce qu'on appelle « la belle vie ». Mais peut-on en jouir, lorsqu'on sait qu'il y a, autour de soi, des femmes et des enfants qui meurent de faim? J'avais mauvaise conscience, regrettant les temps où je vivais dans l'intimité des animaux qui n'avaient pas encore eu à souffrir de la présence de l'homme sur la terre.

Quant à mon mari, je puis affirmer que sa conscience ne l'empêchait pas de rêver. Ce monstre jouissait de chaque instant qui passe avec le plus parfait égoïsme, sans souci du lendemain, souhaitant seulement que rien ne vienne perturber ses plaisirs.

Etais-je plus généreuse que lui ? Ou seulement plus craintive ? J'avais idée que cela finirait mal. Je lui suggérai donc de se montrer plus tolérant avec ses sujets et de leur laisser leur part de rêve. Peine perdue.

« Un jour, la colère divine s'abattra sur toi », lui dis-je, à bout d'arguments.

Il me bourra les côtes en éclatant de rire.

« Pauvre sotte ! C'est Dieu lui-même qui a décidé que j'étais né pour la puissance, pour la bonne chère, l'oisiveté et la vie de plaisirs. Que mes sujets n'étaient dignes que des labeurs ingrats, des coups de bâton, de la famine et de la mort prématurée. Puisque le Seigneur l'a voulu ainsi, je me garderai de contester ses dispositions. C'est, au contraire, avec la plus grande humilité que j'accepte mon heureux sort et que j'exige que les gueux continuent de trimer pour expier leurs péchés et les miens, si toutefois il m'arrive d'en commettre. »

Naïveté ou cynisme, il était sincère. Je renonçai à toute discussion et les événements semblèrent lui donner, quelque temps, raison. Une population à qui le rêve est interdit ne peut se révolter : elle subit, courbant, chaque jour, plus bas l'échine. Dans la forêt et dans le palais, chasses et orgies se poursuivirent donc; je n'y participais guère, d'autant qu'une jeune épouse, Bourou, m'avait évincée dans la faveur royale, ce qui ne me peinait guère, car je n'éprouvais que dégoût pour cette brute couronnée.

Pendant six mois, le monarque ne m'adressa pas la parole. Il me tenait, sans doute, rancune de mes remontrances. Un soir où je marchais dans la forêt, rentrant au palais après avoir porté un peu de nourriture à quelques misérables bûcherons, je l'aperçois. Je tente de l'éviter, il m'appelle.

« Tes craintes sont-elles dissipées? me dit-il d'une voix moqueuse. Ça ne va pas si mal dans mon royaume, ce qui prouve que Dieu est d'accord avec moi. Mais ça doit aller mieux encore et je vais prendre des mesures pour soumettre les oiseaux.

– Je sais que tu les hais parce qu'ils sont libres comme le vent, répliquai-je. Si tu les connaissais...

– C'est parce que je les connais que je ne puis les souffrir. Je les tiens pour les plus rebelles de mes sujets. D'abord, ils ne paient pas d'impôts. Et puis, c'est là le pire, ils vivent en parasites de la société laborieuse : il suffit de les voir voleter autour de mon palais pour tenter de picorer les miettes de nos festins. Imagines-tu la scène, si tous les gueux du pays en faisaient autant ! »

Les oiseaux, t'ai-je déjà dit, avaient, en ces temps très anciens, le don de la parole. Ils parlaient encore sous le règne de mon affreux mari, mais déjà certains commençaient à siffler, la mue définitive s'annonçait. Ce sifflement était modulé de telle façon qu'il formait des mots très compréhensibles pour les humains. D'ailleurs, la plupart des oiseaux s'exprimaient avec la même aisance que toi et moi, ils recherchaient la compagnie des hommes afin de bavarder avec eux; les pics, en particulier, ne se lassaient pas de ressasser leurs histoires. On les aimait; le meurtre d'un oiseau valait la peine capitale. Nul, il est vrai, n'aurait songé à tuer le moindre étourneau, ni même une chauve-souris, qualifiée oiseau au bénéfice du doute. Le ménage le plus misérable nourrissait un couple d'oiseaux. Seul mon mari haïssait ces animaux, parce que justement on ne les considérait pas comme des animaux. Ils parlaient, ils pensaient, ils devaient donc compter au nombre de ses sujets. Or le despote ne pouvait admettre des sujets oisifs qui se permettaient de rêver. Je tentai cependant de le raisonner :

« Y a-t-il rien de plus charmant que le chant des oiseaux ! Pour ma part, je donnerais ce que j'ai de plus cher au monde pour avoir la voix du rossignol !

– Ce que tu as de plus cher au monde, c'est moi, répliqua le roi, outré. C'est la tendresse, le dévouement que tu me dois. Et tu donnerais ces trésors pour lancer des trilles à mes oreilles, pour m'assourdir de tes vocalises ! Pour m'empêcher de rêver ! Voilà ce que je ne puis souffrir : le vacarme que font tous ces oiseaux ! Est-ce que je chante ? Est-ce que je vole dans les arbres ? Est-ce que je vais me percher au faîte de mon palais ? »

Un instant, je plaidai la cause des oiseaux, avec d'autant plus de chaleur que, sur un orme voisin, deux merles écoutaient, très inquiets assurément, prévoyant un massacre général de la gent ailée. Ce fut peine perdue : le roi me quitta en déclarant que, si je lui préférais un rossignol, il m'enverrait mourir au fond d'un cachot.

Quelques jours plus tard, à mon lever, je trouve le monarque dévorant un quartier de biche, arrosé d'eau de source, Noé n'ayant pas encore planté les premiers pieds de vigne. Il mangeait goulûment, tenant à deux mains un gros morceau de viande à demi cru; le sang rougissait sa barbe hirsute.

« Va-t'en ! me dit-il. Va retrouver mes autres femmes ! Ta place n'est pas ici ! »

Bourou, sa favorite du moment, me lança un regard triomphant. Elle me haïssait, car elle s'imaginait que le roi me croyait plus intelligente qu'elle et suivait mes avis. J'allais sortir, quand le majordome entra en coup de vent. C'est lui qui régentait les serviteurs, les châtiait de sa propre autorité, parfois à mort, maniant lui-même le gourdin. Le majordome survient donc, très excité. Je te le décris en deux mots. Sa tête : une gueule de dogue; sa livrée : une peau d'ours. Il rugit, il glapit, il fait entendre les cris de tous les animaux.

« Que se passe-t-il, idiot ? dit le roi, irrité. Laisse-moi rêver en paix.

— Il se passe que les oiseaux se sont perchés sur la toiture du palais. Plusieurs y ont déjà bâti des nids. Venez voir, tout est souillé, infect, brins d'herbes, excréments. La vermine partout. »

J'essaie de traduire les propos de ce barbare, qui s'exprimait autant par le geste que par la parole. L'écriture était alors inconnue, et seuls les oiseaux parlaient un langage subtil, comme si à eux seuls, parmi les vivants, Dieu avait infusé une part de son savoir. Le roi, courroucé par l'intrusion du majordome, tourna aussitôt sa colère contre les oiseaux. Je le vois sortir en blasphémant, prendre un peu de champ afin d'avoir vue sur la toiture, découvrir de son regard furieux la multitude ailée qui s'ébat joyeusement, toutes espèces mélangées, car alors le rapace respectait la faiblesse du plus chétif volatile et l'aigle faisait bon ménage avec la colombe.

« C'est là une provocation! hurle-t-il. Et, plus encore, un sacrilège! »

Cette toiture en pierres plates avait, en effet, l'aspect d'une terrasse. Les jours de beau temps, le roi y accédait par une échelle; il s'y faisait servir des morceaux de viande et, quand il était repu, s'offrait une sieste au soleil. Au temps de ma faveur, j'avais souvent partagé ses agapes. Un sacrilège, en effet : il faudrait faire besogner, sous le bâton, une vingtaine de serviteurs pendant des heures et des heures pour effacer toutes les traces laissées par les volatiles.

« Fort bien, dit-il, retrouvant son calme, en souverain conscient de la gravité de la situation. Ces oiseaux prétendent me braver dans ma toute-puissance. Ils veulent m'imposer leur loi, mais je les materai, je ne prendrai pas la peine de discuter avec eux. »

S'adressant au majordome, il ajouta :

« Va chercher mes dix meilleurs archers et ordonne-leur de cribler cette volaille de flèches. »

Deux heures plus tard, le majordome put annoncer au roi que les archers avaient abattu plusieurs centaines d'oiseaux et que les nids venaient d'être enlevés. Nombre de serviteurs s'occupaient déjà à laver la toiture à grande eau. Quant aux rescapés de la tuerie, ils s'étaient enfuis à tire-d'aile dans la futaie.

« La guerre des oiseaux est gagnée, conclut la brute. Votre Majesté peut rêver en paix. »

Le roi décida de fêter sa victoire en faisant accommoder par ses cuisiniers un ragoût avec les dépouilles de ses victimes. Les oiseaux, plumés, vidés de leurs entrailles et dépecés, furent mis à bouillir dans du sang d'aurochs; cuisses d'aigles, ailes de corbeaux, croupions de vautours, corps entiers de mésanges et de tourterelles se mêlèrent en une bouillie infâme, à laquelle je n'aurais goûté pour rien au monde. On dévora tout le jour, au palais. Le roi et Bourou manquèrent périr d'indigestion.

J'allai me promener dans la forêt, surprise par le grand nombre d'oiseaux qui voltigeaient autour de moi. Pour la première fois, je les redoutais, je me demandais s'ils ne méditaient pas quelque projet de vengeance, bien que je fusse innocente. La vue de trois hérons aux mines agressives surtout me terrifiait : ils n'auraient eu aucune peine à me crever les yeux. Pas le moindre chant, pas le moindre cri : ce silence hostile m'accablait. Soudain une pie que je connaissais bien vint se percher sur mon épaule. J'en tressaillis de terreur. Mais elle, avec son débit précipité de vieille diseuse d'histoires, me dit :

« Ne crains rien, nous savons que tu n'es pas complice du crime commis par ton mari, nous savons aussi que tu as refusé de participer à cette ignoble ripaille qui déshonore l'humanité. L'oiseau n'ignore rien, et il est tout-puissant, après Dieu, quoiqu'il n'ait qu'un bec et des griffes pour se défendre. Il pourrait profiter du sommeil de ton époux et de ses courtisans pour se venger. Il préfère attendre son heure, qui ne tardera pas. Tu peux mettre ton mari en garde, cela n'y changera rien.

– Tu sais bien que je ne lui dirai pas un mot. Vous vous ferez justice quand vous voudrez, ce ne sont pas là mes affaires.

– Ce ne sont pas non plus mes affaires, reprit la pie, ou si peu. Le commerce de l'homme m'a pervertie, je perds mon temps à jacasser, et qui parle, parle, parle ne sait plus rêver. Tu es plus digne que moi d'être un oiseau. »

Je rentrai au palais rassurée sur mon sort. Quant à celui du roi, je ne m'en souciais nullement, non par égoïsme, mais parce que les tribulations de ce méchant drôle comptaient peu en regard des souffrances que lui devaient ses sujets.

Le lendemain, je fus éveillée par une vive rumeur : tout le palais était en émoi. Serviteurs, archers, courtisans couraient dans l'habitation et se rassemblaient devant la porte en vociférant. Dehors, sous un arbre qui devait être, si j'ai bon souvenir, un cèdre, mon royal époux gesticulait en invectivant le majordome. Je sortis et levai les yeux : les oiseaux occupaient de nouveau la toiture, les nids rebâtis défiaient le tyran. Mon mari en restait éberlué.

« C'est de la magie », déclara-t-il.

Cela me parut un propos de bon sens; il fallait, en effet une intervention surnaturelle pour donner une telle audace à ces volatiles qui, la veille, avaient été témoins de l'extermination de leurs congénères.

« Sombre butor, dit-il au majordome, tu aurais dû veiller pour interdire à ces sales bêtes l'accès de ma toiture! Je te relève de tes fonctions et te condamne à une solide bastonnade, que je t'administrerai moi-même. En attendant, tu seras enfermé dans un cachot.

— Mon bon roi, pitié! supplia le majordome en se jetant à genoux. Donnez-moi seulement une heure et je vous jure que votre toiture sera nette. »

Le despote ne daigna pas répliquer et ordonna aux archers d'empoigner le malheureux, que je vis disparaître par la porte du palais. Les vols des oiseaux au-dessus de nos têtes stimulaient la colère du monarque; ils évoluaient en formant de larges cercles, si nombreux qu'ils voilaient la lumière du soleil, et à une assez grande altitude pour échapper aux flèches des archers. Et pourtant on les entendait rire. Rire rauque des grands rapaces, rire croassant des corbeaux et des corneilles, rire aigre de la pie-grièche, rire sarcastique du merle, rire ouaté des nocturnes, rire en cascade de l'alouette, rire roucoulant des colombes, toutes les gammes du rire vibraient dans le ciel. J'observais mon mari, dont le visage changeait d'expression : à la colère succédait l'inquiétude.

« Mon pouvoir est menacé, je me dois d'agir. Et, d'abord, de réfléchir. »

Je le suivis dans le palais, curieuse de connaître le fruit de ses réflexions. Comme il était incapable de rassembler trois idées, il appela ses courtisans et leur ordonna de penser. Terrible obligation pour des gens complètement abrutis et terrifiés à la perspective d'avancer une opinion que désapprouverait leur maître! Les délibérations durèrent huit jours, au cours desquels furent dévorés six génisses, dix-huit moutons, deux cerfs, quatorze chevrettes et un sanglier. Autant dire que le roi et son conseil bâfrèrent, dormirent et digérèrent plus qu'ils ne pensèrent. Tout le pays attendait la décision souveraine. Elle vint enfin :

« Il faut tuer tous les oiseaux. »

La pie, qui me parlait en amie, m'aborda au cours d'une de mes promenades quotidiennes pour me dire qu'un crime se tramait.

« Si j'en étais informée, répliquai-je, je serais la

première à vous mettre en garde. Mais je n'ai pas droit aux confidences du roi.

— Nous le savons tout de même, Liza, le pressentiment du danger aiguise les facultés d'observation. Ainsi avons-nous remarqué que les esclaves de ton mari parcouraient les forêts en coupant tous les pieds de houx.

— Je l'ignorais, mais je ne vois pas très bien le rapport...

— Avec l'écorce du houx, on fabrique la glu. Tu comprends, maintenant ? »

De fait, les préparatifs de ce génocide se firent bientôt ouvertement. Des filets furent tendus, des couches de glu disposées sur les branches basses, des pièges dissimulés dans la mousse et sous les feuilles mortes. Chaque jour, le roi partait de bon matin pour faire le compte de ses victimes et chaque jour lui apportait la même déception : pas la moindre prise, à l'exception d'un très vieux hibou qui, aveuglé par l'éclat du soleil, vint se prendre dans un filet.

« J'en avais assez de vivre, dit-il sur un ton de sagesse résignée, et j'aime mieux aller faire mon nid dans le Paradis des Oiseaux plutôt que de régner en barbare comme toi. »

Le malheureux périt sous la torture. Le roi se vengeait sur lui de tous les camouflets qu'il endurait depuis la révolte des oiseaux. L'audace de ces derniers lui devenait intolérable : ils se riaient des pièges et continuaient à occuper la toiture du palais, où les nids se multipliaient. Les archers de service étaient, nuit et jour, culbutés et projetés dans le vide par de puissants vols d'aigles; des vautours dévoraient au sol les morts et les blessés. Les archers se lassèrent vite d'une guerre dont ils faisaient les frais : ils s'enfuirent à travers bois et gagnèrent les pays voisins.

On avait tremblé sous la poigne du tyran; on commençait à le narguer. Un homme cruel et despotique, incapable d'affronter une révolte d'oiseaux, ne pouvait que devenir objet de dérision. Mon mari était haï de tous, même de ses courtisans qui tremblaient devant ses accès de colère : aucun d'eux n'avait échappé aux bastonnades et aux pestilences du cachot. Tous ses sujets subissaient en esclaves les sautes d'humeur de ce maître tout-puissant. Mais nul n'aurait eu l'idée de l'assassiner en lui décochant une flèche au cours d'une partie de chasse ou de mêler à ses aliments une feuille de ciguë, une baie de daphné ou de belladone. Cela faute d'imagination. Qui ne rêve pas n'imagine rien. Les oiseaux seuls rêvaient, d'où leur pouvoir : ils devenaient les champions de la liberté.

Cependant, leur exemple aidant, des idées germaient dans les têtes obtuses. Les misérables, accablés par le travail forcé et les impôts, étaient honteux de se découvrir moins audacieux que les oiseaux. Ils refusaient d'obéir, laissaient tomber la hache et la houe, pillaient le verger royal et mangeaient des viandes jusqu'alors réservées aux bouches privilégiées : celle du lièvre, par exemple, et du chevreuil. Bourou, que je croyais attachée à son époux, manifesta ses véritables sentiments en essayant d'ourdir une conspiration. Ce fut peut-être elle qui conseilla aux séditieux de graver sur le tronc des arbres une colombe tenant un rameau d'olivier dans son bec. Du moins l'en accusa-t-on, ce qui lui valut d'être publiquement écartelée.

Au tyran, qui se sentait à la veille d'être déchu,

il ne restait qu'un fidèle : son majordome, qui avait cependant de bonnes raisons de le détester. Mais ce personnage s'était trop fait le complice de son maître pour espérer lui survivre.

Ce matin-là, à son réveil, le roi se trouva seul dans son palais, tous ses courtisans envolés : ils avaient rejoint le parti des oiseaux. Il sortit, vit les nids, les battements d'ailes sur la toiture, les arbres vêtus de plumes autant que de feuillage. Ses fureurs quotidiennes avaient-elles usé ses forces? Il resta prostré sur une pierre, la tête entre les mains. Aucun homme en armes, près de lui, pour le défendre. N'importe qui, adroit au lancer du caillou, pouvait l'atteindre et peut-être se trouvait-il, sous la ramure, quelque sujet au cœur plein de haine qui ajustait sa fronde. Les aigles aussi l'observaient, et les vautours avides de dévorer un morceau de roi.

L'intendant sentit le péril. Il prit son maître par le bras, l'entraîna dans le palais, dont il condamna l'issue. Docilement, le souverain obéissait à tous les mouvements que lui imposait son fidèle.

« Que me veux-tu? dit-il. Je suis un vaincu et tout m'est indifférent.

– Vous sauver. Je viens d'avoir une idée.

– Tu oses avoir une idée! s'écria le roi, retrouvant soudain toute sa superbe.

– Il faut croire que cette idée est venue à Votre Majesté qui n'a pas daigné la retenir. Alors je l'ai saisie au vol tandis qu'elle s'en allait. Je la regarde, elle n'a pas l'air mauvaise.

– J'exige donc que tu me la rendes!

– La voici. Votre Majesté a certainement entendu parler de Zanon.

– Ce vieux fou! Tu appelles ça une idée!

– Ce vieux fou a une qualité : sa haine des oiseaux. En outre, c'est un sage, comme tous les fous. Il vous conseillera. »

En toute autre circonstance, mon époux eût châtié de sa main l'insolent qui lui suggérait de solliciter un conseil. Mais tel était son accablement qu'il décida de se mettre en route sur-le-champ pour gagner au plus vite la demeure de Zanon. L'ermite vivait dans un désert, se nourrissant à peine, priant et méditant; on lui prêtait de solides connaissances en sorcellerie et beaucoup prétendaient que ses oraisons ne s'adressaient pas à Dieu, mais à Satan. Le Diable, comme tu sais, est le meilleur des serviteurs, quand on lui a donné son âme.

Après un voyage d'une semaine, le roi et son intendant débouchèrent d'une gorge rocheuse dans le désert. Au loin, sur la pierraille, s'élevait une palmeraie, puis le sol redevenait rocailleux; il s'étendait ainsi, sans un végétal, nu et plat, aussi loin que portait la vue. Selon certains, l'oasis n'existait pas un siècle plus tôt. C'était Satan lui-même qui avait fait jaillir la source afin que l'ermite pût s'abreuver et, presque aussitôt, les palmiers poussèrent. Puis un étang occupa un creux de terrain : œuvre démoniaque aussi, d'après les anciens. Le roi, qui ne craignait ni Dieu ni Diable, n'en éprouva pas moins un sentiment de frayeur à l'approche de cette eau saumâtre et nauséabonde qui semblait bouillir, car des bulles affleuraient parfois à sa surface, et d'où s'élevait une fumée noirâtre.

« Je crois que mon idée n'était pas tellement bonne, murmura le majordome d'une voix tremblante. Fuyons au plus vite.

– Tais-toi, imbécile, répliqua le roi. N'as-tu pas

remarqué qu'il n'y a plus un oiseau dans les parages ? Ici, je me sens de nouveau chez moi. »

Il avisa une cabane en pierre couverte de branches de palmier, qui devait être l'antre de l'ermite, dont jaillit tout à coup un faucon qui, à rapides coups d'ailes, s'éleva très haut dans le ciel.

« J'ai parlé trop tôt ! s'écria-t-il en levant le poing. Décidément, ces maudites bêtes me rendront fou ! »

Un petit vieillard sortit à son tour de la cabane, bizarrement vêtu d'une sorte de tunique en peaux de reptiles. Hideux, l'ermite, avec sa barbe sale et son visage dur et gris comme un caillou !

« Tais-toi, homme, fit-il d'une voix rude. Ce faucon est mon ami. Lui seul peut, avec moi, supporter ces solitudes et l'odeur de l'étang. Il partage mon aversion pour ses semblables et, quand il part en chasse, loin d'ici, il tue autant pour le plaisir du massacre que pour assouvir sa faim. Que viens-tu faire dans mon désert ? »

Quand le roi eut fini de s'expliquer, Zanon sourit. A la vue de son maître, le faucon descendait en planant. Il vint se poser sur le toit de la cabane, où il resta perché, considérant les visiteurs d'un regard si cruel qu'il en était insoutenable.

« J'ai ton affaire, déclara l'ermite après un silence. Vois cette eau : son odeur a un pouvoir magique, aucun oiseau ne la supporte.

– Sauf ton faucon...

– Sauf mon faucon. Ce n'est pas un oiseau ordinaire. Si tu savais qui me le donna en cadeau, tu en périrais de frayeur. »

Le roi s'en revint au palais, emmenant Zanon et son faucon. Il savourait sa prochaine vengeance et le triomphe qui s'ensuivrait : un massacre de tous les oiseaux et le châtiment des sujets qui s'étaient rebellés contre son autorité. Après quoi, il ne resterait plus beaucoup d'humains sur les terres du royaume. J'en frémis quand mon époux me fit part de ses projets, car, Bourou morte, je redevenais la favorite.

« Je garderai mes femmes, conclut-il, puisqu'elles me sont restées soumises dans l'adversité; mes enfants, car mon sang est sacré; Arno (c'était le majordome) et une cinquantaine de serviteurs qui me sont nécessaires. J'ai été trop bon et je suis puni par où j'ai péché.

– Ce serait agir en criminel, lui dis-je. Les oiseaux ont le droit de vivre et tes sujets ont droit à la pitié.

– Il n'y a pas de crime pour un homme qui détient la toute-puissance.

– Dieu est plus puissant que toi. Garde-toi de provoquer sa colère. »

Peut-être aurais-je pu fléchir sa volonté sans la présence de Zanon. Mais mon époux était littéralement possédé par cet homme, lui-même aux mains du Démon. Il envoya trente esclaves chercher de l'eau à l'étang magique, annonçant triomphalement qu'après le palais ce seraient toutes les forêts du royaume qui seraient purgées de leurs oiseaux, et il le cria si fort que ses courtisans sortirent des bois et reprirent leurs flatteries.

Dès le retour des esclaves, les murs et la toiture du palais furent enduits du liquide, d'où se dégagea aussitôt une odeur qui rappelait celle du crapaud crevé. Le travail fut assez rapide pour que, dès le milieu de la journée, on pût voir le brusque envol des oiseaux perchés alentour. Il faut croire que cette pestilence portait loin, puisque, d'un même coup d'aile, ou peu s'en faut, du vautour à la mésange, la forêt se dépeupla. Comme le jour où les oiseaux tournoyaient sarcastiquement au-dessus du palais, j'eus l'impression d'assister à une éclipse de soleil. Mais le ciel ne riait plus; à peine entendait-on parfois un cri de passereau. Mon époux et Zanon riaient à en perdre le souffle; le faucon ricanait, lui aussi, perché sur le poing de son maître : de joyeux hoquets soulevaient son bréchet. Le dernier voilier disparu, le ciel ne parut jamais aussi pur à mon époux, qui poussa un cri de triomphe.

« Regarde le soleil, me dit-il. Il contemple ma victoire! »

Je ne partageais pas sa joie, et il me fallut détourner la tête pour cacher mes larmes. S'il m'est arrivé de douter de Dieu, ce fut ce jour-là : l'Eternel pouvait-il tolérer une telle ignominie? La victoire dont s'enorgueillissait le roi me semblait être d'abord celle du Diable. Malgré l'odeur infâme que dégageait le palais, mon époux en reprit possession aussitôt. Il monta sur la terrasse, inspecta l'horizon : plus le moindre oiseau en vue.

« Ils ne reviendront pas, assura Zanon. Mon eau magique les a chassés pour plus d'un siècle. Si alors tu vis encore, reviens me chercher.

– Tu seras mort depuis longtemps, vieillard.

– Certainement pas. Je ne suis pas pressé de partir pour l'au-delà, sachant ce qui m'y attend. »

L'ermite et son faucon furent fêtés fastueusement, puis une escorte les ramena dans leur désert. Son triomphe avait chassé de l'esprit du roi tout désir de châtier les courtisans, qui, avec lui, se soûlèrent de viandes saignantes jusqu'à une heure avancée de la nuit : il lui fallait des témoins à sa gloire. Il réservait sa vengeance aux sujets misérables qui avaient fui ses forêts et qu'il se promettait de faire périr sous la matraque.

Ne pouvant supporter la puanteur du palais, j'allai dormir dans les bois. A l'aurore, je m'éveillai, le cœur lourd, surprise par le silence de la futaie. Et tout à coup je me souvins, je pleurai sans risque d'être surprise : Dieu abandonnait-il ses oiseaux? Je me mis en marche vers le palais. J'aurais pu m'enfuir, j'en eus la tentation, mais il me parut que mon devoir était de retrouver mon époux. Si épouvantable que soit un homme, on ne doit jamais renoncer à le corriger de ses mauvais sentiments. J'éprouvais aussi une très grande curiosité : qu'allait-il advenir de celui qui s'était souillé par un si grand crime?

Aux approches du palais, je fus cependant tentée de rebrousser chemin : l'odeur du liquide maudit m'était insupportable. C'est alors que j'aperçus une flamme et je crus qu'à son réveil le roi avait fait allumer un bûcher pour brûler quelque serviteur récalcitrant. Je courus à travers les arbres, dans l'espoir d'arriver à temps pour sauver ce malheureux.

A peine avais-je débouché dans la clairière où s'élevait le palais que je vis des flammes qui couraient autour de l'habitation, la léchant, l'enveloppant comme, au milieu d'une mer furieuse, les flots attaquent un îlot rocheux. Par la porte d'entrée déboulaient courtisans et serviteurs, suffoqués par la fumée et par l'odeur infernale que dégageait l'incendie. Le roi apparut : la peau d'aurochs qui lui tenait lieu de vêtement de cérémonie brûlait comme de l'herbe sèche. Il se roula sur le sol en hurlant et je ne sais comment il parvint à se dégager de sa pelure. Il eût cependant mérité de périr, mais il faut croire que Dieu le réservait pour d'autres épreuves, puisque le feu l'épargna.

Aujourd'hui encore, je me demande ce qui a pu provoquer un embrasement aussi extraordinaire. Peut-être la réverbération du soleil sur la pierre. Très probablement, ce fut l'enduit démoniaque qui prit feu. La flamme noirâtre qui s'élevait au-dessus de l'étang, près de l'oasis, grimpait le long des murs, attaquait la toiture où quelques malheureux s'étaient réfugiés. Personne ne se soucia de leur porter secours; d'ailleurs, il eût été impossible au plus hardi des sauveteurs d'atteindre le faîte du palais, qui ne tarda pas à s'effondrer aussi bruyamment que des blocs rocheux descendant de la montagne.

Mon époux regardait le sinistre d'un œil morne. Lui, qui se voulait rêveur et penseur, ne rêvait, ne pensait à rien. Les flammèches commencèrent à pleuvoir, ce qui nous obligea à nous éloigner et à chercher un abri à la lisière de la forêt. Là, nous vîmes les flammes monter très haut dans les airs, jetant alentour des reflets rougeâtres. J'observai le roi : il ne pleurait pas, il ne semblait pas ressentir les brûlures qui marquaient son corps; il me parut privé de sentiment.

Vers la fin du jour, les derniers foyers de l'incendie s'étant éteints, il ne restait qu'un amas de pierres calcinées. Avec son palais, le roi perdait le symbole de sa puissance. Nul ne redoutait plus sa colère, et son sort était bien pire que quelques jours plus tôt, quand la révolte grondait dans les forêts; aux yeux de ses sujets, il avait cessé d'exister. Courtisans et serviteurs s'en allèrent. Aucun d'eux ne pensa à l'assassiner, ce qui eût été facile, car tous le voyaient prostré, incapable de faire un geste pour se défendre. Je demeurai seule auprès de lui, ne pouvant le haïr dans son malheur. Toutes ses autres femmes avaient péri, car elles n'avaient pu sortir de la pièce où on les gardait enfermées. Je tentai de lui faire prendre un peu de nourriture, qu'il refusa, et de le consoler par quelques paroles d'affection, sans pouvoir l'arracher au silence. Il semblait devenu idiot.

Trois jours et trois nuits, je le vis ainsi. Je le protégeais comme un petit enfant, le couvrant, quand le soir tombait, d'une peau d'ours à demi brûlée. Il ne consentit à se lever que pour aller s'asseoir sur une pierre noircie par le feu, seul vestige du palais incendié. Les autres pierres avaient été complètement anéanties, il n'en restait pas la moindre trace. Quant à l'odeur maléfique, elle s'était dissipée. Mais, me disais-je avec tristesse, les oiseaux ne reviendront plus... A peine cette pensée me fut-elle venue à l'esprit, j'aperçus trois points noirs dans les profondeurs du ciel, trois points qui se précisèrent à une vitesse vertigineuse. Ils fondirent sur nous en prenant la forme de trois grands aigles, puis ils ralentirent leur vol et tournoyèrent au-dessus de nos têtes. En toute autre circonstance, mon mari fût entré en rage; mais il se contenta de lever les yeux et de regarder les aigles avec indifférence. Ce silence, ce regard vide... Décidément, il avait perdu ce qui lui servait de raison.

Un des aigles se rapprocha en vol plané – son plumage gris clair luisait au soleil comme une lame de couteau. Je vis son bec couleur bleuâtre, ses serres noires et pointues. Etait-ce le vengeur de tous les oiseaux? Allait-il broyer le crâne de leur tortionnaire? En quelques battements d'ailes, après avoir rasé le sol, il s'éleva légèrement. Le roi agita son bras droit, dans un geste de défense, et, à la seconde où ce bras se trouva à la position horizontale, l'aigle se percha à la naissance de l'épaule. Ma surprise fut telle que je ne remarquai pas un autre aigle, noir celui-là, qui, après avoir décrit quelques arabesques à une dizaine de pieds du sol, venait se poser sur l'épaule gauche du monarque. Spectacle inouï : l'ennemi des oiseaux à la merci de deux puissants rapaces, immobiles, l'œil en feu, sans doute prêts à mordre sa chair, à lui crever les yeux et à lui pétrir le visage de leurs griffes.

Je m'attendais à voir mon mari engager le combat pour se débarrasser des deux aigles. Ce colosse, qui affrontait parfois seul une horde de loups, je le savais capable de tenir tête à ces rapaces même aujourd'hui, quoique accablé de fatigue et de désespoir. Or il ne bougeait plus, il ne semblait pas éprouver de frayeur. Quand le troisième aigle, couvert de plumes blanches, descendit d'un mouvement très doux, jusqu'à se piéter sur sa tête, il ne bougea pas davantage et l'aigle resta sur ce singulier perchoir, battant légèrement des ailes, comme pour alléger son poids.

J'ai assisté à bien des spectacles; aucun ne m'a saisie de stupeur autant que celui-là. Et l'aigle blanc parla, de bec à oreille :

« Dis-moi, bonhomme, ne crois-tu pas que, si tu avais été un peu moins sot, nous aurions pu vivre en amis? La terre et le ciel ne sont-ils pas assez vastes pour nous tous? Tâche de ne pas oublier que, dans sa grande sagesse, le roi ton père avait fait sienne cette devise : *Vivre et faire vivre.* »

Mon mari hocha la tête, accablé. Il se soumettait. Alors les trois aigles, majestueusement, s'envolèrent.

III

Liza se tut. Pas une fois, je ne l'avais interrompue. J'étais sous le charme de cette voix grave et douce, qui exprimait la vérité toute pure, je l'aurais juré.

« Me prends-tu toujours pour Lilith ? demanda-t-elle.

— Non. Ou tu es alors une Lilith prodigieusement habile, aussi habile que le démon lui-même quand il prend le masque de la vertu. Mais je me demande si tu existes vraiment, si je ne suis pas le jouet d'une illusion. Tu me dis être arrivée sur la terre avant la création de l'homme. Soit. Puis tu me contes l'histoire de ton époux ennemi des oiseaux. Mais, entre ta première naissance et ton mariage avec ce monarque, que s'est-il passé ?

— Je vais te raconter une histoire qui mêle le passé au présent et tu comprendras bien des choses. Il y a longtemps, alors que j'étais encore le seul humain vivant, les végétaux occupaient toute la surface de notre planète, à l'exception, bien sûr, des terres immergées et des montagnes où l'arbre ni l'herbe ne peuvent croître.

« Ne me regarde pas ainsi, tu as l'air de me prendre pour une menteuse ou pour une folle...

Considère-moi plutôt comme l'œil de la conscience. Tu connais le vers de Victor Hugo : *L'œil était dans la tombe et regardait Caïn.* Si, par la volonté de Dieu, j'avais été cet œil depuis que la terre existe? J'ai eu des vies multiples, en tous lieux, dans toutes les époques, y compris celles qui remontent plus loin que l'histoire des hommes. J'ai vu le déluge du ciel recouvrir la planète et flotter l'arche de Noé sur un immense océan vide, j'ai traversé la mer Rouge derrière Moïse qui en ouvrait les flots, j'ai aperçu, au creux d'un horizon de sable, les lueurs du feu purifiant Sodome et Gomorrhe, je puis témoigner de la splendeur et de la sagesse du roi Salomon... J'ai vécu en Russie, aussi; tu le verras plus tard. Ce ne sont là que quelques repères, afin de t'aider à comprendre que, malgré ma peau ridée, je ne dépends pas du temps; je suis en dehors, même si le corps où je m'incarne en subit l'empreinte. »

Je voulus la regarder, mais ne la vis plus, soit que le soleil, s'étant voilé, la rejetât dans l'ombre, soit qu'elle eût vraiment disparu, afin de me convaincre. Sa voix, soudain, s'éleva, dissipant mon vertige...

Schema Israël a donoï Eloïnou... Ainsi priaient les arbres de la forêt, bien avant Abraham, Moïse et les autres prophètes. Ils vivaient heureux dans cet immense jardin qu'était la terre. Chaque arbre avait un nom. Bien sûr, le roi de la forêt était l'Arbre de vie. Venaient ensuite les sages, l'Arbre de connaissance, l'Arbre de la morale, l'Arbre de la tolérance, celui de la compréhension... Je ne vais pas te les citer tous, mais je peux t'affirmer que tous avaient un nom et vivaient en parfaite harmonie. Cela aurait duré éternellement, si l'homme n'était arrivé avec ses ambitions. Dieu croyait cependant avoir créé la perfection, puisqu'il créa l'homme à son image.

Rien n'empêchait l'homme de vivre heureux au Paradis terrestre. Il avait tout à apprendre de ces arbres, qui n'étaient que sagesse et qui le sont toujours, puisque aujourd'hui ils préfèrent se taire... Oui, la première ambition de l'homme, ce fut la femme, ce qui est bien naturel. Dieu ne dit-il pas « Croissez et multipliez » ?

Je ne te conterai pas l'histoire du Serpent et de l'Arbre d'amour, elle est trop connue. Mais je dois te dire que c'est seulement après qu'Adam et Eve eurent croqué la pomme que Dieu créa les quatre saisons et les « quatre vents ». Ainsi vint l'hiver, mais la neige fut longtemps avant de tomber. Je me souviens de sa première chute, un matin où le soleil n'avait pas paru. Les flocons ont commencé à s'écraser sur le sol et à couvrir les branches des arbres. Et la chute opiniâtre et monotone de cette matière froide et blanche ensevelissait lentement l'œuvre de la création.

Les hommes de ces âges anciens étaient tellement frustes qu'ils parlaient peu et seulement pour exprimer des sentiments élémentaires. Le souverain tyrannique que j'épouserai, dans une vie postérieure, sera, par comparaison, un esprit presque subtil. Je dois te dire, en passant, qu'après avoir été apprivoisé par les trois aigles il devint l'ami des oiseaux au point d'élire domicile dans les branches d'un grand arbre à la manière des Pygmées. Quand il mourut, les trois aigles l'emportèrent et l'ensevelirent dans un nuage.

Je n'avais donc aucun sujet de conversation avec ces êtres sauvages qui ne savaient que détruire : tuer l'animal pour le manger, casser l'arbre pour en cueillir le fruit; je ne m'entretenais qu'avec les arbres et les oiseaux. Mais la neige rendait ces derniers muets, ils frissonnaient au fond de leurs nids. Je ne vis, n'entendis qu'un gros corbeau, tout noir dans la blancheur du paysage, qui volait à coups d'ailes furieux comme s'il voulait braver la nature; à moins qu'il ne se réjouît de la détresse de ses congénères, à la manière de ces méchants qui se régalent des malheurs d'autrui.

Soudain, dans le silence blanc, j'entendis parler; je reconnus la voix du bouleau.

« Ecoutez donc, feuillu! dit le bouleau. Je reconnais le pas de l'homme.

– Ne vous inquiétez pas, écorce blanche, répliqua une voix de sapin, ce doit être notre amie Liza.

– Non, c'est un pas hostile, je ne m'y trompe jamais. Le pas de ces malfaisants qui nous mutilent pour le plaisir de se tailler un bâton ou de disposer des branches vertes sur le toit de leur cahute. »

Le bouleau avait l'oreille juste : j'aperçus bientôt une vingtaine d'hommes sales et velus qui cheminaient dans la forêt, une hache de silex sur l'épaule – les premiers bûcherons de l'âge de pierre. Comme la neige avait cessé de tomber, ils s'arrêtèrent pour s'ébrouer et se débarrasser des flocons qui mouillaient leurs vêtements de peaux. Ils devaient avoir les doigts gourds, ce qui ne les empêcherait pas de se mettre à l'ouvrage, car ils comptaient sur le gel pour vaincre la résistance des arbres, surpris dans un demi-sommeil. Soudain, toute la forêt murmura, on eût dit la plainte du vent dans les branches. Les arbres pleuraient, se lamentaient et, retrouvant leurs voix, les oiseaux leur répondaient. Car l'oiseau aime l'arbre qui le protège en abritant ses amours ou en dissimulant son nid, et quand il s'égosille, c'est pour chanter sa louange.

Seul l'Arbre de vie restait silencieux, il se savait immortel. Pourtant c'est au-devant de lui que se dirigeaient les bûcherons. Il prit alors la parole :

« Ne nous inquiétons pas, mes frères, il ne peut rien nous arriver, puisque le manche de la hache est des nôtres. »

Ils s'y mirent d'abord à cinq, frappant de toutes leurs forces. Sous la pierre tranchante des cognées, l'écorce s'ouvrit et l'aubier apparut, pâle et brillant, à peine rosé, comme de la chair mise à vif; j'eus l'impression que l'arbre saignait. Puis il sembla que cet arbre rassemblait ses forces pour résister aux coups ennemis, les copeaux cessèrent d'éclabousser la neige et les larmes de sève ne coulèrent plus. L'Arbre de vie tenait tête à ses bourreaux.

« Il a le Diable au tronc! » s'écria un des bûcherons en jetant sa hache avec découragement.

Les autres renoncèrent aussi. J'espérais qu'ils se décourageraient. Non. Ils revinrent avec cinq autres brutes et attaquèrent de nouveau l'arbre en se relayant. Vainement. Ils s'y mirent à vingt, à cinquante, puis à cent. L'Arbre de vie tenait toujours, sans une plainte. Tous les hommes des bois vinrent à la rescousse, ne pouvant accepter qu'un arbre tînt en échec l'animal supérieur, doté d'une intelligence et d'une âme. Chacun voulait montrer sa force, prouver son habileté au maniement de la cognée. Les autres arbres assistaient, impuissants, au martyre du plus sage et du plus vénéré d'entre eux. Une tempête aurait permis aux plus proches de la victime de s'arracher au sol et de s'effondrer sur les bourreaux, mais il n'y avait pas le moindre souffle d'air. Ebranlé par des coups violents et répétés, l'Arbre de vie finit par chanceler, frémissant de ses longues branches qui s'inclinaient tantôt à droite, tantôt à gauche. L'entaille s'élargissait et se faisait plus profonde; les oiseaux qui nichaient dans la ramure s'envolaient à la recherche d'un nouveau gîte. Enfin, avec un craquement aussi terrifiant qu'un coup de tonnerre, le géant s'abattit, décapitant les jeunes sujets d'alentour, écrasant les broussailles et découvrant, dans sa chute, un large pan de ciel gris. Les bourreaux entonnèrent un chant de victoire et j'entendis tous les arbres de la forêt qui priaient et psalmodiaient le *Schema Israël.* Ce fut la dernière fois qu'on les entendit.

Liza croisa les mains et me regarda. Etait-elle au bout de son récit? Je l'ignorais, mais je profitai de son silence pour dire :

« J'ai cru comprendre que l'Arbre de vie était immortel. Et pourtant, il a bel et bien été coupé à sa base?

– Dans un instant, je répondrai à tes questions; en attendant, laisse-moi poursuivre... Quelques millions d'années plus tard, très précisément en 1936, me trouvant à Berlin, je vis le docteur Goebbels présider un autodafé au cours duquel les œuvres de Henri Heine, Thomas Mann, Einstein, Zola et Freud furent livrées aux flammes. Je me souviens de tout. Les défilés en uniforme à la lueur des torches, les étendards à croix gammée, le « drapeau de sang », les fifres et les roulements de tambour, la grande fête de la bar-

barie. Et les slogans antisémites hurlés par des voix haineuses. Ces S.S. et ces S.A. ressemblaient étrangement à mes bûcherons assassins. Et puis, quelques années encore plus tard, rappelle-toi... Dans l'Europe occupée, des juifs sans défense...

— Ils auraient pu se défendre, dis-je.

— Ils ne l'ont pas voulu : n'était-ce pas en contradiction avec la loi mosaïque? Ces juifs attendaient que d'autres hommes viennent les chercher pour les traîner à Auschwitz et dans les chambres à gaz où ils entrèrent en chantant le *Schema Israël.* Nul ne devait les revoir. Malgré l'assassinat de l'Arbre de vie, les arbres n'ont pas disparu de notre planète; malgré six millions de morts, le peuple juif a survécu, et a retrouvé Israël, où se fondent en une seule nation des juifs venus de tous les continents. Viendra un jour où les divers peuples de la terre ne feront plus qu'un.

— Je crains que ce ne soit un vœu utopique, Liza.

— Ça le serait si l'on comptait sur la sagesse des hommes. Mais la nécessité fera loi. Et puis telle est la volonté de Dieu, plus forte que la folie humaine. Le Seigneur provoquera une frayeur qui sera telle que l'homme aura le choix entre l'union en une seule nation ou la mort.

— Tu as certainement raison, Liza, mais les guerres civiles, y songes-tu?

— Bien sûr. L'homme serait déjà heureux ou presque heureux sur terre, s'il n'avait une soif aussi forcenée de possession. Je vais te citer un cas en exemple. »

IV

A UNE certaine époque, qui, pour toi, paraîtra lointaine, ma meilleure amie était l'épouse d'un Russe nommé Yvan. Je ne sais pourquoi je te le nomme, puisque tous les moujiks s'appelaient Yvan, et d'ailleurs son nom n'a pas grande importance. Ses parents étaient très pauvres, mais ils eurent de l'ambition pour leur fils, un gros garçon à mine éveillée qui leur semblait promettre beaucoup. Ils travaillèrent donc durement afin de lui payer des études. Le pope s'intéressa à l'enfant, dont l'intelligence le séduisit. Un temps, il pensa même en faire un homme d'Eglise. Je ne sais pourquoi le pope renonça à ce projet. Peut-être parce qu'il lui sembla qu'Yvan n'avait pas la vocation religieuse. Peut-être aussi se dit-il que l'Eglise ne manquait pas de prêtres et qu'Yvan pourrait servir son Dieu en servant le boyard son maître. Yvan montra beaucoup d'application et d'acharnement dans ses études. Il aimait par-dessus tout l'arithmétique; les chiffres étaient ses meilleurs compagnons. A l'école, il ne partageait pas les jeux de ses camarades, ne leur parlant guère et affectant de les dédaigner. Il se considérait comme le plus intelligent de sa classe et, ambitionnant de s'élever à un rang supérieur, il ne tenait pas à créer des liens de familiarité avec ceux qu'il tiendrait, plus tard, sous sa coupe. Il grandit donc sans autre ami que lui-même, méprisant ses parents pour leur ignorance et leur résignation devant la misère.

Tu te tromperais cependant si tu imaginais cet Yvan comme un révolté, une sorte de Spartacus ou de Pougatchev[1] disposé à prendre la tête des opprimés pour les arracher à leur triste condition. Ce drôle se satisfaisait parfaitement de l'iniquité, il souhaitait simplement accéder au rang des privilégiés. Une telle tâche ne pouvait se mener à bien sans hypocrisie, aussi n'y avait-il plus dévot qu'Yvan, ni plus déférent. Le pope le citait en exemple. Le maître d'école louait ses sentiments généreux autant que son acharnement au labeur. Seuls ses parents, qui souffraient de son égoïsme et de son orgueil, ne se laissaient pas abuser par les apparences; mais l'opinion de ces pauvres gens n'avait aucune importance. D'ailleurs, la bonne renommée de leur fils les flattait et ils espéraient qu'ayant fait son chemin il leur viendrait en aide sur leurs vieux jours.

Quand Yvan eut dix-huit ans, le pope le recommanda à Krekoubov, le boyard, qui envisagea de le prendre à son service. Ce seigneur possédait de vastes domaines, il n'était pas mauvais diable, passant le plus clair de son temps à se promener par les champs et par les bois; car, à la différence de mon royal époux dont je t'ai conté l'histoire, il aimait les oiseaux. Un rêveur, le boyard. Plus cul-

1. Aventurier russe qui, en 1773, souleva les Cosaques et se fit passer pour le tsar Pierre III, avant d'être décapité à Moscou.

tivé, car il savait tout juste lire et écrire, il eût été poète.

Convoqué au château, le rusé Yvan se montra sous son meilleur jour : déférent jusqu'à l'humilité et, en même temps, la réplique vive et l'esprit en éveil. Il plut aussitôt et fut engagé. Imagine la joie de l'ambitieux quand il quitta l'isba de ses parents pour le château seigneurial, où il n'était cependant guère mieux logé, puisqu'il nichait sous les toits, plus près des chauves-souris que des appartements de son maître. Mais ce n'était là, à ses yeux, qu'un point de départ; il se promettait d'aller haut.

Les premiers temps, il dut subir des avanies qui mirent son amour-propre à l'épreuve. Aux cuisines, il mangeait au bas bout de la table et les autres domestiques le raillaient, ils l'appelaient le petit moujik. Yvan rongeait son frein, se consolant à la pensée qu'il prendrait sa revanche. Il ne doutait pas de tenir, un jour, ces valets sous sa domination. Il servit d'abord au chenil; puis à l'écurie, où il eut l'occasion de parler au boyard, dont il soignait le cheval favori. De caractère ombrageux, ce cheval avait le coup de pied facile. Un matin, il décocha une ruade à Yvan, tandis que le boyard entrait dans l'écurie. Le garçon tomba dans la paille en réprimant un juron et, quoiqu'il souffrît beaucoup, il se releva, s'approcha de la bête, la caressa, la cajola en lui adressant de tendres reproches; le finaud avait, du coin de l'œil, aperçu son maître et, dominant colère et rancune, il jouait la comédie de l'indulgence et du pardon. Ne se doutant pas qu'Yvan le savait présent, Krekoubov fut ému.

« Tu souffres, petit ?

– Beaucoup. Je ferai mon travail tout de même.

– Et tu n'as pas envie de te venger ? En assenant quelques solides coups de bâton au cheval ?

– Oh ! Monseigneur ! protesta Yvan. La pauvre bête ne me voulait aucun mal !

– Tu as bien fait, parce que je te voyais. Si tu l'avais frappé, je te condamnais aux étrivières et au carcan.

– Que Monseigneur soit là ou non, j'agis toujours comme si je me trouvais sous son regard. »

Le boyard, qui n'était pas des plus futés, se laissa prendre à ces propos hypocrites. L'attitude du fourbe était parfaite. Un regard trop humble, une voix mielleuse peuvent trahir. Mais Yvan fixait son maître d'un œil clair et hardi, il parlait avec une simplicité enjouée et Krekoubov en fut ému.

« Tu aimes les animaux, dit-il. C'est bien.

– J'aime les animaux comme je souhaite être aimé de mon maître, répliqua audacieusement le galopin. Ils nous servent de leur mieux et je sers avec tout le dévouement possible. »

« Il a du cœur et il n'est point sot », pensa Krekoubov, qui fit son enquête auprès du personnel, interrogeant l'un ou l'autre au hasard des conversations. Ainsi apprit-il que ce petit serviteur se montrait vaillant au travail, qu'il se soumettait aux tâches les plus ingrates et toujours avec bonne humeur. Ce qui était vrai. Les autres domestiques se déchargeaient sur le benjamin des besognes qui les rebutaient et Yvan, sans jamais rechigner, exécutait corvée sur corvée, toujours la fourche ou le balai à la main. Premier levé, il allumait le feu aux cuisines, plumait les volailles, dépiautait les chevreaux, puis courait traire les vaches et nettoyer les litières de l'écurie. Le soir, à la veillée, on le voyait astiquer les mors et les étriers de la sellerie, jamais inactif. De telle sorte qu'on ne le brimait plus, on le gâtait même un peu afin de l'attacher à la maison; ce précieux garçon expédiait l'ouvrage de quatre ou cinq adultes.

Enchanté par cet éloge unanime, Krekoubov prit le bon petit en amitié. Quelle joie, quel orgueil pour Yvan, le jour où son maître le pria de l'accompagner dans sa promenade à cheval! Les moujiks saluaient les cavaliers au passage et, quoique cette marque de déférence s'adressât au boyard, le drôle en prenait sa part. D'abord, Yvan resta dans le sillage du seigneur, à distance respectueuse. Puis, de naturel bavard, Krekoubov prit l'habitude de converser avec son jeune compagnon, dont la vivacité d'esprit l'amusait; alors l'homme et l'adolescent chevauchaient de front et Yvan pouvait se croire l'égal du seigneur.

Un après-midi, traversant une belle futaie de hêtres, Krekoubov déclara :

« Ces arbres sont vendus. Le marchand qui me les a achetés les fera couper le mois prochain.

— Votre Seigneurie m'autorise-t-elle à lui demander le prix qu'on lui en a donné? »

Question audacieuse. A tout autre indiscret, le boyard eût fait donner le fouet. Mais Krekoubov se contenta de sourire.

« Je devrais te répondre, petit, que cela ne te regarde pas, mais tu serais alors capable de croire que j'ai fait un mauvais marché. Eh bien, apprends que ton maître sait traiter une affaire. Le prix de cette vente : huit cents roubles, pas un kopeck de moins. »

Krekoubov se rengorgea : il croyait éblouir ce

jeune garçon dont l'intelligence précoce l'impressionnait. Mais Yvan hocha la tête d'un air sceptique.

« Puis-je me permettre de demander à Votre Seigneurie si elle a pris soin de faire compter ces arbres ?

— Pardieu, non ! Mon intendant en serait incapable, il se noierait dans les chiffres. Quant à moi, je ne tiens pas à perdre un temps que je préfère consacrer à la promenade et à la chasse. »

Ce que le boyard n'osait avouer, c'est qu'il aurait eu autant de peine que son intendant à dénombrer tous les arbres de la futaie.

Les deux cavaliers s'étaient arrêtés dans une clairière, leurs chevaux tirant sur les rênes pour happer quelques bouchées de feuillage frais. Yvan leva sur son maître un regard résolu.

« Votre Seigneurie m'autorise-t-elle à lui parler franchement ?

— Si je t'y autorise ! s'écria Krekoubov, vaguement inquiet. Petit, je te l'ordonne !

— Eh bien, Monseigneur, j'ai dans l'idée que vous vous faites voler. Permettez-moi de compter ces arbres et d'évaluer le volume de chacun d'eux. Quand j'aurai achevé ce travail, nous saurons, à peu de chose près, ce que vaut le bois de cette futaie. Si le prix est inférieur à celui qu'en donne le marchand, Votre Seigneurie décidera s'il convient ou non d'en aviser l'acheteur. Dans le cas contraire, qui est le plus vraisemblable, Votre Seigneurie aura la preuve que ce personnage a abusé de son auguste confiance. »

Un tel langage, alliant la servilité et le sens pratique, ne pouvait que séduire Krekoubov. Sans être avare, le boyard ne tolérait pas qu'on le volât : c'était là, se disait-il, porter atteinte à sa dignité. Le marchand l'aurait-il dupé ? Voulant en avoir le cœur net, Krekoubov pria Yvan de se mettre, dès le lendemain, à l'ouvrage.

Depuis trois ans qu'il servait au château, le jeune ambitieux avait pris taille et poids; sa courte barbe lui donnait l'aspect d'un adulte. Il était loin, le temps des brimades, et d'autant plus que les autres domestiques le redoutaient. Ses promenades quotidiennes avec le maître n'étaient-elles propices au dénigrement, à la délation ? D'un mot, il pouvait faire congédier, ou donner le fouet, ou jeter au fond d'un cachot : cela se murmurait aux cuisines. On le haïssait donc, tout en le respectant.

Accompagné d'un serviteur muni d'une hache, Yvan commença son travail. Il notait sur un morceau de parchemin la hauteur approximative de chaque arbre, la dimension de son fût à trois ou quatre pieds du sol. En outre, il établissait un classement selon la valeur de l'espèce, le chêne, le sapin, le hêtre donnant un bois d'œuvre plus recherché que l'alisier ou le bouleau. Dès qu'il avait évalué le volume et la qualité d'un arbre, l'homme à la hache faisait une légère entaille dans l'écorce, de telle sorte que le même sujet ne pouvait être compté deux fois. Moins d'une semaine plus tard, l'ingénieux garçon se présenta à son maître.

« Oserai-je dire à Votre Seigneurie qu'elle a manqué se faire ignoblement duper ?

– Quoi ! Ce sacripant de marchand...

– Il s'apprêtait à vous payer votre bois au quart de sa valeur.

– C'est bon ! s'écria Krekoubov, furieux. Je vais aller lui couper les oreilles !

– Que Votre Seigneurie s'en garde ! protesta

Yvan, qui gagnait en audace. Ces oreilles ne valent pas un kopeck. Je crois qu'il vaudrait mieux que j'aille le trouver de votre part et que je discute avec lui. »

Le boyard accepta aussitôt cette proposition où son indolence et son horreur des affaires trouvaient leur compte. Yvan s'en fut donc chez le marchand dans une calèche menée par un cocher, afin de se présenter en personnage important. Ce voyage fut la première grande joie du garçon. Comme la calèche portait les armoiries du puissant seigneur, paysans et villageois saluaient au passage. Cinquante verstes furent franchies dans l'allégresse. Yvan, insensible aux beautés de la nature, pensait à sa misérable enfance, à la dureté de ses premières années dans le château de Krekoubov, à son patient travail pour gagner la confiance de son maître... Maintenant, il roulait tel un personnage important, il lançait des ordres au cocher, il descendait dans une bonne hostellerie où il prenait son repas dans la salle des voyageurs, tandis que le cocher se restaurait à l'office. Mais ce succès ne le grisait pas, il le considérait comme une première étape dans son ascension sociale; il avait encore beaucoup à faire pour assouvir ses ambitions.

Le lendemain, il se rendit chez le marchand, qui le reçut fort mal.

« J'ai traité avec ton maître, je ne discuterai pas avec un vaurien de ton espèce.

— Celui que vous insultez ainsi n'est autre que le nouvel intendant de Son Excellence le prince Krekoubov, répliqua Yvan, payant d'audace et surpris lui-même de son aplomb. Vous avez abusé de la bonté de Son Excellence en lui extorquant un contrat qui sous-estime scandaleusement la valeur du bois vendu. Je vous offre donc le choix : l'annulation du marché ou les tribunaux et, bien entendu, la prison. »

L'escroc se défendit, jura, prit tous les saints du Paradis à témoin de sa bonne foi; puis, confondu par les chiffres, il céda. Enhardi par son succès, Yvan paya d'audace et déclara que, décidément, mieux valait soumettre l'affaire à un tribunal. Le négociant se vit au bagne, la perspective de la Sibérie le terrifia. Du coup, Yvan fit monter le prix, il exigea cinq mille roubles. Quelle joie pour lui de voir ce gros quinquagénaire bouffi de son importance qui suppliait, pleurnichait, criait qu'on l'écorchait vif! Ce spectacle le vengeait de toutes ses humiliations passées. Le bonhomme ayant suggéré qu'on pourrait peut-être s'arranger, entre gens qui se comprennent, sur le dos du boyard, un regard de probité outragée lui rentra son propos dans la gorge. Il lui fallut s'exécuter...

« Ne t'avise surtout pas, coquin, de laisser tes bûcherons couper un arbre de plus que ceux qui furent vendus, conclut Yvan en prenant congé. Je te le ferais payer mille fois son prix. »

Le drôle regagna le château de Krekoubov en savourant son triomphe. Cinq mille roubles, au lieu de huit cents prévus. Le prince lui sauta au cou, remerciant, congratulant, sans se douter qu'une telle somme, loin d'être le fruit d'une honnête discussion, était le bénéfice d'un chantage. Aussitôt, le vieil intendant fut relevé de ses fonctions et Yvan prit sa place. La chance aidant, Yvan réussit coup sur coup plusieurs opérations avantageuses pour Krekoubov et s'acquitta avec succès de quelques missions délicates. Un moins naïf que le boyard s'y fût laissé prendre.

De ce jour, Yvan fut, en fait, le maître de l'immense domaine. Krekoubov lui demandait son avis avant de décider de la construction d'un four à pain, d'une vente de bétail, du percement d'une route..., etc. Tout en enrobant ses réponses de formules flatteuses, le jeune intendant décidait. Il eut vite la main sur les bois, les récoltes, le cheptel, tout ce qui rapportait. Ceux qui naguère le traitaient par-dessous la jambe ne l'abordaient plus qu'avec déférence. Enfin heureux donc, le petit ambitieux? Eh bien! non. Cette position acquise par la ruse et la persévérance, il aurait voulu l'avoir dès le berceau. Tout ce qui rappelait ses modestes origines lui était intolérable. Aussi ne se rendait-il jamais en visite chez ses parents. La seule vue de leur triste isba l'irritait; du plus loin qu'il l'apercevait, au cours de ses allées et venues dans le domaine, il en détournait le regard. Tout autre qu'Yvan eût profité de sa position pour secourir les pauvres gens qui s'étaient privés pour le faire instruire. Lui, au contraire, rougissait à la seule pensée que son père portait le sayon du laboureur et sa mère une robe de mauvais coton. Etait-il capable de souhaiter leur mort afin de pouvoir mieux oublier? Ce n'est pas impossible.

Ce cœur de pierre s'attendrit toutefois, pour le malheur de mon amie Natacha. Yvan s'éprit, en effet, de cette belle jeune fille aux yeux charmants comme les feux d'un diamant, aux longs cheveux soyeux. Quand le drôle commença à la courtiser, je la mis en garde. Peine perdue. Avec son collier de barbe noire, ses larges épaules, sa taille svelte, Yvan ne manquait pas d'allure. En outre, l'importance sociale qu'il avait acquise impressionnait la jeune fille et ses parents.

Pour séduire le cœur de Natacha, le perfide mit toute la duplicité qui lui avait naguère permis de gagner la confiance du boyard. Rien que des propos édifiants. Il n'y avait pas plus probe, plus dévoué, plus désintéressé que lui. Bien sûr, je ne me laissais pas prendre à ces beaux discours, que Natacha écoutait avec la crédulité de la passion. Navrée de voir mon amie dupée par ce beau parleur, je tentai de la désabuser; elle se fâcha et je n'insistai pas.

Tu te demandes peut-être pourquoi Yvan avait jeté son dévolu sur une jeune fille de condition modeste. Il aurait pu attendre, avant de se marier, de réaliser quelques-unes de ses premières ambitions, car le gredin, toujours mécontent de son sort, visait haut, très haut; alors rien ne l'eût empêché d'épouser la fille d'un riche marchand. Mais, dans son orgueil, Yvan ne faisait pas de différence entre les parents de Natacha, paysans assez riches, et un opulent négociant. Pour le satisfaire, il lui eût fallu une jeune fille de haut rang, inaccessible au petit moujik qu'il avait été et même à un bourgeois. Et puis, il était amoureux; la nature humaine a de ces caprices.

Krekoubov tint à payer tous les frais de la noce, où les parents d'Yvan osèrent à peine se montrer; le marié affecta de les ignorer. Puis le boyard fit bâtir pour son intendant une coquette maison de campagne, il lui alloua quatre serviteurs. Néanmoins, passé le temps de la lune de miel, Yvan redevint maussade. Sa femme s'en inquiéta. N'était-il pas heureux?

« Non, avoua-t-il.

– Tu m'as dit que, si je devenais ta femme, rien ne manquerait à ton bonheur.

– Oh ! l'amour, quand on est pauvre ! fit dédaigneusement Yvan.

– Mais nous sommes loin d'être pauvres ! Bien logés, bien servis et tu gagnes assez gros... Des pauvres, des vrais pauvres, ce sont tes parents, par exemple. Ne crois-tu pas que nous devrions les aider ?

– Ne me parle pas d'eux, je te prie ! C'est précisément parce qu'ils m'ont fait naître dans la misère que je ne leur dois rien. D'ailleurs, que leur manque-t-il ? Ils n'ont aucun besoin.

– A ce compte, nous sommes comblés ! Tu as plus d'habits que tu n'en peux porter.

– Comblés ! s'écria Yvan avec un rire amer. J'ai un maître et tu me dis comblé !

– Plains-toi d'un maître qui n'a que des bontés pour nous ! Que te faut-il de plus ? »

Yvan arpentait la pièce d'un pas rageur. Il lança à sa femme un regard mauvais et répondit d'une voix sourde :

« Tu manques d'ambition, ma pauvre amie, puisque tu te satisfais d'une condition médiocre. Qui gère le domaine ? C'est moi. Qui fait élever le bétail ? Moi. Engranger le blé et moudre le grain ? Moi encore. Entretenir le château, les dépendances, les maisons des paysans et de nos villages ? Moi toujours. Trouves-tu qu'il soit juste que tous ces biens appartiennent à un autre ?

– Mais Dieu l'a voulu ainsi.

– En ce cas, Dieu s'est trompé. »

Ce propos blasphématoire acheva d'horrifier mon amie; elle pleura. Ah ! oui, elle avait été bien abusée par les boniments du fourbe ! Aujourd'hui, il arrachait cyniquement le masque, il découvrait son vrai visage.

« Mais alors, que te faut-il, grand Dieu ! Que te faut-il ? gémit Natacha.

— La place qui me revient de droit : celle du maître. Sans moi, le domaine n'existerait plus !

— Tu perds la tête, il existait bien avant toi.

— Où en serait-il aujourd'hui, si je ne tenais les rênes ? Les bois vendus à bas prix, les paysans négligeant leur travail, les bestiaux mal soignés... On courait à la ruine. Je sauve ce domaine, il est donc légitime que je le possède.

— En attendant, il ne t'appartient pas, répliqua Natacha, qui commençait à s'irriter. Comment t'y prendras-tu pour te l'approprier ?

— Ça, c'est mon affaire ! »

Mon amie préféra en rester là; elle craignait de savoir par quels moyens Yvan envisageait de spolier Krekoubov, car il était impossible à un intendant, même largement rétribué, d'acquérir honnêtement cette importante seigneurie. Elle souffrait d'autant plus des visées exécrables de son mari que le boyard était un brave homme. On l'avait connu heureux avec une très jolie femme, qui était morte avant de lui avoir donné un héritier. Depuis, il vivait seul, tristement et sans but. Mais on le voyait souvent, il rendait visite à ceux qui travaillaient et logeaient sur ses terres; il les aimait tous, même les juifs dont le petit ghetto jouxtait le village. Il traitait les juifs aussi bien que les chrétiens, fait tout à fait remarquable, pour ne pas dire unique, dans mes souvenirs de Russie... En tout homme, Krekoubov ne voulait voir que son prochain.

Quand Natacha accoucha de son premier-né, il fit bâtir une maison plus spacieuse pour Yvan, à qui il octroya une somme de dix mille roubles. Loin d'en être reconnaissant, Yvan envia de plus belle. Il se refusa même à remercier Krekoubov. Comme sa femme l'en pressait, il répliqua que ce serait là manquer de dignité. Confucius a cependant écrit que « plus le roseau est grand, plus il s'abaisse ». Mais Yvan n'avait pas lu Confucius. L'orgueil lui dérangeait l'esprit. Ne s'avisa-t-il pas de s'inventer une généalogie qui l'alliait aux plus hauts seigneurs du pays? Son arrogance tourna au grotesque et le village se moqua de lui, derrière son dos toutefois, car tous le redoutaient. Revenue de ses illusions sur le personnage, Natacha le méprisa; puis elle le prit en pitié.

Quand moururent ses parents, Yvan refusa d'assister à leurs obsèques, sous prétexte qu'il était, en réalité, le bâtard d'un très haut personnage, abandonné dans la forêt puis recueilli et adopté par ces pauvres gens. D'où son malheur : s'il avait été trouvé par Krekoubov, au lieu de l'être par des paysans, le prince l'eût sans doute adopté, il en serait aujourd'hui l'héritier légitime, riche, ayant droit de justice, reçu à la cour..., etc.

« J'aurais épousé une princesse et non une fille de naissance obscure comme toi, disait-il à Natacha, et je tiendrais mieux mon rang que ce vieil ours de Krekoubov qui néglige les gens de sa caste et s'habille comme un moujik. »

Fou donc, notre homme. Mais un fou qui recouvrait toute sa raison quand il menait les affaires du domaine et quand il escroquait le boyard. C'était là tâche aisée, Krekoubov se désintéressant de plus en plus de la gestion de ses biens. L'inconsolable cherchait à oublier son chagrin dans la lecture et dans la fréquentation de sages et d'érudits avec qui il s'entretenait de sujets philosophiques. Il s'inquiétait de l'au-delà. Y avait-il une vie posthume? Retrouverait-il son épouse? A chacun ses soucis; ceux d'Yvan étaient plus terre à terre et le gredin allait d'un pas assuré vers son but : l'accaparement des propriétés de son seigneur.

A mesure que passaient les années, l'intendant s'enrichissait et son bienfaiteur s'appauvrissait. Une fois par semaine, Yvan donnait à signer au boyard un tas de créances et de papiers divers. Krekoubov s'exécutait, les yeux fermés, confiant dans la probité de son protégé et tenant pour futiles les préoccupations matérielles. Jamais il ne se douta qu'il signait des créances au profit d'Yvan, qui devint ainsi le malheureux propriétaire de milliers d'hectares. Je dis bien : le malheureux propriétaire. Pourquoi ?

« D'abord, lui déclara Natacha, parce que tu es un voleur et qu'en toute logique les voleurs finissent au bagne.

— Les imbéciles, soit. Mais quand on est intelligent...

— Intelligent, toi ? Il n'y a pas plus niais ! Tes créances ne prouvent rien, sinon que tu es un escroc. La prudence te commande de brûler ces papiers. Et la religion t'ordonne d'aller confesser ta faute à notre pope. »

Tu peux imaginer l'effet produit par de tels propos sur un homme qui se jugeait digne d'admiration ! Furieux, Yvan rossa son épouse; puis il s'expliqua :

« Ces créances que j'ai accumulées représentent vingt ans d'obstination; je ne vais pas les sacrifier à tes craintes et à tes scrupules. Il est vrai qu'on peut les contester et j'y ai pensé avant toi. Il m'en faut encore quelques-unes avant d'avoir un droit de propriété sur tout le domaine et je ne suis pas homme à laisser une tâche inachevée. Après quoi, s'il arrive un accident à Krekoubov? Une bonne chute de cheval, par exemple? Qui se mettra en tête de les contester? »

Quelle folie de confier ainsi ce projet criminel à une femme qu'il savait pieuse et honnête! En outre, il s'était mis à boire, ce qui n'arrangeait rien. Terrifiée, Natacha vint me demander conseil.

« Tu as un devoir pénible à remplir, lui dis-je : aller prévenir le seigneur dont la vie est menacée. Qu'as-tu à hésiter?

— Je risque d'attirer la colère du prince sur mon époux.

— Singulier époux qui s'enivre tous les jours, t'insulte et te frappe! La colère de Dieu est bien plus terrible encore que celle d'un homme, fût-il le puissant Krekoubov; elle ne t'épargnera pas plus que ton mari, si tu gardes le silence. »

Cependant, Natacha hésita quelque temps, espérant qu'Yvan renoncerait à son projet; mais, chaque fois qu'elle y faisait allusion afin de l'en détourner, il ricanait, s'emportait, criant qu'il n'attendrait plus très longtemps avant d'agir : il voulait profiter de *sa* fortune au plus vite. Natacha finit donc par se décider. Un jour où, ivre mort, le coquin cuvait sa vodka, elle courut au château.

Le prince l'accueillit avec bienveillance. Il aimait beaucoup Natacha, dont le visage et les beaux cheveux lui rappelaient son épouse. La pauvre femme parla sans être interrompue, elle rapporta presque mot pour mot les propos d'Yvan, s'excusant d'avoir trop longtemps gardé le silence. Enfin, elle se jeta aux pieds du boyard en le suppliant de ne pas la traiter en complice de son mari : une faute avouée ne doit-elle être à moitié pardonnée ? Elle allait s'enhardir jusqu'à solliciter aussi l'indulgence pour Yvan, plaidant l'irresponsabilité d'un homme visiblement possédé du Démon, quand le boyard la releva.

« Sèche tes larmes, dit-il avec douceur. Ton Yvan veut de la terre : je lui donnerai tout ce qu'il convoite et même bien plus encore... Allons lui parler. Peut-être le rendrons-nous plus raisonnable. Mais je crains que ce ne soit difficile. Dieu a créé la terre une fois et ne fait-il pas des hommes tous les jours ? »

Natacha ne comprit pas très exactement le sens de ces dernières paroles, qui l'inquiétèrent. Krekoubov ne méditait-il un châtiment subtil ? Elle n'osa l'interroger. Le boyard fit atteler une légère voiture à deux places qu'il mena lui-même jusqu'à la maison de l'intendant. En mettant pied à terre, Natacha dit d'une voix tremblante :

« Il me semble que vous voulez sévir cruellement. Ne me faites pas regretter ma franchise.

– Rassure-toi, fit Krekoubov en lui prenant la main, qu'il serra dans sa grosse patte velue. Si ton mari doit être puni, ce sera par lui-même. »

Ils entrèrent dans la maison, alors qu'Yvan émergeait d'un sommeil qui n'était certainement pas celui du juste. Voyant son maître, l'intendant se leva, se frotta les yeux et s'inclina avec toutes les apparences du respect.

« Alors, dit rudement Krekoubov, tu n'es pas content de ton sort ? »

A la seconde, l'ivrogne fut dessoulé. La présence insolite du boyard, la question qu'il venait de poser et à laquelle il fallait répondre... Et Natacha, au fond de la pièce, qui cachait de ses mains son visage, comme si elle pleurait... « Cette idiote m'a dénoncé », pensa Yvan, résolu à se défendre.

« Noble seigneur, que pourrais-je souhaiter de mieux que de vous servir avec dévouement! s'écria-t-il sur ce ton d'hypocrisie qui lui avait déjà si bien servi.

— Ne proteste pas, tu ne ferais qu'aggraver ton cas. Ecoute plutôt les conseils de ton épouse qui t'a préservé de l'infamie en m'avouant tes projets. Ainsi tu étais prêt à perdre ton âme pour posséder mes biens ! Je pourrais te faire pendre ou t'envoyer au bagne, ce qui serait peut-être pire encore pour toi. Mais je veux être bon prince. Sais-tu ce que j'ai décidé ? »

Yvan écoutait, le cœur battant. Sauvé, il était sauvé, il vivrait, il pourrait préparer sa revanche. Il courba la tête avec toutes les apparences de l'humilité, anxieux de connaître la décision de Krekoubov.

« J'ai décidé de partager tous mes biens avec toi. Tu entends ? Tous. Cela te surprend, gredin, avoue-le. Mais, vois-tu, nous n'avons pas les mêmes idées et c'est une chance pour toi. Voici donc ce que je te propose : demain, à l'aurore, tu te mettras en marche. Toutes les terres que, de l'aurore au coucher du soleil, tu auras pu encercler de tes pas seront ta propriété. En échange, je ne te demanderai qu'une chose... »

Sans laisser le boyard achever sa phrase, Yvan se jeta à ses pieds.

« Tout ce que vous voudrez, Monseigneur ! Je vous le donne d'avance, de grand cœur ! Que voulez-vous ?

— Ta femme. »

La réponse tomba si brutalement que Natacha manqua de s'évanouir. Eh oui ! Le serviteur enviait son maître pour ses propriétés et le maître enviait le serviteur pour sa femme. Ainsi va la vie, comme disent les bonnes gens : nous convoitons toujours quelque bien de nos voisins. Mon amie n'était pas encore revenue de sa stupeur que le marché était conclu. Elle se trouvait lâchement abandonnée par son mari, échangée contre de la terre et des maisons, acquise ainsi par celui qui souhaitait la posséder, sans qu'on lui ait seulement demandé son avis. Ces deux hommes, à qui elle n'avait voulu que du bien, n'avaient pas pensé une seconde qu'elle eût pu avoir son mot à dire; ils n'écoutaient que la voix de leurs désirs. Les femmes, il est vrai, n'étaient jamais consultées, on les mariait et on les démariait, comme on achète et comme on vend un objet.

Je ne sais plus lequel des deux proposa d'arroser le marché, sans doute Krekoubov, car Yvan vint bientôt le rejoindre au château avec celle qui n'était plus sa femme. Ce dont je suis sûre, c'est qu'ils passèrent la nuit à s'enivrer de vodka. A travers la cloison, Natacha entendait Yvan qui criait à tue-tête : « Je suis riche, je suis le maître et la terre m'appartient! » Qui se souciait d'elle? Ni celui qui l'avait vendue, ni celui qui l'avait achetée. Elle se demandait si Krekoubov ne se repentait pas d'avoir conclu ce marché. A la réflexion, il lui préférait peut-être sa terre et il s'efforçait donc de mettre Yvan hors d'état de parcourir le domaine. A l'aube, en effet, Yvan eut les plus grandes peines à se lever de son siège. Deux valets durent le soutenir, quand il se trouva sur pied. Natacha, qui n'avait pu trouver le sommeil, l'entendit hurler :

« La tête me tourne! On m'a jeté un sort! Mais le diable emporte les magiciens! Je vais me mettre en marche et j'irai jusqu'au bout du domaine. Toute la seigneurie m'appartiendra. »

Les nuages masquaient la lumière du soleil et le vent les chassait vers le sud. Il avait plu toute la nuit et l'eau brillait dans les fondrières. Par une fenêtre, Natacha vit son mari tituber, puis faire un pas, deux pas, en se tenant la tête entre les mains. Fut-ce l'effet de l'air frais sur son front échauffé par les vapeurs de l'alcool ? La démarche d'Yvan s'affermit, le drôle commença par aller droit, mais sans hâte, puis il prit le pas de course. Prouesse incroyable, après une nuit de beuverie. S'il y avait intervention diabolique, c'était pour animer d'une énergie surhumaine ce corps exténué. Bientôt, Natacha vit la silhouette d'Yvan disparaître entre les arbres. Alors Krekoubov entra dans la pièce. Il ploya le genou et dit :

« Vois combien je t'aimais et combien ton mari t'aimait peu. Tu n'auras pas à regretter d'être ma femme.

– Mais savez-vous, Monseigneur, si moi je vous aime ? Et s'il me plaît d'être vendue comme une bête à la foire ?

– Je t'aime tant que ton cœur finira par s'attendrir. Conviens, d'ailleurs, que tu ne perds pas au change, puisque tu ne seras plus jamais injuriée ni battue. »

Emue par la voix grave et tendre de Krekoubov, Natacha sourit.

« Tout de même, protesta-t-elle, vous avez fait peu de cas de mes sentiments. Ne suis-je pas unie devant Dieu avec Yvan ? Cet homme a beau être un voleur, un ivrogne, avoir une âme d'assassin, j'ai le devoir de rester son épouse.

– Il ne veut plus de toi; il le prouve, en ce moment.

— Ce qui me console, reprit Natacha, c'est que vous me préférez à vos biens. Vous acceptez de vous appauvrir par amour pour moi. Du train dont il va, Yvan vous prendra beaucoup.

— Eh bien, s'écria gaiement le boyard, qu'il prenne! Je serai l'homme le plus riche de l'univers, puisque tu m'appartiendras. »

Yvan réapparut, courant toujours. Il venait d'encercler les champs les plus fertiles, ceux où poussaient le blé et les légumes, cédant à un instinct de paysan; né de gens qui vivaient du travail de la terre, il avait d'abord convoité le sol. Puis il avait pensé que c'était là agir sottement. Que valaient ces hectares auprès des magnifiques bâtiments de Krekoubov? En moins de pas, il pouvait gagner encore davantage, et il fit donc le tour du château, des écuries, des granges, de tous les communs, de la futaie de vieux arbres qui décoraient les abords de la demeure princière. Là, chaque enjambée était payante, je te prie de le croire. D'autres ne seraient pas allés plus loin, car d'ores et déjà le coureur avait assuré sa fortune.

Derrière la fenêtre, Natacha observait d'un œil Yvan, qui de foulée en foulée accroissait son domaine, et de l'autre Krekoubov, qui assistait à sa dépossession avec une indifférence stupéfiante.

« Monseigneur, dit-elle, vous voilà chassé d'ici. Sous quel toit vivrez-vous?

— Cela ne m'importe, si nous sommes ensemble.

— Mais, s'il poursuit ainsi sa route, vous restera-t-il une maison? Il ira loin.

— Si loin, s'écria le boyard, qu'il ne reviendra plus! »

S'étant assuré la propriété du château et de ses dépendances, Yvan ne perdit pas une seconde à reprendre son souffle; il pensait au village dont toutes les maisons appartenaient à Krekoubov. Le voilà donc reparti sous le ciel gris. Devant leur porte, les villageois le regardaient allonger ses foulées à un rythme régulier, stupéfaits par une agilité aussi insolite chez un homme que l'âge et l'abus de la vodka avaient alourdi et qui, depuis longtemps, ne se déplaçait plus qu'en charrette. La nouvelle du marché s'étant répandue, on s'interrogeait avec inquiétude sur les chances d'Yvan. S'effondrerait-il à mi-course? Les optimistes le prévoyaient. Ce à quoi les pessimistes répliquaient qu'Yvan était beaucoup trop avisé pour aller jusqu'au bout de ses forces, qu'il rebrousserait chemin dès qu'il se sentirait faiblir et regagnerait paisiblement le château, assuré de sa fortune. Chacun se résignait à passer sous le joug du personnage impitoyable et blâmait Krekoubov qui avait si étourdiment disposé du sort de ses sujets.

Le tour du village achevé sans reprendre haleine, Yvan vit les immenses champs plats qui, à l'horizon, se confondaient avec le ciel. Pas aussi fertiles, ces champs, que les terres à maïs et à légumes; mais, dans beaucoup de jachères, vaches et moutons pâturaient. La vue de ces troupeaux le stimula : avec le sol, il posséderait les bêtes. Il repartit, malgré la boue qui collait à ses bottes, longeant les labours et sautant les fossés. Un soleil très pâle apparut entre les nuages, au zénith : il devait être aux environs de midi. Depuis l'aube, Yvan ne s'était pas accordé la moindre halte et n'avait pris aucune nourriture. Mais il n'éprouvait nul besoin de boire et de manger. Y pensait-il seulement? Le démon de la possession le tenait tout entier, tuant la fatigue, le lançant toujours plus loin à l'assaut de tout ce qui s'offrait à sa vue. La convoitise d'Yvan s'engraissait de chaque hectare acquis, elle s'enflait monstrueusement, il semblait que la terre entière ne pourrait l'assouvir.

Le forcené arriva à la limite des terres cultivées. Au-delà s'étendaient les forêts de sapins, de hêtres, de chênes, d'érables et de bouleaux : des milliers d'hectares. Comme le soleil commençait à décliner, Yvan aurait dû raisonnablement renoncer; n'était-il déjà immensément riche? Mais il poursuivit; sans doute évaluait-il en courant les sacs de roubles que représentaient tous ces arbres qu'il saurait vendre au plus cher.

Dans sa course effrénée, l'infatigable passait parfois auprès d'un étang, et il pensait aux poissons qu'il ferait pêcher et vendre à la ville. Il est invraisemblable qu'un être humain ait pu parcourir de telles distances, surtout dans l'état où se trouvait Yvan à l'instant où il prit son départ. Je suis sûre qu'il avait le Diable au corps, que c'est à lui qu'il devait ses forces miraculeuses.

Nous étions nombreux à attendre son retour devant le château. Un marché stupide faisait de lui notre nouveau maître et tous en souffraient. Krekoubov, lui aussi, attendait. Sa sérénité nous choquait, il nous avait sans remords livrés à un monstre; elle nous stupéfiait également : n'était-il pas certain qu'à peine revenu Yvan le chasserait? Le soleil se coucha. Nous attendîmes toute la nuit. Au petit jour, chacun s'en alla dormir. Sans doute Yvan avait-il couru si loin qu'il s'était effondré avant de pouvoir fermer sa boucle.

Quelques mois plus tard, on découvrit le cadavre d'un homme qui s'était pris le pied dans un piège à loup. Mon amie reconnut, dans les loques qui couvraient à demi sa dépouille, les vêtements de son mari. Elle le fit inhumer dans le petit cimetière du village. La tombe ne mesurait guère que deux mètres carrés. Yvan pouvait reposer en paix : cette terre lui appartenait.

V

Liza eut un sourire triste et se versa un verre de thé, qu'elle but lentement en m'observant de ses beaux yeux calmes.

« Et ton amie? demandai-je pour rompre le silence. A-t-elle fini par aimer Krekoubov? A-t-elle été heureuse avec cet homme?

— C'est sans importance... Oui, je pense qu'elle le fut..., enfin à peu près... Mais tu n'as rien d'autre à me demander? »

Je hochai la tête avec embarras. Certes, il me restait bien des questions à lui poser, mais je craignais de m'exprimer gauchement. Comme j'aurais voulu briller devant Liza! Non pas afin d'éblouir cette femme étrange, mais pour mon propre plaisir.

J'avais dû penser à haute voix, car Liza m'a dit en posant sa main sur la mienne :

« Ne te tourmente pas. Aucun être ne peut se vanter de n'avoir jamais dit de sottise. La seule différence qui existe entre le sot et les autres, c'est que, lorsqu'il leur arrive de lâcher une ineptie, ceux-ci s'en aperçoivent... Pas toujours, il est vrai; disons donc souvent. Le plus affligeant dans tout cela, c'est que, si l'homme intelligent qui profère une sottise a une réputation flatteuse, il ne se trouvera personne pour oser le contredire. »

Je ne pouvais qu'acquiescer : Liza exprimait des idées et des sentiments qui m'étaient familiers. Mais qui était-elle ? D'où venait-elle ? Pourquoi m'avait-elle choisi parmi les nombreux touristes qui, chaque jour, venaient visiter la synagogue ? N'ayant osé le lui demander, je l'ignore encore aujourd'hui. Dans ce salon de thé, je revoyais en mon esprit tous ces vieux juifs qui, au temple, à l'heure de la prière, se posent et reposent mille questions, réfléchissent, argumentent, sans jamais trouver de réponse. J'avais donc beaucoup à demander, mais je craignais d'irriter Liza. Mieux valait donc me taire et l'inviter à parler encore un peu, pour ma joie. D'ailleurs, elle reprenait la parole.

« On pourrait épiloguer pendant des heures sur ce qui pousse les hommes à vouloir plus et plus encore. C'est là un mal dont beaucoup souffrent, même les nantis. Ces gens-là sont insatiables, alors que tant d'autres prient pour obtenir de Dieu leur pain quotidien, c'est-à-dire la nourriture indispensable pour survivre. Et puis il y a les modestes, ceux qui se satisfont de leur sort; ils ne sont d'ailleurs pas forcément les meilleurs, car ils peuvent être égoïstes. Les meilleurs et les plus heureux, je les vois généreux, s'oubliant pour alléger les peines de leur prochain. *Cash di sobi*, comme disent les Russes : tout ce qu'on fait, on le fait pour soi.

– Tu veux dire, Liza, que le refus de l'ambition permet d'atteindre à la sérénité.

– Oui, oui... Mais il ne faut pas confondre la sagesse et la sérénité. Ainsi les saints sont-ils des sages et leur sagesse rejoint la folie, puisqu'ils ne pensent ni n'agissent selon l'usage commun. Nous parlions de la paix de l'âme, que l'on appelle aussi la bonne conscience : c'est très souvent le fait de gens qui ne s'embarrassent pas de préjugés encombrants, et qui font n'importe quoi pour arriver à leurs fins. Ils possèdent l'art d'accommoder leur morale aux circonstances. Ecoute ceci.

Il n'y a pas si longtemps, vers 1750, j'ai vécu, au fond de la Russie, dans un petit village habité par une communauté de juifs hassidiques. Tu sais que les Hassidim opposaient au rationalisme talmudique la primauté de la vie intérieure et l'aspiration à l'union d'amour avec le Dieu sauveur. Ces gens-là ne craignaient pas seulement Dieu, mais aussi le Diable. Si tu te promenais dans le village, tu le trouvais semblable à tous ceux de la contrée : des isbas, des étables, des bergeries, des potagers, quelques ruelles et un horizon de sapins. Mais, le jour du sabbat, riches et pauvres se retrouvaient dans la synagogue, unis dans une fervente dévotion au Dieu unique. Cette piété, les villageois la devaient à leur foi et à l'exemple du rabbin, homme de grand savoir qui témoignait d'une abnégation et d'un esprit de charité exceptionnels. Semblable en cela à toutes les épouses, sa femme aurait préféré qu'il ne refusât pas la plupart des offrandes auxquelles il avait droit; mais il se voulait austère, il savait que beaucoup de donateurs mangeaient à peine à leur faim et il ne voulait accepter que l'indispensable aux besoins de sa famille. S'il se trouvait avoir du superflu, reb Avram s'empressait de le distribuer aux pauvres.

« Qui donne aux pauvres prête à Dieu, disait-il. Lui seul décide de ce que nous devons posséder et de ce qui nous est inutile. »

Lors d'un Conseil des Sages, reb Yaccov, qui était un peu jaloux de sa tranquille autorité, lui demanda, sans doute pour le mettre dans l'embarras :

« Qu'est-il préférable d'avoir, reb Avram ? Cinq filles ou cinq millions de roubles ?

— Je vais être sincère avec toi, reb Yaccov, et je te répondrai, au risque de te surprendre, que je préfère avoir cinq filles, comme Dieu me les a données. Car ceux qui possèdent infiniment plus de cinq millions de roubles me font l'effet de gens qui en voudraient encore davantage. Alors que moi, cela dit sans amertume et je te prie de me croire, j'ai cinq filles et je trouve que c'est bien suffisant. »

Reb Yaccov en eut le bec cloué. Tu vois quel genre d'homme était rebbé Avram. Tout le monde venait le consulter lorsque se posait un cas de conscience, et sa réputation de sage allait bien au-delà des confins de notre petit village. Chaque soir, de nombreux visiteurs envahissaient sa maison. Rebbé Avram n'éconduisait personne, il écoutait avec attention, méditait sur les problèmes qui lui étaient soumis, conseillait. Il oubliait ses soucis personnels, ne s'intéressant qu'à ceux des autres. Une générosité aussi rare me permet d'affirmer que cet homme était un saint.

Ce soir de printemps, reb Avram croyait avoir achevé ses consultations et il s'apprêtait à souper en compagnie de sa femme et ses cinq filles, quand un retardataire se présenta : Yoska, le porteur d'eau du village, petit homme chétif qui vivait dans une maisonnette avec son épouse, ses deux enfants et son cheval.

« Toi, Yoska ! s'exclama Avram. Tu as donc des problèmes ! Qui l'eût cru ? Une bonne épouse, deux charmants enfants, le gagne-pain modeste, mais assuré, une bonne santé... »

A vrai dire, Yoska était, depuis son plus jeune âge, affligé d'un strabisme convergent de l'œil droit qui parfois, sous l'effet de l'inquiétude et de la contrariété, gagnait l'œil gauche. Mais, par charité, le rebbé se gardait de faire allusion à cette petite infirmité.

« Rebbé, gémit Yoska, mon cheval est mort. Que vais-je devenir sans lui ? Je le traitais avec bonté et il me joue ce vilain tour. Trouvez-vous cela juste, rebbé ? Comment pourrai-je porter l'eau et le lait à mes clients ? Subvenir aux besoins de ma famille ? Pauvre, j'arrivais à grand-peine à garder ma femme que certains garçons courtisent, vous le savez. Tout à fait misérable, je risque d'être abandonné. »

Il n'était pas beau à voir, en effet, Yoska, louchant, pleurnichant et se tordant les mains...

« Ce n'était cependant pas le rebbé qui, d'un coup de baguette magique, allait en faire un bel homme, dis-je en riant. Ni ressusciter le cheval. Alors qu'attendait-il, le rebbé, pour le pousser vers la porte ? »

– Je n'aime pas entendre parler de baguette magique, répliqua Liza, c'est là un langage impie. Dieu seul, en exauçant nos prières, peut nous venir en aide. Laisse donc les histoires de sorcières et d'enchanteurs. Ne t'ai-je pas dit qu'Avram était un saint ? Je ne parle pas à la légère. Evidemment un autre que lui aurait pu éconduire aimablement Yoska en lui tenant des propos consolants, puis il serait allé souper avec sa femme et ses filles, mais un tel comportement n'était pas le fait du rebbé. Ce brave homme jugea de son devoir de porter secours à Yoska, et cela pour trois raisons : sa fonction l'y obligeait, puisque ses ouailles le considéraient comme le représentant de Dieu sur la terre; sa réputation était en jeu, Yoska ayant publiquement annoncé qu'il allait consulter le rebbé, et, quand je dis « sa réputation », j'entends la réputation de son ministère, car il n'y avait pas plus humble qu'Avram, qui ne cherchait nullement à éblouir ou être admiré; enfin il aimait les gens de son village et partageait toutes leurs joies et tous leurs malheurs. Il invita donc Yoska à se mettre en prières avec sa femme et ses enfants. La nuit portant conseil, ils finiraient, avec l'aide du Seigneur, par trouver la solution de ses « tsourés », autrement dit de ses soucis. N'est-il pas écrit, dans le Talmud, qu'à toute question il y a une réponse ?...

Yoska rentra donc chez lui plein d'espoir et, aussitôt après le souper, se mit en prières avec sa femme et ses enfants. La nuit lui parut longue et, plus d'une fois, il fut sur le point de s'assoupir. De temps à autre, il secouait sa femme, son fils ou sa fille qui cédait au sommeil.

« Il faut suivre l'ordre du rebbé, disait-il. Si nous dormons au lieu de l'implorer, Dieu se détournera de nous. »

Au matin, toute la famille avait les yeux rouges et les traits tirés. Femme et enfants allèrent se coucher, mais Yoska ne voulait pas prendre de repos avant d'avoir enterré son cheval. D'ailleurs, tout le village était là, rassemblé dans le petit jardin qui cernait la maison, afin d'assister aux obsèques du pauvre animal. Ces bonnes gens s'entretenaient du défunt comme s'il avait appartenu à l'espèce humaine : il avait toujours fait plus que son devoir; grâce à lui, même aux jours de tempête, même au plus froid de l'hiver, l'eau et le lait avaient été ponctuellement livrés. Beaucoup pleuraient. Yoska reçut les condoléances. Une vieille femme, s'essuyant les yeux, lui dit :

« Il était de ta famille. Grâce à son exemple, tu as élevé tes enfants dans la dignité et dans la foi. »

Puis chacun s'en fut, lentement et en silence, et Yoska alla prendre quelque repos. Il dormit d'un bon somme, confiant dans le pouvoir du rebbé...

Puis il se leva d'un pied alerte, persuadé que, grâce au rebbé, il allait être débarrassé de ses « tsourés ». Avram le reçut chaleureusement.

« Yoska, tu as prié et le Tout-Puissant t'a entendu, car je suis en mesure de t'offrir un autre cheval. A une condition cependant. Es-tu prêt à me suivre jusqu'au village voisin, dès que la nuit tombera ? Comme nous aurons environ deux bonnes heures de marche, tu préviendras ta femme afin qu'elle ne se fasse pas de souci. Cela dit, fais-moi confiance et ne me pose pas de question. »

Yoska rentra chez lui en sautant de joie. Il ne cherchait pas à comprendre ce que projetait le rebbé. L'essentiel était qu'il eût bientôt un autre cheval. Une nuit de prières lui avait semblé longue; une journée d'attente ne lui parut pas moins pénible, tant il avait hâte de se mettre en marche. Si grande que fût sa confiance dans le rebbé,

Yoska éprouvait parfois un sentiment de doute. Un nouveau cheval dans son écurie, et dès le lendemain, n'était-ce pas trop beau? Il pria encore, demandant à Dieu de prêter son aide à Avram; il essaya de dormir afin de disposer de toutes ses forces pour la prochaine expédition nocturne et, à l'heure du loup, il frappa à la porte de rebbé.

« Te voilà chaudement vêtu, dit Avram à la vue de la pelisse en fourrure et des bottes de Yoska. La précaution n'est pas inutile, car tous les démons de l'enfer se déchaînent dans la forêt. Je n'ai jamais entendu le vent siffler des rafales aussi sinistres. N'importe! Nous partons. »

Les voilà en route. Ils avançaient lentement parmi les sapins, s'enfonçant à chaque pas dans l'épaisse couche de neige. Les flocons, brassés par la tempête, frappaient les deux hommes au visage, les aveuglaient, mouillaient leurs mains, des mains qu'on ne pouvait protéger en les plongeant dans les poches des pelisses, car il fallait sans cesse écarter de basses branches. Encore Avram et Yoska n'y parvenaient-ils pas toujours et ils recevaient souvent une gifle glacée. De temps à autre, on entendait le craquement d'une branche brisée, parfois même le fracas d'un arbre déraciné. Quand la tornade se déchaînait, des grondements ébranlaient la futaie, comme si le tonnerre s'abattait entre les sapins. Sans la présence du rebbé, Yoska n'aurait pas eu le courage de poursuivre son chemin. Il était cependant aussi difficile et aussi périlleux de revenir en arrière que d'aller de l'avant. Pas la moindre lueur dans le ciel, d'où la neige tombait toujours. Se diriger vers la droite, vers la gauche? Où se trouvaient l'est et l'ouest? Le nord, le sud? Marchait-on vers le but? Tournait-on en rond? Dans ces ténèbres aussi profondes que la nuit du tombeau, Yoska prit peur et cria. Ses mains cherchèrent le rebbé dans l'ombre, le saisirent par le bras.

« Sauve-moi, rebbé, ramène-moi à ma maison. J'aime mieux être privé de cheval que de subir un tel cauchemar.

– Mon pauvre frère, répliqua le rebbé, il me serait tout aussi difficile de retourner au village que de persévérer dans notre dessein. Ne crains rien et rappelle-toi qu'il est dit qu'avec l'aide de Dieu un aveugle même peut trouver son chemin. »

Il me fut raconté qu'ils faillirent cependant se perdre deux ou trois fois. Le rebbé éprouva-t-il alors quelque inquiétude ? En ce cas, il se garda d'en faire part à son compagnon. Ayant débouché hors de la forêt, les marcheurs longèrent un marécage, gravirent une colline et arrivèrent devant plusieurs maisons dont on devinait les contours plus qu'on ne les voyait : elles se présentaient comme des grosses taches noires dans l'ombre.

« Nous sommes ici chez Yvan le riche, dit le rebbé à voix basse. Là-bas se trouve sa demeure; ici, devant toi, l'écurie, où il nous faut pénétrer sans être vus ni entendus. »

Avram fit jouer le loquet de la porte, qui résista pendant quelques secondes puis céda; et il poussa Yoska dans l'écurie tiède qui sentait la paille et le cheval. Le rebbé battit son briquet, referma la porte par où le vent s'engouffrait, alluma une lampe posée sur la terre battue.

« Tu vois, dit-il, que Dieu nous protège. »

N'était-ce un miracle de n'avoir pas trouvé la porte close au verrou ? Ni les chiens de garde aux abords des bâtiments réservés aux animaux? Yvan le riche ne pouvait supposer qu'on viendrait le voler par cette nuit à ne pas mettre un brigand dehors. Le rebbé leva la lampe à la hauteur de son visage. La flamme qui tremblait au-dessus de la mèche éclaira des stalles en bois d'ébène, les auges et les anneaux en bronze ouvragé. Merveilleux spectacle pour le pauvre porteur d'eau qui logeait son cheval dans une cabane! Yoska étouffa un cri d'admiration. Et les chevaux! Ils étaient une centaine, alezans, bais, gris, rouans, pies, aubères, louvets, le poil brillant; des bêtes de race bien nourries. Certains semblaient dormir. D'autres, les yeux mi-clos, léchaient les boiseries ou encensaient de la tête en faisant tinter les maillons de leur chaîne.

« Tu rêves debout, dit le rebbé en secouant Yoska par l'épaule. Hâte-toi de revenir sur terre, car tu ne dois pas t'attarder ici. Comme tu vois, ce ne sont pas les chevaux qui manquent. Fais ton choix.

— Mais, rebbé, ces chevaux ne nous appartiennent pas! Que fera le propriétaire, quand il saura qu'on lui a volé un cheval? Il lancera ses moujiks à mes trousses et je serai pendu.

— Avant notre départ, tu m'avais promis de ne pas poser de question. Je constate que c'est au-dessus de tes forces et qu'il te faut discuter... Allons, choisis ton cheval! Je prends ma responsabilité devant Dieu et même devant les hommes. S'il y a péché, que ce péché retombe sur moi!... Comment veux-tu, Yoska, que les riches sachent qu'ils sont riches si les pauvres ne leur empruntent rien? Si Yvan a pour deux sous de bon sens, il sera flatté de notre visite, car un grand prophète a dit un jour : « Que Dieu me fasse forêt

« afin que mes semblables puissent venir prendre « du bois chez moi ! » Garde donc tes objections. Prends un cheval et laisse tes scrupules. »

Yoska fut un long moment avant de fixer son choix. Chaque cheval lui semblait plus beau que l'autre. Quand l'un d'eux tournait la tête vers lui, les naseaux frémissants, l'œil curieux, il se demandait si ce n'était pas là un signe du Ciel. Celui-ci ? Celui-là ? Toutes les robes le tentaient. Plusieurs fois, il fut sur le point de détacher une bête de sang, un cheval de selle à l'encolure gracieuse et aux fins jarrets, se réjouissant de la stupéfaction admirative que manifesteraient les gens de son village. Mais il craignait le blâme du rebbé qui lui reprocherait de pécher par orgueil. Enfin il se décida pour un bidet aux longs poils, musclé et court sur jambes, plus apte à son futur métier qu'un élégant coursier. Il s'en approcha, le flatta de la main, le gratta affectueusement entre les oreilles et le petit cheval frotta la tête contre la sienne, comme s'il savait qu'il liait connaissance avec son nouveau maître et s'en réjouissait.

« Hâte-toi, dit le rebbé avec impatience. Le jour ne tardera pas à poindre et, si un palefrenier te surprend dans cette écurie, tu n'en sortiras pas sur le dos de ton cheval, mais la corde au cou. »

Il ouvrit la porte, comme pour inviter Yoska à déguerpir. Le ciel commençait à pâlir, s'éclaircissait, mais il tombait encore quelques flocons de neige, qui effaceraient les traces des sabots : visiblement, Dieu protégeait les deux compagnons. Yoska enfourcha son cheval et s'éloigna dans la blancheur glacée. Alors le rebbé se frotta les mains, soit qu'il se réjouît du succès de son entreprise, soit qu'il eût froid. Puis il referma la porte, éteignit la lampe et, à tâtons, gagna la stalle vide du bidet, où il se coucha et s'endormit.

Le grand froid devait inciter le personnel de l'écurie à la paresse, car le soleil, fort pâle, brillait assez haut dans le ciel, quand un palefrenier entra dans l'écurie. L'homme ouvrit la porte pour aérer l'énorme bâtisse et commença la distribution du foin. Il allait en sifflotant, une botte sur l'épaule, jetait la botte sous chaque auge et s'en repartait vers la remise à fourrage. Pas pressé, ce matin-là, car le maître ne monterait certainement pas à cheval, on risquait trop de se briser les os en tombant sur la neige durcie par le gel. Cet homme devait aimer les chevaux, car il s'attardait auprès de chacun d'eux, caressant la tête ou l'encolure, psalmodiant des phrases tendres; ainsi la distribution du foin n'allait pas grand train.

Tandis que le palefrenier s'attardait ainsi, un personnage couvert d'une pelisse en peau de loutre entra dans l'écurie en tapotant ses bottes fauves avec un fouet de chasse. Barbe rousse, œil clair, teint frais, prétendant visiblement à la coquetterie, il portait beau, Yvan le riche. Entendant le sifflotement du palefrenier, il fronça les sourcils.

« Je suis là, Stiva!

– A votre service, maître. »

Stiva courut s'incliner devant son seigneur, lui demandant, par habitude, s'il projetait de sortir à cheval ou en traîneau.

« Pas aujourd'hui! Les loups eux-mêmes ont le poil gelé. Mais tu es bien lent à la besogne! Et comment se fait-il que tu sois seul à distribuer le foin? A cette heure, tous mes chevaux devraient avoir mangé leur ration. »

Stiva n'osa avouer que les autres palefreniers

sommeillaient encore sous leurs couvertures, le froid n'invitant pas aux levers matinaux. Il balbutia quelques mots incompréhensibles en tripotant la boucle de la courroie qui, à la hauteur des hanches, enserrait son sarrau.

« C'était toi qui gardais l'écurie cette nuit ? Tout s'est bien passé ? Tu n'as rien à me signaler ?

— Non, maître. »

Quand je te disais que Dieu avait protégé l'entreprise du rebbé ! Stiva aurait dû, en effet, coucher sur une botte de paille, au fond de l'écurie. Il avait préféré dormir sur une couette, auprès de son épouse, après s'être assuré que la porte de l'écurie était bien fermée : pas de voleurs à craindre par cette nuit d'ouragan, et les loups n'ont jamais porté la patte sur un loquet. C'était là une très grave faute qui rendait le coupable passible du carcan et du fouet. Je te le répète : il fallait que Dieu ait obscurci le jugement de Stiva pour qu'elle fût commise. Le palefrenier reprit son travail, tandis qu'Yvan parcourait l'écurie, fixant sur chaque cheval le regard du maître. Un jeune domestique, Vaska, qui s'était décidé à sortir de son lit, montra le nez sur le seuil. Apercevant le seigneur qui, heureusement, se présentait de dos, il se dirigea vers le bâtiment à fourrage et revint à l'écurie, les bras chargés de foin, se donnant l'apparence d'un palefrenier surpris en plein travail. Jamais Yvan ne se levait d'aussi bonne heure, ce n'était pas de chance pour Vaska.

« Que fais-tu là, toi ! » s'écria le maître en s'arrêtant devant une stalle.

Vaska se crut interpellé et, dans sa frayeur, ne trouva rien à répondre; il ne sut que poser sa botte de foin et saluer en s'inclinant. Mais ce n'était pas à lui que s'adressait Yvan, qui reprit d'une voix furieuse :

« M'entends-tu, vaurien ? Lève-toi et réponds-moi. »

Le rebbé s'éveilla en se frottant les yeux. Il se leva, chassa de la main les brins de paille qui collaient à sa pelisse, s'étira avec le même calme que s'il sortait de son lit, dans une chambre familière, et, de sa voix la plus paisible :

« Salut, Yvan ! De longtemps, je n'avais aussi bien dormi. Un vrai sommeil de cheval, ce qui donne à croire que les animaux ont, plus que nous, la paix de la conscience.

— C'est toi, rebbé Avram ! fit Yvan, stupéfait. Mais mon cheval ? Le petit cheval pie qui est aussi fort qu'un mulet ?

— Evanoui, ou plutôt métamorphosé.

— Tu es savant, rebbé, s'écria Yvan, hors de lui, et tu te joues de mon ignorance ! Tu vas me tenir des discours auxquels je ne comprendrai rien, tu vas me rouler dans ta farine à bon Dieu, mais, si je ne possède pas le savoir, j'ai quelque sens commun. Le plus bête des moujiks, ne voyant pas son cheval à l'écurie, comprendrait que ce cheval a été volé. Et te voyant là, à sa place, il conclurait que si le cheval est parti, le voleur ou plutôt son complice est resté.

— Et pourquoi serait-il resté ? Il me semble qu'il aurait plutôt pris le large.

— Parce que ses forces l'ont trahi, il a cédé au sommeil. Ou il a eu peur de la tempête, il a pensé que ce pauvre imbécile d'Yvan le riche était plus facile à convaincre que les éléments déchaînés. En quoi tu te trompes. Tu as pris la place d'un cheval, tu seras traité à coups de fouet, comme un cheval.

— Avant de m'accuser et de m'insulter, laisse-moi m'expliquer, répliqua le rebbé. Je préfère que tu sois seul à m'entendre. Veux-tu donner à tes serviteurs l'ordre de sortir d'ici ? »

Les deux palefreniers ne demandaient qu'à s'esquiver, Stiva parce qu'il se savait coupable de n'avoir pas dormi à l'écurie, Vaska parce qu'il était arrivé en retard pour soigner les chevaux. Ils se frottaient les yeux et les oreilles. Avaient-ils vraiment vu et entendu ? Un cheval pouvait-il se métamorphoser en rebbé ? De nos jours, un enfant de huit ans à qui tu conterais cette histoire resterait sceptique. A tort : je pense que ce sont les miracles qui nous donnent le sens de la réalité; ils nous mènent, au-delà des apparences, au cœur même du vrai. Or, en ce temps-là, on croyait aux fées, à Dieu et aussi au Diable.

— Eh bien, rebbé ! fit Yvan d'une voix plus calme, quand il fut seul avec Avram, te décides-tu à m'expliquer ? Qu'est-il advenu de mon pauvre cheval ?

— C'est très simple, Yvan. Il y a quelques années, j'ai péché, allant à l'encontre de ce qu'ordonnait la loi de mes ancêtres. Alors, j'ai dû comparaître devant le tribunal du Tout-Puissant et j'ai été condamné à être enfermé dans la peau d'un animal de mon choix. Tu dois penser que je n'étais pas assez sot pour devenir mouton ou lapin et finir à la rôtissoire. La raison m'invitait à choisir un animal qui ne soit ni comestible ni voué à une existence aussi ennuyeuse, aussi stupide que celle de la limace, par exemple, ou des vers de terre. Quant au serpent, je le rejetai aussi, le tenant pour satanique depuis que Lucifer prit un jour sa forme, d'où notre malheur à tous. Alors j'ai pensé à toi...

— A moi ! Tu aurais mieux fait de penser à un autre, rebbé !

— A toi, qui aimes les chevaux et qui es si bon pour eux. Je me suis dit : « Cheval chez Yvan, bien « logé, bien nourri, bichonné, cajolé, il n'y a pas « mieux ! » Modeste, je me suis seulement voulu bidet un peu oreillard, aux poils de chèvre, petit cheval de service, alors qu'il eût été plus flatteur de m'incarner dans un fougueux coursier. Cette nuit, ma faute expiée, j'ai repris ma forme primitive. »

Yvan hocha la tête et fit claquer son fouet avec humeur. Il lança un regard vers la stalle vide et grommela :

« Ce que tu me contes là est difficile à gober. Si tout autre que toi me tenait ce langage, je le ferais pendre, d'abord pour m'avoir volé, ensuite pour m'avoir pris pour un imbécile. Mais je te sais saint homme, incapable de mentir... Il y a cependant quelque chose qui me choque : tu as péché, tu as expié, mais moi, innocent, je me trouve injustement châtié par la perte de mon cheval. En outre, tu n'as pas été très délicat en venant manger mon foin et mon avoine, alors que tu savais qu'un jour tu rentrerais dans ta peau de rebbé. Je me souviens de cette matinée où je t'achetai à la foire. Tu étais là, avec les autres chevaux du maquignon; je me suis approché de toi, j'ai examiné tes dents, l'état de tes sabots, j'ai tâté tes jarrets pour m'assurer de leur musculature, bref, je t'ai considéré comme un animal quelconque. Tu aurais pu me faire un signe afin de me prévenir, de me mettre en garde, c'eût été plus honnête.

— Voyons, Yvan, protesta le rebbé, en ce cas, tu ne m'aurais pas acheté ! Je me suis précisément incarné dans ce bidet à la seconde même où tu as décidé de l'acquérir. Tu dois d'autant moins t'en plaindre que Dieu, qui sait tout, a pu se rendre compte que tu m'as bien traité tant qu'a duré ma vie de cheval. Il t'en saura gré, surtout si tu me laisses partir librement et la tête haute. Que vaut un cheval en regard de l'estime du Seigneur ? Au fond, grâce à moi, tu fais une bonne affaire.

– Tu as la langue bien pendue, dit Yvan, ébranlé par ces arguments. Je ne suis pas avare et je me résigne à la perte de mon cheval. Tout de même, tu as manqué de franchise. Si tu m'avais prévenu, je t'aurais traité avec plus d'égards. Je me souviens t'avoir donné un coup d'étrivière, un jour où tu n'entrais pas assez lestement dans ta stalle. Je te prie de m'en excuser.

– Où serait ton mérite, Yvan, si tu avais su que j'étais un homme ? Que Dieu avait l'œil sur toi ? Quant au coup d'étrivière, je t'en suis reconnaissant, il m'a rappelé ma condition de cheval. Maintenant, laisse-moi partir. Si j'avais voulu te duper, je serais redevenu rebbé un après-midi de beau temps, quand les chevaux sont au pâturage. Disparu alors ton bidet, ni vu ni su, je serais rentré paisiblement chez moi. Au contraire, je t'ai attendu afin que tu connaisses la vérité, aussi surprenante qu'elle puisse te paraître. Pour tout te dire enfin, Dieu m'a condamné à subir cette dernière épreuve : un aveu de ma métamorphose qui remet mon sort entre tes mains. »

Je te laisse le soin d'imaginer la perplexité d'Yvan, qui se dandinait, tout son corps pesant tantôt sur un pied, tantôt sur un autre. Certes, il ne demandait qu'à croire ce que lui disait le rebbé. Comment douter de la parole d'un rebbé qui sait si bien mentir ? Et qui ne souhaite s'assurer le Paradis pour un cheval ? Par ailleurs, il craignait de passer pour un âne.

« Réflexion faite, rebbé, dit-il, quelles que soient les circonstances, il n'appartient pas à l'homme d'aller contre la volonté de Dieu. Le Seigneur m'a pris mon cheval, il me donne en échange un rebbé que je ne puis ni monter ni atteler... Tu peux partir », conclut-il à regret.

Avram n'en espérait pas tant. Il salua et s'en fut d'un pas alerte, quoiqu'il eût le ventre creux depuis la veille, Yvan ayant oublié de lui offrir du pain et du lait avant de lui rendre la liberté. Avram aurait pu demander un peu de nourriture avant de se mettre en route. Je ne sais s'il y songea, je suppose qu'il avait hâte de déguerpir. Peut-être aussi la joie, l'orgueil de son succès lui ôtaient-ils l'appétit. Des bûcherons qui l'aperçurent dans la forêt rapportèrent au village qu'il allait en dansant et en chantant des psaumes à la gloire de Dieu. Autour de lui, la futaie revenait à la vie, les oiseaux sortaient de leurs nids, les sapins, d'un coup de vent, se débarrassaient de la neige, quelques cerfs erraient, se frottant parfois contre les troncs blancs des arbres. Le voyage de retour fut donc facile et le rebbé ne risquait pas de s'égarer, comme au cours de la dernière nuit; il lui arrivait de voir sur la neige les empreintes du bidet si adroitement enlevé à Yvan le riche, alors il riait...

Grâce à l'ingéniosité d'Avram, le village ne manqua ni d'eau ni de lait. Yoska était content de son nouveau cheval, aussi vaillant que celui qu'il avait perdu, aussi doux et encore plus endurant. Sa femme et ses enfants choyaient l'animal, qui leur témoignait sa reconnaissance. A ceux qui s'étonnaient qu'il eût si promptement remplacé le mort, Yoska répliquait :

« Ce cheval neuf, il m'est tombé du ciel ! »

Plus de misère en perspective. La femme de Yoska, Anna, qui jusqu'alors n'admirait guère son mari, laid, chétif, un peu geignard, se prit à le considérer : avoir, en une nuit, remplacé son cheval ! et non par une bête errante, efflanquée, souffreteuse, mais par un animal robuste et bien en chair qui sortait visiblement d'une bonne écurie. Mais si ce cheval avait été volé ? Anna alla faire part de ses scrupules au rebbé.

« Ne te tourmente pas, ma fille. Ton époux est homme de piété. Il a prié sur mon conseil. Vous avez prié avec lui, tes enfants et toi. Il est juste, il est normal que vous ayez été exaucés. »

De ce jour, Anna admira son mari et ne prêta plus l'oreille aux propos enjôleurs des beaux garçons du village; sa fidélité ne lui pesa plus, elle considéra le métier de porteur d'eau comme aussi honorable que celui du médecin et de l'ébéniste. Tout alla donc au mieux pour Yoska et les siens, jusqu'au jour de la grande foire annuelle...

Il y eut, comme toujours, affluence sur la place du village : marchands venus des bourgs voisins, paysans, éleveurs, négociants discutaient, s'invectivaient, riaient, s'assenaient de lourdes tapes sur l'épaule, après avoir conclu une affaire, chacun croyant avoir été plus rusé que son partenaire. Certains marchandages n'en finissaient pas. On entendait, par exemple : « Je prends ta mule, mais avec la bride et le bât. Tu es d'accord ? – Non, certes ! Un bât tout neuf ! » La discussion se poursuivait souvent à l'auberge, devant des verres de vodka. Parmi les plus sollicités était Yvan le riche, qui déambulait, son gros ventre serré dans un casaquin de maquignon, car, lorsqu'il courait les foires, le bonhomme se gardait de jouer les opulents. On l'interpellait :

« Venez admirer mon taureau, digne seigneur! Vous seriez fier de l'avoir dans votre étable! »

Yvan faisait la sourde oreille; il se défendait des malins, habiles à cacher une tare de la bête. On tope, marché conclu, on paie et le malin se moque derrière votre dos : il a été joliment trompé, le riche! Nullement avare, Yvan, mais ne souffrant pas qu'on le ridiculisât. Il prenait donc un air indifférent, quoiqu'il eût l'œil sur tout et sur tous.

Je ne sais quel mauvais vent poussa, cet après-midi-là, Yoska sur la place. Sans doute, depuis quelque temps, négligeait-il ses prières et Dieu ne pouvait que lui en tenir rigueur. Encore, s'il était venu seul, en promeneur! Mais non : il menait par la bride son bidet chargé de l'eau et du lait qu'il devait livrer à l'autre bout du village. Comme s'il n'avait pu faire son travail au petit matin, avant l'ouverture de la foire! Du plus loin qu'il le vit, Yvan fronça les sourcils et rit dans sa barbe. Il s'approcha à vives enjambées du porteur d'eau et s'écria :

« Voilà une bonne affaire pour moi et sans bourse délier! Holà, le porteur d'eau! Arrête-toi, si tu ne veux pas que ma canne caresse tes épaules! »

Stupéfait, Yoska obéit et attendit que le gros homme fût sur lui. Il n'avait rien compris à ce don du cheval tombé du ciel. Il ne comprenait pas davantage aujourd'hui. Yvan tourna autour du bidet en l'examinant avec attention, puis d'un ton jovial :

« Alors, dit-il, te revoilà, mon vieux cheval! Je me demande quelle folie ou quel péché tu as pu commettre pour que le Tout-Puissant Seigneur t'ait fait reprendre ta forme de naguère !... Peu m'importe, d'ailleurs ! C'est une affaire entre Dieu et toi. Mais demain, à l'aube, je veux te revoir dans mes écuries. »

Encore plus abasourdi, Yoska resta d'abord silencieux. Puis il protesta :

« Ce cheval m'appartient ! C'est le rebbé lui-même qui me l'a donné en cadeau !

– Ton rebbé ! fit Yvan en s'esclaffant. Sais-tu où il est, ton rebbé ?

– Bien sûr ! Il est parti, voici quelques jours, en voyage ! J'ai entendu dire qu'il se trouvait chez son frère, à cinquante verstes d'ici.

– Il est là, ton rebbé ! s'écria Yvan en posant les mains sur l'encolure. Là et pas ailleurs ! S'il pouvait parler, il te le dirait lui-même. »

Que le rebbé fût en voyage, qu'il ne pût venir, par une nouvelle ruse, abuser Yvan le riche, cela prouvait bien que Dieu se détournait de Yoska.

VI

DEVAIS-JE sourire ? Liza m'avait-elle conté une histoire gaie ? Celle d'un bon tour joué par le rebbé à Yvan le riche, au bénéfice du porteur d'eau qui disposa, pendant plusieurs mois, d'un cheval volé. Ou une histoire triste ? Celle d'un ingrat que Dieu châtie en l'abandonnant aux hasards de la vie. Comme le serveur traversait la salle, je commandai deux autres tasses de thé; le garçon apporta une théière qu'il posa sur la table.

Je commençais à connaître Liza, à travers ses nombreux passés qui se rejoignaient dans cette salle baignée d'ombre où une vieille femme, le buste légèrement penché, me livrait ses secrets. Cependant le personnage de rebbé Avram m'intriguait. Trop malin, trop astucieux pour un saint homme.

« Et du Diable, Liza, qu'en pensait-il, ce saint homme ?

— Il disait que nous dissimulons tous, au plus profond de nous, une petite part de Diable. Ainsi à propos de l'amour. Il trouvait l'homme et la femme trop prompts à s'enflammer, jurant à la légère une passion éternelle à l'être aimé. Et puis voilà que, le lendemain de cette déclaration éperdue, l'amoureux, rencontrant une autre belle, s'interrogeait : « Pourquoi Dieu s'est-il avisé de « mettre sur mon chemin une fille aussi ravis-« sante que Féguélé ? » Tu peux faire confiance à ces versatiles : ils trouveront toujours de bonnes raisons pour se justifier, car ils n'hésitent pas, quand la paix de leur conscience se trouve menacée, à confondre Dieu et Satan. »

J'interrompis Liza :

« A ton sourire, je crois deviner que tu as dû avoir affaire à cette sorte de démon qui fait naître ou détruit les amours.

– Je n'ai pas eu à le chercher, puisque j'ai été l'épouse de rebbé Avram. Et plusieurs fois, même !

– A-t-il, comme toi, le don de renaître à la vie ?

– C'est un don que possèdent tous ceux qui font souche, ils renaissent dans leur progéniture. Les Avram étaient rabbins de père en fils et je fus l'épouse de certains d'entre eux au cours des siècles. Ne me qualifie pas d'incestueuse, puisque je m'incarne, chaque fois, dans un corps différent... C'est te dire que je me trouvais mieux placée que quiconque pour connaître la famille des Avram.

– Or, Liza, tu viens de me dire que, malgré toutes ses vertus, un Avram pouvait être aussi le Diable.

– En effet, il le fut à l'occasion, quand les circonstances l'y invitaient.

Il avait une morale toute personnelle, à la fois exigeante et rusée. Je me souviens d'un vendredi soir où je m'inquiétais, car l'office était depuis longtemps terminé; j'avais dressé la table et allumé les bougies. J'attendis plus d'une heure mon mari, qui, au lieu de rentrer chez lui en sortant de la synagogue, était allé rendre visite à la vieille Riffka, une brave femme qui n'était pas allée, ce soir-là, à la synagogue, car elle souffrait d'une forte migraine. Sur le chemin du retour, il vit un jeune homme qui enjambait le parapet d'un petit pont de pierre. S'élancer, l'empoigner par le col de sa tunique, le tirer vivement en arrière fut l'affaire de quelques secondes. Le jeune homme repoussa violemment son sauveur.

« Laissez-moi agir comme il me plaît! s'écria-t-il. De quoi vous mêlez-vous ? »

Il devait avoir tout au plus vingt-cinq ans. Une assez belle tête, quoique son visage fût tiraillé par des tics. Ses yeux brillaient de colère, mais cette fureur n'impressionna pas le rebbé.

« Quelle singulière idée de prendre un bain à l'heure où tu devrais être chez toi, en famille! »

Et, comme le jeune homme gardait un silence maussade, le rebbé reprit sur un ton plus rude :

« Vas-tu répondre! Réponds, ou je te jette à l'eau et, cette fois, je ne te retiendrai plus.

— Ne vous souciez pas de mes affaires, répliqua le jeune inconnu. Il est inutile que vous me jetiez à l'eau, car, sans votre intervention, ce serait chose faite et je ne serais pas contraint de discuter avec un rebbé. J'en aurais fini avec l'amour, avec la souffrance et avec la vie. »

Jamais rebbé Avram n'avait entendu pareil langage et jamais encore sa fonction sacerdotale n'avait été traitée avec une telle irrévérence. Il eut alors l'idée de spéculer sur la crainte du Démon, plus efficace, en certains cas, que l'amour dû au Tout-Puissant.

« Sais-tu seulement à qui tu parles ? dit-il d'une voix impérieuse. Sais-tu que j'ai le pouvoir de venir en aide à ceux que je veux secourir ? Sais-tu que si je me suis trouvé sur ce pont à la minute où tu cherchais la mort ce ne fut point par un effet du hasard ?

– Ne vous fatiguez pas à me convaincre, rebbé ! Il y a longtemps que je ne crois plus en Dieu !

– Qui te parle de Dieu ? fit le rebbé en éclatant de rire. Je suis le Diable ! »

Le jeune homme tressaillit et recula avec effroi; il niait l'existence de Dieu, mais d'instinct il croyait au Diable.

« Penses-tu maintenant que nous pourrons nous entendre ? » reprit le rebbé d'une voix persuasive.

Le garçon hésita à répondre. D'évidence, il était déconcerté à la vue de Satan déguisé en rebbé. Mais, dans son désespoir, il dominait peu à peu la crainte que lui inspirait la vue du Maudit. Il éprouvait une vive tentation de se confier à un Satan qui lui semblait si obligeant. Sentiment fort répandu : nous en voyons, chaque jour, de ces gens qui sacrifient leur âme au bonheur terrestre. Il se décida donc à conter son histoire en phrases tantôt exaltées, tantôt tremblantes, selon que sa passion amoureuse l'emportait ou non sur la peur de la damnation. Son père, Erem Yenkélé, exerçait la profession de cordonnier dans un village voisin de Kremantchik; un maître artisan, dont les bottes étaient réputées à trente verstes à la ronde. Lui-même avait appris ce métier et fit du bon travail jusqu'au jour où, sous l'influence de quelques mauvais garçons de son village, il commença à courir les auberges et à boire plus que de raison. En outre, il s'éprit d'une femme qui n'en voulait qu'à son argent et dont il s'imaginait ne plus pouvoir se passer. Il fit des dettes qui restèrent impayées et la fille, le sachant démuni, s'envola à la recherche d'une autre dupe.

« Et maintenant, conclut-il, que tu sois Diable ou rebbé, crois-tu toujours pouvoir arranger mes affaires? En outre, comme tu peux en juger, je n'ai pas grand-chose à offrir pour te payer de tes bontés, pas même mon âme, qui doit être aussi sèche et aussi dure que le marbre. Elle saura résister à la morsure du feu infernal, je t'en préviens, car tu es un Diable sympathique et je ne voudrais pas que tu fasses un marché de dupe.

— A-t-on jamais vu un mortel s'inquiéter des affaires du Diable? protesta le rebbé. Mais tu as raison et, comme tout Diable qui se respecte, je te propose un marché honnête: Tu va m'accompagner jusqu'à ma demeure, où tu passeras sept jours en ma compagnie; si tu acceptes, je te promets, d'une manière ou d'une autre, d'arranger tes affaires. »

Ainsi vis-je arriver, bras dessus, bras dessous, mon mari le rebbé et son nouvel ami. Toute notre famille était rassemblée et ce fut avec un retentissant « Shabbat shalom! » que mes cinq filles accueillirent leur père. J'entendis l'étranger murmurer, dans sa barbe : « Drôle de coutume pour un Diable », sans comprendre ce qu'il voulait dire, je n'osai lui demander ce que signifiait cette réflexion.

Il faut que tu saches que notre shabbat n'était pas une fête ordinaire, il exprimait l'essence même de notre foi, notre gratitude à l'égard du Seigneur qui nous accordait ses bienfaits et nous permettait de vivre dignement. La présence de l'étranger invité par mon mari sous le toit familial ne me surprenait pas : de tout temps, je n'avais jamais oublié de mettre le « couvert du pauvre ». Ce fut avec force éloges que le rebbé nous présenta Yenkélé, nous expliquant qu'il était le meilleur cordonnier de la contrée et qu'il allait passer quelques jours sous notre toit, le temps de confectionner une paire de bottes pour chacune de nos filles.

La soirée fut des plus agréables; les filles faisaient, comme à l'accoutumée, le service, redoublant de déférence pour leur père, traitant avec enjouement l'invité, qu'elles entretenaient de mille futilités. D'abord taciturne, notre hôte se laissa gagner par leur gaieté; le sourire lui revint, son teint se colora; en un mot, il retrouva sa bonne mine. Je t'affirme que le shabbat y fut pour beaucoup, ainsi que la joie paisible qui régnait dans notre famille. Soit dit sans prétention, ce spectacle pouvait préfigurer, aux yeux du désespéré, celui qui attend les élus au Paradis, et notre Yenkélé y fut si sensible qu'il resta chez nous, non point une semaine, mais de nombreuses années, car il épousa l'aînée de mes filles, la douce Myriam.

« Soit, dis-je, mais a-t-il demandé des explications au rebbé au sujet de son intervention faussement diabolique ?

– Evidemment, fit Liza avec un sourire amusé, mais le rebbé avait une réponse toute prête : « Yenkélé, déclara-t-il, sache que, lorsqu'il s'agit « d'amour, on ne sait jamais très bien si c'est « Dieu ou le Diable qui nous mène. As-tu déjà vu « ces images païennes représentant l'amour sous « l'aspect d'un ange muni d'arc de de flèches ? Eh « bien, plante deux petites cornes sur son front et

« tu verras qu'il ressemble au Diable! comme à « un frère jumeau! »

— Quoi qu'il en soit, repris-je, celui-ci me semble plutôt sympathique. Quant à tes enfants, Liza, j'espère qu'ils vécurent heureux et eurent beaucoup de bons diablotins... Curieux rebbé, tout de même, et pas très orthodoxe!

— Encore ne sais-tu pas tout! »

Il me sembla que Liza voulait se faire un peu prier pour me conter une nouvelle histoire. J'insistai donc, bien que l'heure avançât.

« Raconte-moi cela, Liza. Qu'a-t-il fait de répréhensible?

— Si je te disais qu'un jour rebbé Avram a failli se perdre! Tu en restes bouche bée et telle est pourtant la vérité...

Oui, notre rebbé adorait les jeux de cartes. Pas au point d'aller jouer dans les tripots, certes, mais, une fois par semaine, le vendredi, avant le sabbat, il se retrouvait avec son ami rebbé Yaccov pour une petite partie. Ça n'était pas bien méchant. Représente-toi, cependant, ce qui se serait passé à Kremantchik si ses ouailles en avaient été informées : toutes en auraient fait des gorges chaudes. Et puis cela aurait discrédité nos deux rebbés. Les deux personnages les plus éminents du village « joueurs de cartes » comme le commun des mortels : c'en était fait de la dynastie des Avram.

Ce fut pourtant ce qui manqua d'advenir, le jour où les partenaires jouèrent plus longtemps que de coutume. Il faut croire qu'ils disputaient leur partie avec acharnement, car rebbé Avram, ayant levé les yeux sur l'horloge, sursauta en voyant l'heure : il n'avait plus une seconde à perdre s'il voulait arriver à temps pour l'office du soir. Aussi prit-il hâtivement congé et, dans sa précipitation, il ne remarqua pas qu'il emportait les cartes dans une poche de son cafetan. Arrivé à la synagogue, il mit la main à la poche pour chercher son mouchoir, découvrit les cartes. Qu'en faire ? Il craignait que je les trouve si je m'avisais de fouiller dans ses poches, comme je le faisais parfois quand je voulais m'assurer qu'il n'avait pas perdu ses gants de laine ou y glisser un mouchoir propre, car il éternuait tout au long de l'hiver. Aussi se crut-il bien inspiré en dissimulant les cartes dans les manches de sa chemise.

On ne se méfie jamais assez des bonnes idées. En effet, au milieu de l'office du vendredi soir, alors que, de sa belle voix grave, notre rebbé soulignait d'un effet de manches une éloquente envolée à la gloire du Seigneur, les cartes s'échappèrent et s'éparpillèrent sur les dalles de la synagogue. Impossible d'incriminer le surnaturel, une intervention des puissances maléfiques, par exemple, la conscience du saint homme s'y refusait. Je fus consternée en entendant, sous les voûtes de la synagogue, une rumeur stupéfaite, des « Oh ! » et des « Ah ! » que suivit un énorme éclat de rire qui fit vibrer les vitraux. Puis un lourd silence écrasa l'assistance. Tout autre que rebbé Avram eût irrémédiablement perdu la face : mais le rebbé avait plusieurs tours dans son sac. Au lieu de se troubler, de balbutier des propos embarrassés, comme tant d'autres l'eussent fait à sa place, il reprit la parole sur un ton sévère.

« Ainsi, s'écria-t-il, vous riez, vous vous moquez de votre serviteur ! Aucun d'entre vous ne voit au-delà du bout de son nez. Nul, ici, ne se demande pourquoi je portais ces cartes sur moi. Je vais donc vous le dire : c'est afin de vous confondre! Et tel qui croyait rire à mes dépens comprendra qu'il devrait d'abord faire son examen de conscience. »

Le rebbé laissa passer un temps de silence, puis appela un des enfants qui se trouvaient au premier rang de l'assistance.

« Her chelé, fit-il, ramasse une de ces cartes et dis-moi ce qu'elle représente. »

Un gamin hirsute, qui avait à peine huit ans, se précipita vers le rebbé, se pencha, prit une carte au hasard et annonça triomphalement :

« Le valet de pique!

— Fort bien, dit le rebbé. Voyons si tes camarades sont aussi savants... Venez, mes petits amis, ramassez toutes ces cartes et nommez-les-moi. »

Ce fut la ruée, les enfants se réjouissaient de ce jeu imprévu qu'ils trouvaient plus distrayant que le sermon et la prière. Les réponses fusèrent : sept de trèfle, roi de cœur, as de carreau..., etc. Les fidèles observaient la scène avec stupéfaction : leur rebbé avait-il perdu la raison? Il fallait que j'eusse une foi inébranlable dans l'intelligence, le bon sens et l'esprit d'initiative de mon époux pour ne pas partager leur inquiétude.

« Vous avez tous fort bien répondu, déclara rebbé Avram. Je voudrais maintenant que vous me récitiez les dix commandements que nous a donnés Moïse, le plus grand de nos prophètes. »

La plupart des enfants gardèrent le silence. Certains tentèrent de s'esquiver; le rebbé les rappela, les obligeant à rester près de lui sur l'estrade. D'autres essayèrent de répondre mais ne purent aller très loin dans leur récitation.

Alors, se tournant vers l'assistance, le rebbé s'écria :

« C'est à dessein que j'ai jeté ces cartes au milieu de la synagogue ! Je voulais vous faire rougir du peu de soin que vous apportez à instruire vos enfants. N'est-il pas une honte qu'ils connaissent toutes les cartes et qu'ils ignorent les dix commandements ?... Voilà donc, mes amis, ce que nous avons fait de nos enfants ! Je vous ai souvent répété qu'ils seraient ce que nous en ferions. Certains d'entre vous n'ont pas voulu m'entendre : je viens de vous en donner la preuve. Cela dit, je me reconnais fautif autant que vous l'êtes, car je n'ai su me faire comprendre. »

Rebbé Avram parla longtemps, plus d'une heure, je crois, et il fut écouté dans un grand recueillement. Afin de remercier l'Eternel de l'avoir miraculeusement sorti d'une situation aussi délicate, de sa vie, il ne toucha plus une carte.

J'éclatai de rire. Ce rebbé me plaisait.

« Mais, Liza, tu m'as déjà plusieurs fois parlé de tes maris, et pas encore de tes enfants...

— J'en ai eu tant et tant que je ne sais comment m'y prendre. J'ai trop à dire sur ce sujet. Sauras-tu m'écouter encore ? »

Sans attendre ma réponse, Liza enchaîna :

« Tu sembles aimer les enfants, c'est bien : on apprend beaucoup en les regardant vivre. Ils sont comparables aux sables du désert. A une nuance près, cependant : alors que le vent efface les empreintes de la caravane, rien n'efface l'empreinte de l'homme sur l'enfant qui vient de naître... Tu en doutes, je le lirais dans ton regard si je n'étais capable de connaître toutes tes pensées avant même qu'elles ne te viennent à l'esprit. Ecoute donc cette histoire, et tu seras convaincu.

J'ai vécu autrefois dans un village réputé pour sa spécialité, le « guefelte fish », ce qui signifie, comme tu sais, la carpe farcie. La grande maison où je demeurais dominait une vallée où brillaient les eaux d'un lac peuplé des plus belles carpes dont un pêcheur puisse rêver. Et pourtant, de mémoire d'homme, aucune de ces carpes n'avait mordu à l'hameçon. Nos pêcheurs les plus obstinés s'étaient acharnés, pendant des jours et des nuits, à lancer le bouchon, changeant d'appât pour endormir la défiance des carpes, imaginant des ruses incroyables. Vainement : ces carpes devaient être protégées par Dieu. On le disait au village. Certains croyaient plutôt à l'intervention d'un magicien, ami du poisson et hostile à l'homme. « Le lac de la vallée », disaient, paraît-il, les anciens; on disait maintenant « le lac enchanté ».

Depuis quelques années, les amateurs de carpe farcie avaient renoncé. On ne pêchait plus dans le lac, mais les enfants s'y baignaient, l'été; nous entendions, au village, leurs cris joyeux monter de la vallée. L'automne, les eaux prenaient une transparence froide et pure, les carpes apparaissaient, légères et fuyantes, et le promeneur qui voyait son visage réfléchi par ce miroir liquide avait l'impression de se trouver parmi elles.

Cet après-midi-là, nous restions devant la cheminée, engourdis par un trop copieux déjeuner : nous venions de fêter le septième anniversaire du plus jeune de nos sept enfants, Herschell. Après le repas, Herschell était sorti, très certainement pour faire sa promenade autour du lac. C'était son habitude d'aller rêver au fond de la vallée, là où s'enchevêtrent les saules et les aunes; je lui recommandais souvent de ne pas se pencher au-dessus de l'eau, car il ne savait pas nager et le lac avait dans les dix pieds de profondeur, et il me répondait alors : « Je ne risque pas de me noyer; si je tombe, les carpes me sauveront. »

« Je te souhaite une bonne pêche! » lui avait crié son père.

C'était là une plaisanterie quasi rituelle, quand Herschell annonçait qu'il allait flâner sur les bords du lac. Mais, aujourd'hui, nous aurions préféré l'avoir chez nous, devant le bois de genévrier craquant sous la flamme, d'autant que le temps ne se prêtait guère à la promenade, surtout pour un enfant aux bronches fragiles; un vent froid sifflait dans les branches, dépouillant de leurs feuilles jaunies les érables et les bouleaux.

« Voilà longtemps qu'il est parti, dit tout à coup mon mari.

– Pas tellement, répliquai-je pour le rassurer; moins d'une heure, en tout cas.

– N'importe! Je vais le chercher et je le ramène par les oreilles. »

Il se leva, et à la même seconde la porte s'ouvrit, Herschell entra, blond et rose, ses petits yeux brillant de plaisir. Je crois que, le voyant, nous poussâmes tous un cri, jusqu'à Sonia, notre avant-dernière, qui ne manifestait jamais la moindre émotion. Et, en effet, il y avait de quoi être saisi de surprise : dans un seau, Herschell tenait une carpe qui mesurait bien cinquante centimètres.

« Incroyable! s'écria mon époux. Miraculeux!

Comment l'as-tu pêchée, surtout par un vent pareil ? Le poisson ne mord pas, quand l'eau est agitée; il ne mord même jamais dans le lac enchanté ! Où est donc ta ligne ? Tu l'as oubliée là-bas ?

— Je n'avais pas de ligne. Je lui ai parlé et elle s'est laissé attraper pour venir vivre avec nous. »

Herschell s'expliqua. Depuis des mois, il s'entretenait avec cette carpe, lui contant sa vie, en famille, à l'école, de telle sorte qu'elle savait tout de lui et qu'il n'ignorait rien d'elle, ni de la vie du lac. Ils s'étaient confiés l'un à l'autre avec l'ingénuité de la jeunesse : la carpe n'avait que cinquante ans et ses parents étaient dans la fleur de l'âge, ils venaient de fêter leur cent cinquantième année. « Quoique je sois sans expérience, comme toi-même, avait dit la carpe à l'enfant, je ne te redoute pas. Oui, je sais que les jeunes inexpérimentés sont prompts à se laisser duper, aussi leurs parents ne cessent-ils de les mettre en garde, et mes père et mère m'ont si souvent répété que les gens du village raffolent de la carpe farcie que je suis mieux prévenue que quiconque. Chez nous, ce sont les vieux qui fautent par imprudence. Ah ! pour rabâcher des préceptes, on peut compter sur eux ! »

La carpe, comme tu peux en juger, ne s'exprimait pas trop mal. Je sus par elle que, loin de se cacher, l'été, dans la vase, comme on se le figurait au village, ses congénères s'ébattaient, au contraire, avec les enfants, faisant des bonds de plusieurs mètres au-dessus de l'eau. Etait-ce instinct ? Elles considéraient fillettes et garçonnets comme de joyeux compagnons, incapables de s'emparer de l'une d'elles par traîtrise pour la faire rôtir sur un feu de bois. Si on les voyait, l'automne, nager entre deux eaux, c'était parce qu'elles espéraient qu'une journée de grand soleil ramènerait les petits baigneurs. Et, aujourd'hui, Herschell était revenu, non pour se mettre à l'eau, mais pour bavarder, tout simplement, en ami.

« Socia, lui avait-il dit, car elle s'appelait ainsi, Socia, l'hiver approche, viens donc chez nous. Tu auras bientôt grand froid dans ce lac glacé. A la maison, tu te chaufferas devant un gros poêle, nous nous raconterons des histoires... Et puis tu dois être curieuse de savoir ce qui se passe chez les humains, tu te feras des souvenirs pour tes vieux jours. Pense aussi à ton ami, qui trouve si longues et ennuyeuses les veillées d'hiver ! »

Bien sûr, Socia ne rêvait que d'un voyage sur la terre. Mais elle se souvenait des propos alarmants de ses parents : une carpe ne devait à aucun prix tomber vivante dans les mains de l'homme. Cela se répétait de génération en génération, depuis que le lac occupait le creux du vallon. Et, comme elles écoutaient de toutes leurs ouïes les conseils des anciens, ces carpes étaient invulnérables. Mon Herschell avait dû déployer un grand art de persuasion pour convaincre Socia. Et une patience exemplaire. Jamais il ne vint sur les bords du lac armé d'une canne à pêche. Il se présentait, une chanson aux lèvres et du pain, le pain de son goûter, plein les poches. Il écrasait ce pain entre les doigts et le distribuait à ses amis les poissons, qui se rassemblaient près de la rive du plus loin qu'ils l'entendaient chanter. Toutes les carpes fêtaient sa venue par des sauts, elles se livraient à une véritable compétition et toujours Socia triomphait.

Un jour où tout dormait au bord du lac, Herschell eut une longue conversation avec Socia... C'est ainsi que naissent les grandes amours : un regard, le pain partagé et on en vient à partager sa vie. Socia commença par élever des objections : on ne se défait pas aisément de plusieurs millénaires d'inquiétude. « De mémoire de carpe, dit-elle, on n'a jamais vu l'une d'entre nous villégiaturer chez les humains. » Herschell se fit enjôleur, vanta les merveilles de la terre, promit bonne pitance et vaste logis aquatique, avec cette absence de scrupules qui caractérise le séducteur. Il alla jusqu'au chantage : « Donne-moi une journée, une seule; si tu refuses, je ne reviendrai jamais sur les bords du lac et tu en périras d'ennui. » A la fin, de guerre lasse peut-être, Socia céda. Admire son audace. Combien de fois ses parents lui avaient dit et redit que, capturée de gré ou de force, elle ne regagnerait jamais les eaux du lac, qu'on la découperait en morceaux et la cuirait au four! Coup de tête ou acte de confiance? Elle n'ignorait pas qu'elle courait les plus grands risques et cherchait à se rassurer en se répétant qu'Herschell méritait une confiance aveugle. Si, du fond de son seau, elle avait pu voir la mine triomphante de son ravisseur, quelle n'eût pas été son angoisse! Bel et bien captive, dans cet étroit récipient où elle évoluait à grand-peine; et chaque pas d'Herschell l'éloignait de son lac.

Maintenant la voici dans un énorme baquet, au milieu de notre cuisine; elle y évolue en faisant jouer ses écailles. Elle ne s'ennuie pas, semble-t-il, bien qu'elle soit déportée hors de ses eaux natales. Il est toutefois évident que le tour du propriétaire est promptement fait : quelques coups de nageoires la mènent d'un bord à l'autre du baquet. L'inquiétude viendra, et la mélancolie, le vague à l'âme de la carpe. Pour le moment, Herschell n'a d'yeux, de voix que pour son amie; il lui explique ce que sont une cheminée, un poêle, une table, des escabeaux, des murs, mais je sais que mon fils se lassera bientôt, qu'il délaissera la captive pour aller jouer avec ses petits camarades. Le fâcheux, pour la carpe, c'est qu'elle ne pouvait, de son propre chef, regagner ses pénates. Herschell penserait-il à la ramener parmi ses compagnes ou l'oublierait-il au fond du baquet ? Il n'était d'ailleurs pas certain que mon époux, nullement lié par sa parole, lui, accepterait de libérer un poisson de dix livres au moins qui, cuit au four et garni de bonne farce, nourrirait sa maisonnée pendant un jour ou deux.

En ce moment, tout allait cependant au mieux pour la carpe. Les enfants accouraient, curieux de la voir, notre cuisine regorgeait de petits garçons et de fillettes qui se bousculaient autour du baquet.

« Dis-nous comment tu l'as prise.

– Je ne l'ai pas prise, elle s'est donnée à moi. Nous avons parlé, tous les deux, et je lui ai demandé de venir passer l'hiver ici.

– Et après, tu la relâcheras ?

– Sûr, puisque je lui ai promis.

– Bah ! Tu la mangeras avant. »

Il est probable que ces propos alarmants n'échappaient pas aux ouïes de la carpe et il fallait qu'elle eût le sang vraiment froid pour qu'elle ne perdît pas confiance. Cependant, Herschell protestait : une carpe qui parle et raisonne comme un être humain ne se met pas au four. Alors les sceptiques riaient. Quel farceur que ce Herschell ! Et quel vantard ! Quoique personne n'eût réussi à ferrer un poisson du lac enchanté, il était beaucoup plus méritoire d'attraper une carpe par persuasion plutôt qu'avec les engins banals du pêcheur à la ligne. Mon fils, objecteras-tu, aurait pu invoquer le témoignage de Socia. Je ne sais pourquoi il ne le fit. Mais je crois me souvenir que la carpe se renfrognait au fond du baquet. Après avoir fait la belle devant les visiteurs, elle commençait à trouver son nouveau logis un peu exigu et elle pensait que l'hiver lui paraîtrait plus long dans cette prison de bois que sous la glace de l'étang. A la fin, mon époux s'irrita, pria les visiteurs de déguerpir et nous restâmes seuls, en famille, devant le baquet.

Le lendemain, nouvel afflux de curieux. Des enfants amenaient leurs parents. Quelques parents conduisaient par la main des enfants qu'ils récompensaient ainsi de leur bonne conduite. La nouvelle courait dans le pays : une carpe miraculeuse capturée par un enfant de sept ans. Notre maison devint un lieu de pèlerinage. Certains voituriers organisaient des voyages en troïka pour les villageois qui habitaient à vingt ou trente verstes de chez nous. A l'auberge, à l'hôtellerie, le commerce marchait ferme et il n'était pas rare de rencontrer quelqu'un qui disait : « Pourvu qu'elle vive longtemps dans son baquet, la carpe du petit Herschell ! C'est la fortune du village. »

Les pêcheurs vinrent aussi. En avaient-ils perdu du temps à traîner leurs filets et à lancer l'hameçon dans l'étang magique ! Et un gamin leur faisait la nique ! Ils interrogeaient :

« Dis-nous franchement, petit, tu as utilisé un appât d'un nouveau genre ? Quel est ton secret ? »

Pour la centième fois, Herschell contait son histoire; l'intimité naissante entre Socia et lui, leurs conversations, enfin le dénouement : la carpe qui, en toute lucidité, plonge au fond du seau. Ils étaient, ces pêcheurs, parmi les moins incrédules : ce bambin réussissant, d'un coup de chance, là où, en dépit de leur obstination, ils avaient tous échoué, quelle atteinte à leur prestige! Par contre, si le surnaturel s'en mêlait, l'honneur de la corporation était sauf.

Quand il était seul dans la cuisine avec son amie, Herschell bavardait avec elle; il s'inquiétait de sa santé, de son moral. La carpe le rassurait :

« Jusqu'à ce jour, je ne regrette rien : bien nourrie, aucun souci en tête, ça va. Evidemment, parfois l'affluence des visiteurs me fatigue un peu, mais je prends cette fatigue en patience, puisqu'elle est la rançon de ma célébrité. Dans le lac, je n'étais qu'une carpe parmi les carpes, une jeunette que les vieilles traitaient par-dessous l'aileron. Ici, je suis *la* carpe. En outre, je me réjouis du mystère flatteur qui entoure les circonstances de ma capture. Cela dit, je ne suis pas sûre d'avoir la patience de tourner en rond jusqu'au printemps au fond de ce baquet et je voudrais que tu me promettes de me ramener à mon lac quand j'en manifesterai le désir.

– Mais la glace, Socia, y songes-tu? Elle est parfois si épaisse que nous allons patiner dessus, mes amis et moi, malgré la défense de nos parents.

– Je sais. Aussi prendras-tu soin de me rendre à ma famille avant que l'eau ne soit prise. D'ici là, les visiteurs se feront plus rares et, même s'ils viennent toujours aussi nombreux, je crois que je commencerai à être blasée. »

Herschell promit, mais, n'ayant aucune envie de perdre sa compagne, il éluda chaque fois qu'il entendit Socia rappeler qu'elle lui avait fait confiance et qu'il était malhonnête de ne pas tenir parole. Le temps passait, qu'on mesure malaisément au fond d'un baquet, et Herschell n'avait pas grand-peine à persuader la carpe que le gel n'était pas encore venu et qu'il la relâcherait dès qu'une légère couche de glace durcirait la peau de l'étang. A la vérité, il patinait depuis plusieurs mois avec ses amis et il commençait à se défier d'une glace qui se fendillait à la chaleur d'un soleil annonçant le printemps. Tu ne dois pas le juger avec sévérité : il aimait Socia et considérait ses boniments comme de pieux mensonges.

A la longue, il éprouva cependant quelques remords et envisagea de rendre Socia à son lac. Il n'avait pas prévu la tardive visite que le rabbin rendrait à la carpe : cet homme de Dieu s'était jusqu'alors refusé un divertissement frivole. Le rabbin vint donc, il examina longuement Socia, se fit conter l'histoire de sa capture et médita.

« Savez-vous, nous dit-il enfin, que les fêtes approchent ? C'est là très certainement un signe du Seigneur : je pense qu'il faut manger votre carpe, notre village devant honorer sa réputation.

— Quelle réputation ? demanda vivement Herschell.

— Hé ! petit ! Il est célèbre pour sa spécialité culinaire : la carpe farcie. Une carpe miraculeuse pêchée dans le lac enchanté, cela ne peut être qu'un régal. »

Pour ma part, je ne trouvais rien à objecter au rebbé, qui parlait au nom du Tout-Puissant. Seul Herschell protesta. Il cria si fort que la carpe alla se blottir au fond de la cuve. Mais le rebbé resta intraitable.

« Il est impossible, conclut-il, qu'une carpe se

laisse prendre aux paroles d'un enfant. Moi-même, si j'allais implorer et prier au bord du lac, ce serait peine perdue, à moins que Dieu ne s'en mêle. Et Dieu s'est intéressé à l'affaire. Il y a miracle ! La volonté divine doit être respectée : le Seigneur n'a pas sorti ce poisson de l'étang pour qu'il se prélasse dans un baquet, il le destine aux saintes agapes de nos fêtes; moi, son humble serviteur, j'en ai la certitude. »

Il prit congé en ajoutant, sur le seuil de la porte, que celui qui refusait de se soumettre à ses ordres offensait le Tout-Puissant. Ma foi, il nous avait tous ébranlés, à l'exception d'Herschell qui aimait infiniment plus sa carpe que Dieu lui-même. Le souper fut morose. Mon Herschell ne soufflait mot, mais il ne pleurait pas. Sombre, il méditait comme il avait vu méditer le rebbé : à chacun ses pensées. Nous allâmes bientôt nous coucher. Le quinquet éteint, je dis à mon mari :

« Un rebbé n'est pas infaillible. Si Dieu voulait que cette carpe soit mangée, il ne l'aurait pas laissée prendre par un bon sentiment. De quoi est-elle coupable ? D'avoir cédé à un mouvement de confiance. Or Dieu châtie la faute et non pas l'innocence. »

Mais mon époux ne discutait pas les ordres d'un rabbin : ni lui ni moi, disait-il, n'étions assez intelligents pour comprendre les desseins du Seigneur et il n'appartenait qu'au rebbé de décider du sort de Socia. Nous nous endormîmes. Au milieu de la nuit, il me sembla entendre du bruit à la cuisine. Je me levai, sortis à tâtons de ma chambre et, lorsque j'allais pousser la porte entrebâillée de la cuisine, j'entendis la voix d'Herschell; je restai derrière le battant, aux écoutes.

« Tes reproches sont injustes, disait-il. Rien ne te prouve que je ne tiendrai pas ma promesse.

– Je ne doute pas de ta bonne foi, dit la carpe, mais tu as péché par légèreté. Tu as tant et tant insisté que j'ai fini par céder, alors que je pressentais que cette aventure finirait mal... D'ailleurs, ta bonne foi est toute relative. Si tu fus sincère, quand tu me persuadas, au bord du lac, tu m'as menti par la suite. Je te suppliais de me ramener à l'étang avant l'hiver, tu promettais, et il y a beau temps que l'hiver est passé. Tu te croyais très malin en me dupant. Vois le résultat : si tu m'avais relâchée plus tôt, ma vie ne serait pas en danger.

– Je t'aimais trop, Socia, pardonne-moi.

– Tu m'aimes tellement que tu te régaleras en me dégustant.

– Moi, manger ta chair, Socia ! Quelle horreur !

– J'ai appris à te connaître, reprit la carpe : tu es un faible. Tu n'oseras pas refuser de porter la dent sur moi, quand on te servira une belle tranche, cuite à point. Tu trouveras même d'excellentes raisons pour te justifier : par exemple, que je ne serai pas plus mal dans ton estomac que dans le lac, que deux vrais amis ne doivent faire qu'un..., etc.

– Tais-toi, Socia ! Demain, je te ramènerai dans ton étang. »

J'allai me recoucher, assez anxieuse. Où était le bien ? Et où le mal ? Devais-je empêcher mon fils d'exécuter son projet ? Un rebbé peut-il se tromper ? Je ne dormis guère, cette nuit-là, mais, dès le lever du jour, le schames du rabbin se présenta; il venait chercher la carpe. Ma foi, j'en fus soulagée. Quand Herschell se leva et vit le baquet qui séchait dans la cour, il comprit aussitôt. Je m'attendais à une crise de fureur. A ma surprise, le petit resta calme; il but son lait en plaisantant avec ses frères et sœurs puis partit se promener. Cette indifférence me décevait un peu. Mon Herschell manquerait-il de cœur?

Il n'en manquait pas, ni de courage, nous le saurons bientôt. Dans la rosée du matin, mon fils courait de maison en maison, il alertait ses camarades :

« Socia a été enlevée, elle se trouve sous bonne garde dans le jardin du rebbé, près de la synagogue. Elle est condamnée au four. Pouvons-nous tolérer que notre amie soit farcie et coupée en tranches comme un vulgaire poisson? Et cela parce qu'un rebbé en mal de religion en a décidé ainsi? Serons-nous complices d'un tel crime? »

Tous les enfants du village se rassemblaient, se livraient à des conciliabules auxquels nous ne prêtions guère attention; nous pensions qu'ils organisaient un nouveau jeu. Il en fut ainsi pendant plusieurs jours. Leurs mines de conspirateurs auraient dû cependant nous mettre en éveil : l'approche d'un adulte leur fermait la bouche. A la maison, par contre, Herschell parlait sans arrêt, il riait, il chantait... Oui, je ne comprends pas pourquoi je ne me suis défiée : un enfant n'est jamais aussi gai que lorsqu'il prépare un coup.

Nous arrivâmes à la veille du Kippour. Après le souper, nos enfants allèrent se coucher. Mais, quand toute la maison fut endormie, Herschell se leva, il sortit par une lucarne et s'enfonça dans le brouillard nocturne. Arrivé sur la place du village, il mit deux doigts dans sa bouche et siffla. D'autre sifflements lui répondirent, à droite, à gauche, en deçà de la synagogue, au-delà des vergers. De petites ombres se rassemblaient en chuchotant.

« Herschell, as-tu ton seau ?

– Je le tiens à la main.

– Alors, nous y allons ?

– Allons-y ! »

Herschell prit la tête de sa troupe et, par une brèche de la haie, se glissa dans le jardin du rebbé. La brume était si dense qu'on ne pouvait voir la cuve où la carpe, se sachant à la veille de périr, cherchait vainement le sommeil. Les enfants allaient, tournaient, s'en revenaient, tâtonnaient dans la nuit. Enfin l'un d'eux dit, à voix basse :

« La voici. »

Herschell, en trois bonds, fut près de la cuve. Il se pencha, prit la carpe qui, au contact des mains amies, frémit de bonheur.

« Tu es sauvée, Socia. Encore quelques instants, et tu nageras dans ton lac. »

Socia passa de la cuve dans le seau et le petit groupe sortit silencieusement du jardin, traversa le village et dévala la pente qui menait à l'étang. Dans le seau, la carpe s'agitait joyeusement.

« Merci, Herschell, et pardonne-moi d'avoir douté de toi, car j'ai passé des heures d'angoisse dans le jardin du rebbé. Tu es le meilleur, le plus fidèle des amis. »

Arrivé au bord du lac, mon fils, rassuré sur l'avenir de sa chère carpe, aurait volontiers engagé une petite conversation. C'était trop exiger de Socia, qui avait tant souffert de son exil. La carpe n'accepta qu'une longue caresse sur ses écailles, puis, d'un saut, elle plongea dans l'étang et disparut.

Je me promenais souvent sur les bords du lac

enchanté et les carpes n'avaient pas de secret pour moi. Je sus ainsi ce qui se passa au retour de Socia. Ses parents, qui l'avaient crue perdue, lui reprochèrent sa légèreté et surtout son indiscipline. Socia se défendit de son mieux; avec l'insouciance de la jeunesse, elle commençait à oublier ses jours d'angoisse, elle ne voulait se souvenir que des belles heures.

« Il n'empêche que tu l'as échappé belle, dit la mère. Si le baquet dans lequel tu passais ta dernière nuit avait été mieux gardé, tu étais vouée à une mort dégradante.

– A quoi bon ces discours, fit Socia, qui voulait avoir le dernier mot, puisque je suis ici bien vivante!

– Soit, conclut la mère. Admettons que nous puissions parfois faire confiance aux humains... C'est là un jeu risqué, mais admettons, admettons..., à condition qu'ils soient encore des enfants. »

Afin de ne pas ébruiter cette histoire préjudiciable aux humains, de ce jour les carpes sont à jamais restées muettes.

« Mais toi, Liza, dis-je, tu as la langue bien pendue. Heureusement, d'ailleurs, car tu pourras me raconter ce qu'il est advenu de rebbé Avram. Etait-ce lui le rabbin du village d'Herschell?

– C'était lui, et je ne voudrais pas que tu le blâmes d'avoir voulu la mise à mort de Socia. A ses yeux, le Kippour était sacré et il considérait la vénération dont cette carpe faisait l'objet comme une forme d'idolâtrie. On peut lui reprocher d'avoir rendu les carpes muettes, mais ce n'est pas là un bien grand mal si l'on considère qu'il vaut mieux se taire que dire des sottises... Sa plus grande qualité était de savoir écouter et il déclarait souvent que son savoir lui venait du temps qu'il passait à entendre parler les autres. Il eut bien des discussions, à ce propos, avec rebbé Yaccov. Un jour où il arriva avec une bonne heure de retard au Conseil des Sages, Yaccov ne manqua de lui en faire la remarque, ajoutant qu'on l'avait aperçu discutant avec Ienkélé, l'idiot du village. Etait-ce de cet ignorant stupide qu'il tenait son savoir? Etait-ce Ienkélé qui lui dictait les questions et les réponses qu'il prononçait au Conseil?

« S'il en est ainsi, conclut Yaccov, tu n'as guère de considération pour tes pairs. »

Ayant pris son temps, Avram répondit :

« Si Ienkélé me dictait, un jour, la réponse à un problème qui se pose à notre communauté, il est probable que je le remercierais de sa clairvoyance et que j'adopterais sa solution. En effet, il m'arrive d'en apprendre beaucoup plus avec Ienkélé qu'avec toi, rebbé Yaccov. Aucune loi n'interdit d'écouter un simple d'esprit, car, ainsi que le disait mon père : « Passe sur ta vanité et dis-toi, « mon fils, qu'une bonne idée, même venue d'un « imbécile, on peut la prendre. » Si vous saviez que le bon vin dont nous nous délectons les jours de fête a une longue histoire et que nous la devons en partie, à un âne! Je tiens cela d'un paysan, qui m'a confié qu'en observant les branches mortes de sa vigne rongées par son baudet il a remarqué que les ceps ainsi élagués avaient un bien meilleur rendement. Depuis, tous les ans, au printemps, il taille sa vigne. Il est donc heureux que nos vignerons aient appris d'un âne la taille de la vigne.

Liza me lança un regard qui signifiait : « Mais non, je n'exagère pas. » Il y eut un silence; ce n'était pas à l'anecdote de l'âne que je pensais, mais à rebbé Avram et à son ennemi intime rebbé Yaccov.

« Curieux personnages, dis-je, que ces deux rebbés, issus de la même communauté, croyant l'un et l'autre au Dieu unique, ce qui ne les empêchait pas de se détester cordialement.

– Ne te fie pas aux apparences. Il eût suffi qu'un danger menace notre village pour qu'ils oublient leurs petites querelles. L'union ne se réalise que face à un adversaire commun; du moins en est-il presque toujours ainsi.

– Mais la religion, Liza, la foi dans le même Dieu, n'unit-elle pas aussi ? »

Liza eut un air de doute et rit franchement.

VII

« La religion, tu peux m'en croire, ce n'est pas le plus important. Il y a des gens qui servent le Bon Dieu en se détestant les uns les autres. »

Liza soupira, je crus voir dans son regard une expression de tristesse. Elle hocha la tête, très lentement, puis resta immobile, l'œil fixe, comme si elle suivait un souvenir. Et, avec le petit rire de celui qui veut faire excuser l'audace d'un propos :

« Eh bien, oui, je n'hésite pas à te l'affirmer : l'essentiel n'est pas la pratique de telle ou telle religion, mais l'amour.

— L'amour de Dieu...

— Sans doute. Mais je te parle de l'amour qu'on éprouve pour un autre être. On peut aimer égoïstement son Dieu, alors que le véritable amour du prochain est fait de l'oubli de soi. »

Elle ne riait plus, son visage devint grave. Une longue minute, elle resta silencieuse; son visage devint gris, ses rides s'accusèrent. Puis elle se redressa en s'appuyant des mains sur le bord de la table et, d'une voix brusque :

« Il n'y a pas longtemps, j'ai été goy[1].

1. Nom donné par les juifs aux peuples étrangers à leur culte.

– Goy, toi, Liza ! m'exclamai-je.

– Je te l'ai déjà dit, reprit-elle avec une pointe d'agacement : j'ai eu plusieurs existences. Alors pourquoi t'étonnes-tu ? Me reprocherais-tu de m'être incarnée dans une famille non juive ?

– Nullement, chère Liza, protestai-je, craignant de l'avoir blessée.

– Crois-moi, tous les goyim ne sont pas mauvais, et il n'y a pas que de bons juifs. Si tu es curieux de connaître l'histoire de Liza goy, écoute sans m'interrompre. »

Je promis d'un signe de la tête.

*

Je suis née vers 1925, la date exacte n'importe guère, dans une famille gasconne, à Savignol, petite ville des Landes. Le hasard m'avait comblée : un milieu aisé, des parents affectueux qui me choyaient d'autant plus que j'étais leur unique enfant. La vie se montrait alors particulièrement clémente pour les possédants : main-d'œuvre soumise, personnel déférent... Mon père était ce qu'on appelle un brave homme. Bien qu'il régnât sur deux mille hectares de pins et sur une petite entreprise d'exploitation forestière, on ne l'enviait pas. Il avait la poignée de main facile et savait donner aux organisateurs de la fête annuelle, à l'équipe de rugby et au patronage. On disait à Savignol : « Si tous les patrons étaient comme M. Randillac ! » Un nom respecté, Randillac : depuis cinquante ans, trois générations de Randillac s'étaient succédé à la mairie de la commune...

Quant à ma mère, catholique très pratiquante, elle visitait les malades et dépensait pour les bonnes œuvres (je te signale en passant qu'il n'y avait alors ni retraite pour les vieux ni Sécurité sociale). Je te parle d'elle et de mon père avec émotion, sans idéaliser, parce que vraiment, au cours de mes multiples existences, je n'ai jamais trouvé meilleurs parents. Rarement aussi ai-je été si heureuse que je le fus pendant mes années d'enfance à Savignol. On me traitait comme une petite reine. Il y avait quelque naïveté dans cette adoration admirative dont m'entouraient mes parents, mais, que veux-tu ? j'étais leur fille unique, née assez tardivement, alors qu'ils désespéraient d'avoir une postérité. Et puis, sans me flatter, j'étais d'un naturel aimable et facile, j'avais hérité de leurs qualités.

Il y a toujours une ombre dans la vie d'une fillette, aux environs de la treizième année : celle du pensionnat. On passe sans transition de la vie familiale à l'austérité de l'internat. Cela ne me fut pas épargné : après avoir étudié à l'école communale de Savignol, il me fallut subir la discipline d'une institution religieuse, à Bayonne. Je vécus d'abord quelques semaines pénibles, mais bientôt je m'adaptai. Mes vies précédentes m'avaient chargée de savoir. Tout en ayant l'inexpérience d'une fillette, je possédais les connaissances acquises au cours de mes nombreux siècles passés sur la terre.

Ce n'est pas très facile à t'expliquer. J'entre, chaque fois, dans une nouvelle peau, je peux naître demain au Béloutchistan ou chez les Mayas, je change de corps comme d'autres de logis. Mais mon esprit est immuable, quoique mon caractère évolue avec les siècles – encore n'en suis-je pas certaine. Il y a fort longtemps, j'ai parlé le grec et le latin, j'ai aussi étudié les sciences mathématiques. Je me suis donc trouvée dans la situation d'une écolière qui a jadis su sa leçon sur le bout des doigts, puis qui l'a oubliée, mais qui saura la réapprendre promptement et sans effort. Sans la moindre peine, j'ai donc fait figure de prodige. Les professeurs me citaient en exemple et mes parents étaient fiers de moi.

Pendant les vacances, je retrouvais la forêt de pins, les chemins de sable et le chant des cigales.

C'est lors d'un été à Savignol que j'entendis les gens parler de la guerre, des menaces de guerre plus précisément. Il n'en était presque jamais question, au pensionnat. Notre manuel d'histoire traitait, dans son dernier chapitre, de la Grande Guerre, celle qui dura d'août 14 à novembre 18, avec les poilus en bleu horizon, les tranchées, Verdun, les quinze cent mille morts. Les noms des morts de Savignol étaient gravés dans la pierre d'un monument, devant le jardin public. Sur le bureau de mon père, une photo jaunie représentait une douzaine de soldats casqués; parmi eux, mon père lui-même, avec une moustache qu'il rasera par la suite. Les autres soldats? Ses copains, comme il disait; la moitié seront tués au combat.

« Moi, j'en suis revenu », disait-il.

Il avait presque l'air de s'en excuser. Mais ce n'était plus de cette guerre-là qu'il s'agissait; à la radio, dans les journaux, on parlait de celle qui risquait d'éclater d'un jour à l'autre. Pourquoi? Par la faute d'Hitler, disait-on. Cet Hitler était considéré comme un monstre, on lui prêtait le dessein de conquérir l'Europe et de plier les Français sous son joug. Dans son pays, il parquait les juifs qui n'avaient pas réussi à s'enfuir. Et les juifs sont devenus un sujet de conversation. Un sujet tout à fait nouveau, même pour moi.

Liza s'interrompit et rejeta une mèche de cheveux blancs qui lui tombait sur les yeux. Elle prit sa tasse de thé, la porta à ses lèvres, mais la reposa sans avoir bu.

Je vais t'agacer et même te contrarier, mais à quoi bon parler si ce n'est pour dire la vérité? Quand je t'ai déclaré avoir été goy, cela signifiait que je le fus vraiment. Je pouvais réveiller, au fond de ma mémoire, de très anciens souvenirs de latin et de grec, je n'en avais pas moins totalement oublié les événements de mes divers passés, ainsi, bien sûr, que les sentiments éprouvés jadis. Heureusement! sinon, qu'en eût-il été de la candeur qui fait le charme de l'enfance? Je me serais considérée comme une sorte de monstre. Aussi des juifs ne savais-je rien d'autre que ce qu'en disaient mes parents et les gens du pays. A Savignol, nul n'en avait jamais vu. Mon père se souvenait en avoir rencontré quelques-uns, à la guerre et à Paris, à Bayonne aussi, je crois. Il ne prétendait pas les connaître pour autant, mais, a priori, il se méfiait d'eux et ne les portait pas dans son cœur. Des gens aux mœurs bizarres, intéressés, roublards, partout à leur aise, mais qui n'étaient chez eux nulle part. Un juif français n'était pas tout à fait français. Les juifs persécutés par Hitler? Des victimes assurément...

« Mais, ajoutait mon père, on est toujours plus ou moins responsable de son malheur. »

Allait-on se battre pour les défendre? Nous avions, Dieu merci, d'autres buts de guerre — la protection de l'Alsace-Lorraine, par exemple, nos provinces reconquises, qu'Hitler réclamerait si on lui laissait impunément annexer Dantzig. Quant à ma mère, malgré ses convictions religieuses qui, autant que son naturel, la portaient à la charité, elle me recommandait de ne pas fréquenter cette engeance. Consigne que je ne risquais pas d'enfreindre, puisqu'il n'y avait pas de juifs dans la région.

Tu connais la suite des événements : drôle de guerre, débâcle, occupation du territoire. Les Allemands occupèrent Savignol. Nous en éprouvâmes tous du désagrément, quoique, dans notre famille, la vie restât relativement supportable : peu de restrictions, dans cette petite cité paysanne, et notre maison ne fut pas réquisitionnée. Je ne revins pas au pensionnat. Comme la guerre nous semblait lointaine ! On l'eût oubliée, sans la vue de ces soldats en vert-de-gris. Et les juifs ? Nous n'aurions pas pensé à eux sans les mesures qui les frappaient : un statut spécial, que suivra l'édit instituant le port de l'étoile jaune. Sans approuver, mon père se refusait au blâme :

« J'ai servi, à Verdun, sous les ordres du Maréchal. A mes yeux, ce vieux chef incarne la sagesse et je ne me permettrai pas de le critiquer. S'il agit ainsi, il doit avoir ses raisons. »

Ma mère élevait parfois une objection, mais d'une voix molle; il lui en coûtait de contredire l'homme qu'elle aimait. Ni l'un ni l'autre n'éprouvaient de malveillance à l'égard des juifs, mais ils étaient indifférents à leurs malheurs. Les juifs persécutés : ça leur semblait une loi de la nature, ça s'était toujours vu et se verrait toujours. D'ailleurs, d'autres que les juifs souffraient : les prisonniers, les jeunes qui partaient, contre leur gré, travailler en Allemagne.

Ce ne fut qu'après la Libération, quand on

apprit l'existence des camps d'extermination et des chambres à gaz, que mes parents s'apitoyèrent. Sincèrement horrifiés, ils considérèrent alors les juifs comme des victimes innocentes et leurs bourreaux comme des criminels. Mon père se repentait-il de certains propos qu'il avait tenus pendant l'Occupation ? Il préférait les oublier.

Liza eut un geste inachevé pour prendre ma main, elle semblait vouloir s'assurer de mon amitié avant de poursuivre son récit. Son regard se fit presque caressant; ses yeux, me semblait-il, changèrent de couleur, passant du bleu clair à un gris presque aussi pâle que ses cheveux. Puis, dans un élan assez brusque...

Ce que je te conte là te paraît inutile. Détrompe-toi. Il faut que tu saches qui j'étais, dans quel milieu j'ai vécu. Je partageais les idées, les sentiments de mes parents; s'ils furent coupables, je le fus. D'abord, indifférente comme eux, puis indignée, écœurée. Mais toujours avec certaines réserves du genre : « Certes, les juifs ont été ignoblement traités et ils ne le méritaient pas. Mais ne l'ont-ils parfois un peu cherché ? » Il me fallait raisonner ainsi pour justifier mon indifférence à leur égard pendant l'Occupation. D'ailleurs, d'autres soucis me tenaient en haleine. J'avais vingt ans et l'on me disait belle. Plus question de reprendre des études interrompues par la guerre et je m'en réjouissais. La vie de pensionnat, qui cependant ne me déplaisait pas trop, m'apparaissait maintenant sous son jour le plus lugubre. La vie familiale ? A peine plus tolérable, sa monotonie m'écrasait. Quand je voyais, dans la rue, des filles de mon âge au bras d'un gars, des filles heureuses et riant aux éclats, mon cœur se serrait. Alors, je sentais cruellement ma solitude.

Mes parents songeaient à me marier, car je ne pouvais leur reprocher d'être égoïstes; ils renonceraient volontiers, pour mon bonheur, à ma présence sous leur toit. Ils donnèrent des réceptions pour me présenter à des jeunes gens de la contrée, des fils de notables, notaires, médecins, propriétaires terriens. J'étais ce qu'on appelle un bon parti, solidement doté, et mes parents tenaient à un mariage bien assorti. Les demandes en mariage ne tardèrent pas. Mais, pour la première fois, la chance m'abandonnait : aucun de ces prétendants ne me plut. Un beau garçon sympathique, j'en faisais volontiers un camarade. Quant à l'épouser! Je ne voulais me donner qu'à un homme dont je serais amoureuse. Ces refus agaçaient mes parents, d'autant que les familles des prétendants dépités leur battaient froid. C'était ma mère qui entreprenait de me manœuvrer et de me convaincre.

« Aimer! Aimer! Tu n'as que ce mot à la bouche! On se marie d'abord, on aime ensuite. Un mariage de raison, ce n'est pas si bête qu'on croit, j'en sais quelque chose. Tiens! Quand j'ai accepté d'épouser ton père... »

Tous les arguments lui convenaient pour tenter de me persuader. Peine perdue. J'étouffais, je ne pouvais plus supporter ces propos, ni la surveillance à laquelle on soumettait alors les jeunes filles de la bourgeoisie à principes. A la vérité, mes parents m'aimaient toujours autant; voilà pourquoi ils craignaient qu'à force de dédaigner les soupirants je ne finisse célibataire. Il me fallait partir. Vivre enfin, vivre libre. N'étais-je pas majeure, après tout ? Je me hasardai à en parler, ayant choisi un bon jour où mon père venait, à une vente aux enchères, de souffler un magnifique lot de bois à ses concurrents.

« Et si je partais pour Paris ? Je travaillerais à n'importe quoi pour gagner ma vie et je suivrais des cours à la Sorbonne. »

Ce fut d'abord la consternation silencieuse. Puis la fureur.

« Je te vois venir ! s'écria mon père. Tu veux faire la noce au Quartier latin ! Avec des étudiants plus ou moins prolongés, des fainéants qui traînent sur le boul' Mich' aux frais de leurs parents !

— Et il y a pire encore que le Quartier latin, renchérit ma mère : les caves de Saint-Germain-des-Prés. »

Bien sûr, j'aurais pu pousser outre, boucler mes valises et filer. Alors pourquoi ne l'ai-je fait ? Tout simplement parce que j'aimais mes parents. Ils s'opposaient à ce projet pour mon bien, disaient-ils, et ils ne mentaient pas. Ils voulaient que je sois heureuse par le mariage. A Savignol, je ne pouvais espérer rencontrer le prétendant de leurs rêves. Mais à Paris...

« Tu seras coupée de ton milieu, me répétait mon père. Tu te laisseras séduire par le premier bellâtre venu, un bellâtre que tu prendras pour le prince Charmant et qui ne sera qu'un margoulin. »

Partir, oui, mais sans les peiner. Aussi les discussions durèrent-elles tout l'hiver, tantôt larmoyantes, tantôt chargées de menaces. Menaces qui ne m'effrayaient pas, si les pleurs de ma mère me démoralisaient.

Ce fut un soir de mars qu'à son retour de

l'usine mon père me pria de prendre place en face de lui, dans le bureau où il travaillait parfois jusqu'à minuit, car ses affaires devenaient difficiles – on parlait d'une prochaine crise dans le commerce des bois. Ma mère se tenait à sa droite, le visage chagrin. Encore une scène ? Eh bien, non. A ma surprise, mon père parla d'une voix calme, douce même. Je voulais vivre à Paris ? Il m'y autorisait, il venait de me louer un appartement meublé, il me donnait assez d'argent pour que je ne sois pas dans l'embarras avant d'avoir trouvé du travail... J'en restai ébahie : une victoire aussi inattendue, incroyable !

« Je ne t'impose qu'une condition : ni Sorbonne, ni Quartier latin et moins encore, bien sûr, Saint-Germain-des-Prés. Tu logeras dans un quartier sérieux, celui des Ternes. Ce que je te recommande : de ne fréquenter que des jeunes gens bien. Elimine tout ce qui sent le raté, le bohème. »

Ma mère, elle, se préoccupait surtout de ma vertu. A peine connaissait-elle Paris qu'elle se représentait comme une ville de perdition. Je promis tout ce qu'on voulait : j'aurais promis n'importe quoi pour avoir le droit de sauter dans le premier train. Les portes de ma prison s'ouvraient, j'allais être libre.

Me voilà à Paris. Je te fais grâce des impressions de la provinciale émerveillée. On m'offrit une place de secrétaire dans une maison de couture. Je connaissais la dactylographie, ayant, depuis ma sortie de pension, tapé à la machine la correspondance de mon père; je parlais un peu l'anglais, je me débrouillais donc convenablement. Et puis l'orgueil de gagner sa vie, de n'être plus la jeune fille désœuvrée qui se goberge chez ses parents, ça compte! Chaque semaine, j'écrivais à ma mère, dont je recevais des lettres inquiètes. Je la rassurais de mon mieux : vertueuse, laborieuse, authentique petite fille modèle, je me décrivais ainsi et je disais vrai.

Les relations amicales? J'avais retrouvé par hasard une de mes camarades de pensionnat, Nicole, beaucoup plus délurée que moi. Elle connaissait la vie et s'en vantait.

Nicole se moquait de ma prudence, tout en m'aimant bien. Elle me présenta à ses copains et me proposa d'aller passer mes vacances à Cannes avec sa bande. J'acceptai, trop heureuse de fuir Savignol et l'ennui qui m'y guettait. J'avais économisé assez d'argent pour payer mes notes d'hôtel, mais on vivait de peu alors sur la Côte.

En fille sage et docile, j'avais esquivé Saint-Germain-des-Prés, sans me douter que Saint-Germain-des-Prés m'attendait sur les rivages méditerranéens. Fuyant la canicule parisienne, la faune des caves descendait vers Cannes, Nice, Saint-Tropez, Juan-les-Pins, tout ce qui éveillait chez les claustrés des boîtes de nuit la nostalgie de la campagne et de la mer. J'en rencontrai, dès le premier jour, sur la promenade des Anglais. Des copains de Nicole et de sa bande. Beaucoup d'entre eux résolvaient le problème des repas en maraudant dans la campagne où poussaient les salades et mûrissaient pêches et tomates; celui du logement, en dormant à la belle étoile. On me présenta des garçons et des filles dont j'ai oublié les noms.

Ce petit monde m'attirait, je lui trouvais infiniment plus de charme qu'à la jeunesse bourgeoise de mon pays, alors un peu guindée. Un garçon, assez grand, se tenait souvent à l'écart. Je remarquai ses yeux brillants et sombres, ses cheveux très noirs, sa taille élancée. Il me regardait d'un air à la fois triste et ardent. Il me sourit, et je compris qu'il me trouvait jolie, que sa timidité était due à la soudaine passion qu'il éprouvait pour moi. Existais-je avant de le connaître ? Il me semblait que je naissais à la vie. Je m'approchai de lui, je me présentai d'une voix balbutiante.

« Moi, dit-il, je m'appelle David. »

Dans notre bande, dans la sienne, nous ne voulions nous connaître que par nos prénoms.

Il me dit en riant :

« Je suis venu en auto-stop. Je n'avais que mes espadrilles, ma chemise et mon pantalon. Ici j'ai retrouvé des amis, nous nous organisons. Nous avons fabriqué une tente. Les filles font la popote et les garçons sont plongeurs dans les restaurants. Le soir, nous allons danser dans les boîtes. »

Aussitôt, je décidai de passer dans la bande de David. Je chantonnais, je n'avais jamais été aussi gaie. Maintenant, je comprenais pourquoi je me réjouissais tant quand j'entendais les gens s'extasier sur ma beauté; cette beauté, je voulais l'offrir à l'homme que j'aimerais, à ce David dont, ce matin encore, j'ignorais l'existence. Il ne me quittait pas, il me parlait d'une voix un peu sourde avec une sorte d'exaltation. Si différent de ses compagnons gais et futiles. M'aimait-il déjà ? Je me le demandais avec angoisse.

Quand il me proposa d'aller danser, je le suivis. Mais, au moment d'entrer dans le casino, il me prit la main.

« Venez plutôt sur la plage. »

Je crus qu'il cherchait un lieu propice pour m'embrasser. Certes, les mœurs de la petite bande étaient fort libres, mais les privautés en public auraient paru ridicules. Mais non, pas de baiser, même quand nous fûmes étendus sur le sable. La nuit venait, un chapelet de lumières s'allumait sur la côte. La mer se réveillait, les vagues se brisaient sur les rochers au pied de la corniche. Je n'entendais plus la musique de l'orchestre qui jouait à la terrasse du casino, ni le ronronnement des voitures. Seul me berçait ce rythme un peu sourd et presque glacé, et je ne voyais plus que cet inconnu dont la main caressait mon poignet et m'attirait vers lui. Il se redressa légèrement, puis se pencha sur moi. Quand je sentis ses lèvres sur ma bouche, je fermai les yeux.

Liza poussa un sanglot étouffé. Elle pâlit, comme pâlissent les gens au teint bien bronzé; il me sembla qu'elle prenait la couleur de la mort. Je crus qu'elle allait mettre un terme à ses confidences, se lever et partir; je n'osais la retenir. Alors elle eut un faible sourire et reprit...

Pardonne-moi. Je te parle pour te découvrir certaines vérités, non pour céder à l'émotion. C'est peu convenable, l'émotion, pour une vieille femme, surtout pour une femme qui n'a pas d'âge. Mais, vois-tu, je donnerais toutes mes vies pour la minute de bonheur que je dois au baiser de David. Ce que j'aimais en lui ? Une fureur de vivre qui me fascinait et m'effrayait. Il m'entraînait au loin du rivage, par jour de gros temps; plusieurs fois, je craignis de me noyer. Il me rassurait, en riant :

« Je te sauverai, n'aie pas peur. D'ailleurs, une

noyade n'a rien de terrible. Il y a des morts bien plus atroces. »

Impossible de savoir s'il parlait sérieusement. Voix légère, moqueuse, que démentait un regard qui semblait littéralement boire la vie.

Un soir où nous marchions sur la plage, il me dit, d'une voix presque agressive :

« David, ce prénom ne te dit rien ? Je suis juif.

— Tu es juif !

— Ça te gêne ? »

Oui, ça me gênait; je me rappelais les propos malveillants tenus par mes parents, des propos que, dans mon innocence, j'approuvais. J'attirai David, je le serrai dans mes bras.

« Parle-moi de toi, mon chéri. »

Il parla, il me dit toutes les souffrances des siens pendant l'Occupation, son père mort déporté, sa mère, échappée à la rafle, mais qui n'avait dû son salut qu'à la chance. Disons plutôt : une succession de chances providentielles qu'elle avait su saisir. Ainsi, avec ses enfants, était-elle parvenue aux jours de la Libération, mais après quelles angoisses ! Elle espérait que son mari survivrait à la déportation : elle apprendra qu'il mourut quelques semaines avant l'effondrement du Reich. Tous ces événements avaient marqué David, éveillant en lui un goût violent du bonheur et cette rage de vivre qui n'appartient qu'aux natures généreuses. Je l'en aimai davantage. Non par pitié, sentiment indigne de nous, mais parce que je le sentais très différent de moi. Son expérience du malheur m'était tout à fait étrangère; aussi m'apparaissait-il plus fort, plus perspicace; j'admirais son caractère qui s'était trempé dans l'épreuve et me sentais indigne de lui.

Je devins sa maîtresse.

Comme nous avions un peu d'argent, nous allâmes vivre quelques jours dans un petit hôtel de Vence. Mais nos fonds s'épuisaient vite, il fallait penser à regagner Paris. Nous projetions de nous marier dès le début de l'automne; je passerais d'abord à Savignol pour annoncer la nouvelle à mes parents. La bonne nouvelle? Je n'en étais pas très sûre. Cependant, je tentais de me persuader que l'affection de mes parents pour leur fille unique l'emporterait sur les préjugés et ce fut d'un cœur assez confiant que je pris le train pour Savignol.

L'accueil que je reçus m'encouragea aux confidences. Ce fut tout juste si on ne tua pas le veau gras : l'enfant prodigue rentrait au bercail.

« Et voilà ! m'écriai-je. J'ai enfin découvert celui qui me rendra heureuse. Vous voyez que je n'ai pas eu tort d'attendre ! »

Mon enthousiasme, que je voulais communicatif, ne sembla pas très partagé. D'évidence, mes parents se défiaient : un mariage d'amour, autrement dit un coup de tête.

« Eh bien, ma grande, fit mon père avec un entrain forcé, voilà une nouvelle d'importance; nous ne demandons qu'à approuver ton choix. Que fait-il, cet excellent garçon? Ingénieur, notaire, médecin? Tu es sûre de sa moralité?

— Oui, certes, mais... mais il est juif. »

Mes parents échangèrent un regard consterné. Il y eut un silence.

« Un juif... converti, balbutia enfin ma mère.

— Non, un juif... juif. Toute sa famille pratique. Lui, non.

— Je vois ça, dit mon père en ricanant. Pas de

croyance, pas de principes, pas de morale. L'esprit fort, quoi ! Et ça prétend épouser ma fille !

– Il est plus honnête que bien des chrétiens ! m'écriai-je sur un ton de révolte.

– Et que font ses parents ?

– Ils sont commerçants.

– Je vois ça : le carreau du Temple.

– Non, antiquaires rue Saint-Honoré.

– Ce n'est tout de même pas un Rothschild, ton bonhomme. Ce n'est même pas un Rothschild.

– Sans doute, mais je l'aime.

– Voilà le grand mot lâché ! Tu l'aimes ! Ou plutôt tu crois l'aimer... Tu devrais passer quelques mois ici. Une petite cure familiale, ça te changerait les idées.

– Si David n'était pas juif, l'accepterais-tu pour gendre ?

– Peut-être, mais, comme il est juif, le problème ne se pose pas. »

Je partis en promettant de réfléchir, quoique ma décision fût irrévocable; j'étais disposée à sacrifier tous mes héritages à mon amour. David logeait toujours chez ses parents, mais il vint m'attendre à la sortie de mon bureau, le lendemain de mon arrivée. Il semblait soucieux.

« Ça s'est bien passé avec tes parents ?

– Non.

– Ça ne m'étonne pas, dit David en hochant la tête. Mais, chez moi, ce n'est pas mieux et ça, vraiment, ça me stupéfie. Ma mère a toujours juré qu'elle donnerait n'importe quoi pour mon bonheur. Mes frères jouent aux dilettantes, aux types qui se fichent de tout, mes sœurs aux filles affranchies. Et, dès que j'ai commencé à parler de toi, ils se sont mis à deux pour m'interrompre.

« Est-elle juive ? – Non. – Alors tu aimes une goy ? » Et sur quel ton ! La déclaration de guerre. J'avoue que j'ai été démonté. Et pourtant, je suis sûr de leur affection. Il ne faut pas leur en vouloir, reprit David d'une voix lasse. Ils ont trop souffert. A leurs yeux, tout ce qui n'est pas juif est antisémite. Ils pensent qu'à la première dispute tu me traiteras de *sale juif.*

– Tu sais bien que non ! m'écriai-je.

– Bien sûr, mais eux ne te connaissent pas. Tu es une goy et je vais trahir les miens en m'alliant avec toi. On me rappelle que mon père souhaitait que j'épouse Mona, la fille de son meilleur ami. Mais c'est toi que j'aime, quelle fatalité ! »

Il essaya de rire, mais les larmes lui venaient aux yeux. Je lui pris la main, il m'attira contre lui. Rien ne pourrait m'effrayer tant que je serais ainsi, la tête sur son épaule.

« Comprends-tu, Marie ? Tu es une étrangère pour eux, ils pensent que mon père n'aurait jamais admis une telle union, que ce serait outrager sa mémoire... »

Je crus qu'il se disposait à rompre et, m'écartant de lui d'un mouvement violent, je m'écriai :

« Et toi, que penses-tu ?

– Qu'il faut attendre. Nous serons les plus forts, mais il faut attendre. Un jour, ils céderont, j'en suis sûr. »

Un jour, mais quand ? Je continuais à travailler, ne voyant David que chaque soir et aussi presque tous les samedis et tous les dimanches. Mais j'avais l'impression que sa mère s'ingéniait à contrarier nos rencontres; sans doute pensait-elle qu'il finirait par se détacher de moi, ce qui n'interdisait pas toutefois de hâter la rupture. Reproches, larmes, diatribes contre les goyim.

J'imaginais aisément les scènes : c'étaient les mêmes que celles que mes parents m'avaient infligées, le goy prenant la place du juif. David restait ferme et sa mère ne se décourageait pas. Chacun comptait sur le temps, ce qui me désolait : le mariage n'était pas pour demain.

Sur David j'avais un grand avantage : j'étais fille unique. Si sa mère le chassait en le maudissant, il lui restait deux fils et deux filles pour la consoler. Mes parents, eux, s'ils décidaient de me rejeter, que leur resterait-il? Mon père m'avait souvent répété : « C'est pour toi que je travaille. » Bien sûr, il fallait compter avec leur entêtement, mais j'espérais tout de même... Aussi ne fus-je pas trop surprise quand je reçus une lettre de ma mère m'invitant à venir passer un week-end à Savignol. Quelques lignes seulement, mais d'un ton affectueux. Un piège? En ce cas, je ne m'y laisserais pas prendre.

Mon père m'attendait sur le quai de la gare; il m'embrassa avec une certaine gêne. Je sentais qu'il réprimait son élan. Ma mère, qui se tenait aux aguets près de la grille du jardin, s'empara littéralement de moi et m'étreignit dès que j'eus posé un pied hors de l'auto. Ces effusions me semblèrent de fâcheux augure : on s'apprêtait à rejouer la scène des parents douloureux, à me demander si j'avais renoncé à ma folie.

De fait, la conversation prit un tour inquiétant. Nous parlions un peu de tout, à bâtons rompus, sans faire la moindre allusion à mon projet de mariage. Bientôt vint la gêne : phrases inachevées, silences... Alors, je compris que c'était à moi d'aborder le sujet auquel nous pensions tous les trois sans oser y faire allusion.

« Vous ne me demandez pas si je suis heureuse, sans doute, parce que vous redoutez ma réponse : non, je ne le suis pas et vous savez pourquoi.

— Crois-tu que nous nageons dans le bonheur, ta mère et moi ? Ton entêtement nous navre, mais nous voudrions essayer de concilier nos principes et tes sentiments. Je parle de nos principes religieux, bien entendu, car nous sommes des gens sans préjugés. »

Il passa la parole à ma mère, qui me dit avoir été consulter le curé de Savignol. Si sa fille épousait un juif, serait-elle damnée ? Ce prêtre m'avait baptisée et enseigné le catéchisme, il écouta avec attention. Tu peux juger de son esprit de justice et de bonté par ce qu'il a dit à ma mère : « Jésus, Notre-Seigneur à tous, était juif, il le fut jusque sur la croix. Il a prêché l'amour entre les hommes, sans distinction de race ou de religion. David n'est pas chrétien ? Mais peut-être Dieu a-t-il mis Marie sur son chemin pour qu'elle le convertisse... Même s'il reste attaché au culte de ses ancêtres, l'amour le rendra meilleur. »

Enthousiastes, mes parents ? Non, certes. Disons qu'ils se résignaient, considérant David comme un moindre mal. Après tout, j'aurais pu m'éprendre d'un voyou séduisant et beau parleur. David gagnait convenablement sa vie dans le commerce des antiquités et ne se souciait pas de ma dot; c'était là, aux yeux de mon père, un bon, un très bon point. Je repris allégrement le train de Paris, je me voyais déjà mariée. J'étais près de l'être, en effet : la mère de David capitulait : « Si tu peux être heureux avec cette fille, après tout, pourquoi pas ? »

Mais que de difficultés restaient à vaincre ! Comme David refusait de se convertir, ce que d'ailleurs je ne lui demandais pas, il n'était pas question de mariage religieux. Ma mère pleura encore et il est évident que le curé de Savignol tiqua un peu à cette nouvelle; je crois qu'il espérait plus ou moins que l'amour inciterait David à la conversion. Cependant, ce fut lui qui persuada encore ma mère de céder.

« Il faut donner à ce jeune homme une chance de venir au Christ. Cette chance lui sera offerte par son mariage avec Marie, nous n'avons pas le droit de la lui refuser. »

On ne saurait dire que ce prêtre était un bon théologien, mais il avait du cœur, ce qui vaut mieux. Restait une dernière difficulté à vaincre : mes parents se rebellaient à la pensée d'assister à un mariage strictement civil.

Finalement, après des discussions et des larmes, j'obtins d'eux qu'avant notre mariage David soit reçu à Savignol. Ils consentaient même à connaître la mère, les frères et les sœurs de mon fiancé.

Je fis, dès mon retour à Paris, ma première visite à la mère de David, une femme maigre, assez sèche, aux cheveux plats encore très noirs. On ne lui donnait pas ses quarante-cinq ans. Elle m'observait avec une curiosité hostile.

« A me voir, vous ne soupçonneriez pas les souffrances que j'ai endurées pendant la guerre. Sachez cependant que, si David est encore vivant, c'est grâce à moi qui ai réussi à le soustraire à la Gestapo. Nous nous sommes sentis étrangers dans ce pays qui est pourtant le nôtre. Depuis lors, je suis devenue méfiante. »

Je tremblais au fond de mon fauteuil. David me prit la main et m'encouragea à parler.

« Madame, j'ai renoncé à vivre en chrétienne

par amour pour votre fils. Si je le rends heureux, me pardonnerez-vous de n'être pas juive ? »

La mère de David s'adoucit. Elle consentit à venir voir mes parents, mais en précisant que ni Simon, ni Elie, ni Colette, ni Myriam ne l'accompagneraient : ils restaient violemment opposés au projet de leur frère. A l'instant de partir, dans le vestibule, j'eus un élan vers celle que je considérais déjà comme ma belle-mère, je voulus l'embrasser. Elle eut un mouvement de recul, puis, comme je pleurais, me serra dans ses bras.

De cette entrevue avec mes parents je n'osais attendre de grandes effusions; mais elle fut plus sinistre que je le craignais. La conversation s'anima seulement lorsque mon père ne put s'empêcher d'avouer qu'il eût souhaité une autre union pour sa fille.

« Et moi, riposta vivement ma future belle-mère, croyez bien que je suis peinée par le choix de David ! »

Je tremblai : quelques mots un peu vifs, et c'était la brouille, non pas la rupture entre David et moi, mais des complications sans fin. Le propos ne fut heureusement pas relevé et le feu de paille s'éteignit. Cependant, on arrêtait la date du mariage du bout des lèvres, car il fallait en finir par là. Mes parents consentirent à s'y rendre, ils faisaient ainsi un grand sacrifice. La noce aurait lieu à Paris, une union civile eût fait scandale à Savignol. J'étais heureuse et je plaignais mes parents : c'était bien la peine (ils me le dirent) de m'avoir fait élever chez les bonnes sœurs pour me marier ensuite à la sauvette, comme une fille de rien.

Ce fut cependant, en apparence, un beau

mariage, quoique intime : parents, grands-parents, les frères et les sœurs de David. Je fis enfin la connaissance de Simon, l'aîné, d'Elie, le plus jeune, et des deux sœurs, Colette et Myriam. Aucun d'eux n'était encore marié. Ils considéraient David comme le mauvais sujet de la famille, le seul qui eût des relations douteuses : on voyait où ça l'avait mené. Maîtresse de David, je ne voulais pas me donner le ridicule de me marier en blanc; je portais donc un tailleur de couleur claire, qui m'allait fort bien. Mes beaux-frères et mes belles-sœurs s'en irritaient : ils m'auraient préférée laide et gauche; ma beauté aggravait le péché du coupable.

Au sortir de la mairie, nous allâmes au restaurant pour déjeuner. On avait négligé de mettre le nom d'un convive sur chaque couvert, les seules places marquées étant celles des mariés. Aussi nos invités s'installèrent-ils où ils voulurent. Comme, au dernier moment, les Randillac avaient décidé d'envoyer des faire-part à nos plus proches parents, nous nous trouvions une trentaine à table : une vingtaine de juifs, une dizaine de chrétiens. Je constatai qu'ils ne se mêlaient pas, il y avait le côté juif et le côté chrétien. Certains juifs parlaient le yiddish et je crois que si les Randillac avaient été plus familiarisés avec la langue gasconne ils en auraient usé, afin de mieux souligner leur différence. David et moi échangions, à la dérobée, des regards navrés. Ce jour, si merveilleux pour lui et moi, quelle sottise de le gâcher ainsi! Nous avions tant rêvé d'une bonne entente familiale!

Enfin, on se leva. Mon grand-père remarqua les deux rubans qui ornaient le revers du veston du grand-père de David, celui de la croix de guerre et celui de la médaille militaire; il ne put s'empêcher de dire :

« Vous l'avez faite, vous aussi ?

– Quoi donc ?

– La guerre, celle de 14.

– Ah ! certes ! Dix-huit mois à Verdun, et la Somme, le Chemin des Dames.

– Nous avons donc été ensemble, là-bas ! Dans la territoriale, hein ! »

Enfin le courant passait. Ces souvenirs d'ancien combattant, c'était pour mon grand-père une mine inépuisable. Il était parti à quarante-deux ans, dès le 2 août 1914. Dix-huit mois plus tard, son fils, qui atteignait l'âge du mobilisable, partait à son tour. Entendant parler de la guerre, sa guerre, mon père prêta l'oreille et se mêla à la conversation. Deux anciens combattants, trois anciens combattants. Deux chrétiens et un juif.

Je remarquai alors que ma mère et celle de David bavardaient ensemble. Des groupes se formaient, chrétiens et juifs mêlés, enfin.

« Ça a l'air de s'arranger », murmura David à mon oreille.

Il s'en réjouissait autant que moi. Nous ouvrîmes le bal. C'était une erreur, je le compris dès que j'eus commencé à danser : une mariée sans robe blanche ni voile, dansant ainsi le jour de ses noces, cela rappelait à mes parents que nous n'étions pas passés à l'église; de fait, ils se renfrognèrent. Ce fut pire quand les musiciens, croyant plaire à tous, jouèrent quelques airs du folklore yiddish : *Roussen en Kalé* et *la Hora.* Je fus soulevée et entraînée dans une ronde endiablée, portée en triomphe; pour le coup, mes inquiétudes se dissipèrent. Je me rassurais à tort. Cette musique orientale, ce joyeux déchaînement choquèrent et intriguèrent les gens de ma famille et quelques amis intimes invités à venir après le lunch. Mon père et ma mère s'étaient gardés de toute confidence concernant les origines de David. Des juifs, donc, ces gens-là ? Cette musique, cette danse en témoignaient. Les visages se fermaient, des coups d'œil s'échangeaient, on parlait à voix basse. Peu à peu, le salon se vidait, je voyais les gens refluer, à petits pas, vers la porte; ils s'éclipsaient l'un après l'autre, avec une lenteur furtive, afin que leur départ passât, autant que possible, inaperçu. Et sans un mot de politesse, sans le moindre adieu; même mes cousins, que je n'aurais jamais crus aussi goujats. Ma fête, la belle fête de mes noces, avec quelle tristesse s'acheva-t-elle ! Ne restaient que mes parents et la famille, les amis de David. Mes parents ne se plaignaient sans doute pas, ils devaient plutôt m'en vouloir : c'était mon obstination qui leur coûtait cet affront. Ils trouvèrent un prétexte pour prendre congé et je restai seule avec ma belle-famille et avec David. On me faisait une drôle de tête et David n'était pas moins gêné que moi. J'étais coupable aux yeux des miens, il l'était aux yeux des siens. Nous filâmes tous deux au plus vite pour nous enfermer dans notre appartement.

« Je n'ai plus que toi », lui dis-je avec une passion farouche.

Après tout, cela valait mieux ainsi. J'aimais tellement David que je préférais qu'il n'y eût aucune présence étrangère dans notre intimité.

La chaumière et deux cœurs, le petit nid d'amour, la vie recluse dans la passion conjugale, ça n'existe pas. J'y avais cru et je découvris qu'il faut toujours compter avec l'entourage, indifférent ou malveillant. Mes parents, on pouvait les ignorer à peu près, leur écrivant seulement de temps à autre pour les entretenir de balivernes. Mais la famille de David ? Car David travaillait toujours avec sa mère, ses frères et ses sœurs; il restait leur associé dans le commerce des objets anciens. Il me fallait donc fréquenter ces gens dont les préjugés à mon égard ne désarmaient pas. Nous prenions souvent nos repas en commun et je crois que ma belle-mère, mes beaux-frères et mes belles-sœurs respectaient d'autant plus scrupuleusement les rites hébraïques qu'une chrétienne se trouvait à leur table; la nourriture kasher était de rigueur.

Cela ne me gênait en rien. Mais mon embarras fut grand quand survint la Pâque. Avant le repas, Elie se mit à réciter des prières, que tous reprirent en chœur. Seule, je ne disais mot; je me sentais plus que jamais l'exclue. Quand la prière fut achevée, ma belle-mère me lança un regard si lourd d'orgueil que je baissai les yeux.

« C'est ainsi chez nous », dit-elle.

J'acquiesçai d'un signe de tête. Je me voulais libérale, compréhensive. Peut-être avais-je des torts ? Avec beaucoup de bonne volonté, j'interrogeai ma belle-mère sur ses croyances, sa manière de servir Dieu, ne recevant que des réponses fort sèches : on m'invitait à rester l'étrangère, celle qu'un esprit malfaisant avait introduite dans une famille qui ne cesserait de la rejeter. David et moi avions renoncé aux pratiques religieuses. Il ne s'agissait pas là d'une concession réciproque; mon mari eût volontiers admis que je me rende à l'église et je n'aurais pas été agacée s'il avait continué à fréquenter la synagogue. A la vérité, nous ne pensions qu'à nous aimer.

« C'est notre religion à nous », me dit un jour David.

Bientôt, je fus enceinte. Quelle joie pour David et pour moi ! J'annonçai la nouvelle à ma belle-mère.

« Je suis heureuse, j'attends un enfant, il sera juif !

– N'en soyez pas si sûre : ne fait pas un juif qui veut. Sachez que, pour faire un juif, il faut avoir derrière soi plus de cinq mille ans d'inquiétude... »

J'en aurais pleuré.

Un soir que je regagnais notre appartement, j'entendis parler derrière la porte et je me demandai quel visiteur pouvait se trouver chez nous à cette heure tardive. David devait avoir invité un copain à dîner. A ma surprise, la porte ouverte, j'aperçus, dans notre petit salon, Elie, mon beau-frère. Il était assis sur un divan, en face de David, et il pleurait. Etrange spectacle : Elie n'avait encore jamais franchi notre seuil. Ma première pensée fut qu'un de nos proches venait de mourir. Mais non, David se levait, courait m'embrasser. Puis, s'adressant à son frère :

« Allons, dit-il, embrasse-la, toi aussi. »

J'attendais une accolade un peu distante. A ma surprise, Elie me serra fraternellement; je sentis contre ma joue une joue mouillée par les larmes.

« Pardon, Marie, murmura-t-il. J'ai été injuste pour vous, je ne savais pas...

– Il ne savait pas ce qu'est un amour contrarié, fit David presque gaiement.

– Oh ! je t'en prie, ne plaisante pas ! s'écria Elie... Marie, poursuivit-il, je suis amoureux, aussi follement que David l'est de vous. Par malheur, celle que j'aime a tout pour déplaire à ma mère.

Une Japonaise bouddhiste! Mais ravissante et un cœur d'or! Intelligente aussi...

— Ça va, interrompit David en riant, elle a toutes les qualités, puisque tu l'aimes. Ce qui ne va pas, Marie l'a déjà deviné, c'est que notre mère s'oppose au mariage.

— Evidemment! Toujours ses idées, ses principes. Tout comme Simon et mes sœurs. Ils voudraient que j'épouse une juive, bien sûr. Comme si je n'avais pas le droit d'aimer qui je veux! »

Elie était loin d'avoir la délicatesse de David, qui n'eut jamais un mot déplacé à l'égard de sa mère ou de mes parents. Son emportement l'incitait aux propos insultants, c'était tout juste s'il ne qualifiait pas de vieille folle celle dont il avait jusqu'alors partagé l'intransigeance. David l'invita au calme.

« Et maintenant, qu'attends-tu de moi? Tu sais que je suis plutôt mal placé pour plaider ta cause...

— Oui, je sais, mais Marie...

— Marie! Tu perds la tête!

— Nullement. Elle t'a donné le bonheur et notre mère commence à le comprendre. Elle a souffert par notre faute, comme tu as souffert toi-même. Elle trouvera des arguments persuasifs, j'en suis sûr... Marie, promettez-moi d'aller demain parler à notre mère, vous saurez l'émouvoir. Je vous jure que celle que j'aime est digne de devenir votre sœur. »

Elie m'offrait l'occasion de prendre sur lui une revanche facile. Je n'oubliais pas les vexations dont il nous avait accablés, David et moi. Mon autre beau-frère, Simon, était beaucoup plus généreux et compréhensif; par faiblesse de caractère, il se laissait dominer par Elie. Ce dernier avait un véritable culte pour la personnalité de sa mère, il ne lui serait jamais venu à l'idée de la contredire ou de discuter son avis. Par un retour des choses vraiment cocasse, c'était lui qui se trouvait maintenant en posture de rebelle. Effet du hasard : il avait suffi d'une rencontre fortuite, la petite Japonaise aux yeux bridés, au teint de papier d'emballage et, en outre, fidèle de Bouddha. Son frère Simon, ses sœurs Myriam et Colette, qu'il s'ingéniait à monter contre moi, voilà qu'ils se trouvaient maintenant ses adversaires, tandis qu'il venait implorer mon alliance. Je me refusai à profiter de la circonstance pour lui rappeler ses torts et lui faire une leçon de tolérance; c'eût été manquer de tact et de charité. Il m'en sut gré et se repentit d'autant plus d'avoir mal agi envers David et moi.

Dès le lendemain, j'allai rendre visite à ma belle-mère. Je redoutais son accueil. A ma surprise, pour la première fois, elle m'embrassa. Une Asiatique bouddhiste, c'était à ses yeux pire qu'une chrétienne; elle commençait donc à me trouver plus acceptable.

« Vous êtes au courant du projet stupide d'Elie », me dit-elle.

Voilà qu'elle aussi recherchait mon appui. Cela flatta mon orgueil. Il est plus facile de plaider la cause d'un autre que la sienne. Je me lançai donc hardiment dans la défense de mon beau-frère.

« Pourquoi stupide? Vous avez déjà prononcé ce mot quand David vous a annoncé son projet de mariage avec moi. Il me semble que notre union n'est tout de même pas trop mal assortie, puisque nous sommes heureux.

— Je me suis trompée, je l'avoue, mais vous n'êtes pas bouddhiste, vous! Un juif peut discuter avec un chrétien, je ne dis pas tomber d'accord avec lui, mais seulement discuter. Impossible avec un bouddhiste; c'est une religion qui n'a aucun point commun avec la nôtre.

— Croyez-vous, dis-je en riant, qu'Elie épouse cette jeune fille pour parler religion avec elle! Je sais par expérience...

— David et vous, c'est tout à fait différent : vous vous aimez. »

Je te fais grâce du débat, qui fut long et laborieux, mais je ne doutais pas de réussir à persuader ma belle-mère : dès l'instant qu'elle abandonnait le terrain religieux et racial pour celui de la sincérité, du sérieux dans les sentiments, j'avais cause gagnée. A la fin, ma belle-mère se fit une raison : elle voulut bien donner son consentement au mariage.

« Je souhaite qu'Elie soit aussi heureux avec elle que David l'est avec vous, Marie; votre patience et votre douceur m'ont vaincue. Désormais, vous serez vraiment ma fille. »

Cette femme si dure, je ne l'aurais pas vaincue, comme elle disait, sans mon amour pour David. Tu vois que la religion, la race...

Liza me regarda en souriant. Ses yeux brillaient de malice, avec l'éclat grave de la vieille pierre qui luit au soleil.

« Dis-moi, Liza, si, de ce jour, tu as été heureuse dans ta nouvelle famille.

— Nous avons tous été heureux, y compris Tashi, la jeune Japonaise qu'Elie a épousée quelque temps plus tard. Je peux affirmer que David et moi avions servi d'exemple à tous. Nous avons eu trois beaux garçons, juifs ou chrétiens, il n'importe ! Ce sont les enfants de l'amour.

– Et tes parents ?

– Là aussi, l'imprévu est intervenu. Mon père a eu une petite attaque. La mort dans l'âme, il s'est résigné à confier son entreprise à David, qui a gagné son cœur comme j'avais gagné celui de ma belle-mère, sans flatterie, simplement en se montrant tel qu'il était : un garçon généreux et loyal, follement épris de sa femme.

– Et ton enfant que ton père ne voulait pas connaître ?

– Oh ! ça... La première fois qu'il l'a vu, il s'est écrié : « Celui-là, c'est tout mon portrait ! » J'ai bien ri après avoir tant pleuré. Mais, vois-tu, ma vraie famille sera désormais celle de David. Je revenais à mes sources, au judaïsme, sans même en prendre conscience. Influence du milieu ? Sans doute, mais surtout résurgence de toutes mes vies antérieures. En un mot, je me retrouvais. »

Son regard se perdit dans le vague; mais elle ne rêvait pas, je crois plutôt qu'elle considérait un point fixe où se rassemblaient les diverses existences qui erraient dans son souvenir.

VIII

« Tu me parles du sectarisme religieux, Liza, dis-je. On ne doit pas, bien sûr, le confondre avec le racisme, quoiqu'ils soient, l'un et l'autre, une invention de l'homme.

— Ça n'est pas aussi simple que tu l'imagines, car le racisme a devancé l'humanité, je puis en témoigner si je remonte à des souvenirs vieux de quelques milliards d'années. »

A l'époque, l'Afrique, l'Europe, l'Asie et les Amériques formaient un immense continent peuplé de toutes sortes d'animaux qui vivaient en bonne intelligence. Evidemment, les corbeaux s'accouplaient avec les corbeaux, les tortues avec les tortues, les béliers avec les brebis, les boas avec les boas. Inutile de te nommer toutes les variétés animales de notre planète. Disons seulement que tout se passa dans le meilleur des mondes jusqu'au jour où un ours noir eut l'idée de se distinguer de ses congénères. Il faut croire que cet ours s'ennuyait parmi les toisons noires, puisqu'il tomba amoureux d'une ourse blanche. De mémoire d'ours, on n'avait jamais vu cela.

C'est un après-midi de printemps que j'eus la révélation de cette singulière passion. Je me promenais dans la forêt, qui, pour la première fois de l'année, bourdonnait. Un bourdonnement tellement sonore qu'il éveilla ma curiosité; je me dirigeai vers cette rumeur d'essaim en folie. Les abeilles fêtaient-elles le retour de la chaleur, après des mois de neige et de gel ? Je le crus en les voyant tourbillonner sous les branches des sapins et à travers les basses ramures des arbres à feuilles caduques, encore dénudés : dans quelques semaines seulement s'ouvriraient les premiers bourgeons. Mais elles ne bourdonnaient pas de joie, elles vrombissaient furieusement, au contraire, en poursuivant Karabroc, un ours noir, qui s'éloignait sans hâte, de son pas de plantigrade. Il allait sur ses pattes de derrière, comme toi et moi, au lieu de marcher en quadrupède, à la manière des ours, parce qu'il portait un énorme rayon de miel. L'épaisseur de son poil le protégeait contre les dards de ses victimes et il riait dans son poil, heureux d'avoir pu enlever impunément tout ce qui restait à l'essaim de sa provision d'hiver. Ce Karabroc, je le connaissais bien, l'ayant presque vu naître, trois ou quatre ans plus tôt; j'étais très liée avec ses parents. Je n'osais cependant l'approcher, ni même l'interpeller, craignant de détourner sur moi la colère des abeilles; je le suivis donc de loin, curieuse de l'observer pressant le rayon entre ses pattes et se barbouillant le museau de miel.

Bientôt les abeilles renoncèrent, je les vis se disperser dans la lumière, butinant de-ci, de-là les rares fleurs qui pointaient sur la mousse. Alors je courus, je rattrapai Karabroc.

« Hé ! Karabroc ! Tu vas te régaler ! Mais tu partagerais avec tes parents si tu étais un bon fils ! Ton vieux père a souffert d'un hiver particulièrement rigoureux. Je l'ai rencontré hier, son poil tout piqué, presque gris, et il était si maigre qu'il flottait dans sa peau.

— Liza, répliqua-t-il, car il parlait, nous parlions tous alors (je dis *nous* car je ne me considérais pas comme un être d'une essence supérieure à celle de mes compagnons, fût-ce le plus modeste des insectes), Liza, ce miel n'est ni pour moi ni pour mon père, car l'amour l'emporte toujours sur la piété filiale. Or je suis amoureux et ce sentiment l'emporte même sur ma gourmandise.

— C'est donc à ta bien-aimée que tu vas offrir ce miel ! Ton sentiment est-il, au moins, payé de retour ?

— Je le saurai tout à l'heure. »

Quand je le revis, vers la fin de l'après-midi, il s'en revenait d'un pas mélancolique, toujours dressé sur ses pattes arrière, car il rapportait le rayon de miel.

« Hé ! Karabroc ! lui criai-je. Tu n'as pas trouvé ta bien-aimée au logis ?

— Si, Liza, répondit-il tristement, mais elle a refusé mon cadeau. Et sais-tu pourquoi ? Parce que j'ai le poil noir et que le sien est blanc. Une ourse blanche ne peut épouser un ours noir, m'a-t-elle déclaré. Comme si tous les ours n'étaient frères ! Je ne l'aurais pas crue aussi bornée dans ses préjugés. »

Je n'en étais pas surprise, sachant que les ours blancs se considéraient comme infiniment supérieurs à leurs congénères noirs, bruns, marron ou gris.

« La race des seigneurs ? » demandai-je.

N'exagérons pas, fit Liza en riant. L'ours n'a jamais poussé l'aberration jusque-là. Mais, comme tous les siens, Karla éprouvait un certain dédain pour ceux dont le pelage n'avait pas la blancheur immaculée de la neige. De son côté, l'ours noir était fier de sa couleur, symbole de l'austérité, de la rigueur dans les sentiments. Je mesurai la profondeur de son amour pour Karla, le jour où Karabroc me dit : « Que ne donnerais-je pour avoir le poil blanc ! » Il n'enviait pas la couleur de sa bien-aimée, comme ce propos porte à le croire; il était prêt à sacrifier une toison qu'il trouvait belle entre toutes. Je dois te dire que ce Karabroc était vraiment superbe : œil brillant, museau noir, des griffes redoutables. La nature l'avait doué d'une force peu commune. Quoiqu'il ne fût pas tout à fait adulte, il mesurait déjà plus de deux mètres. Ses exploits ne se comptaient plus. On racontait comment il avait mis en fuite un troupeau de rhinocéros menaçant deux oursons qui s'étaient imprudemment aventurés dans les roseaux d'un marais.

Aussi, sans se l'avouer, Karla la blanche fut-elle très flattée par la déclaration de Karabroc. Elle me l'avoua quand je lui rendis visite, dans le creux de rocher où elle vivait seule, s'étant affranchie de la tutelle familiale. Je lui conseillai de se montrer plus accueillante pour son soupirant. Ruse ou coquetterie, elle n'en fit pas moins des manières avant d'accepter le miel de l'amour, qu'elle finit par manger en tête-à-tête avec Karabroc. Ce dernier, tout en se léchant pattes et babines, était au septième ciel des ours. Il faisait des projets d'avenir, se voyant déjà pêchant les saumons de la rivière et dévalisant les abeilles de la forêt en compagnie de son épouse et de ses oursons.

« Quand nous aurons des enfants... », dit-il d'une voix attendrie.

Karla l'interrompit :

« Des enfants ! Tiens, je n'y pensais pas, aux enfants ! De quelle couleur seront-ils ?

– Qu'importe ! La couleur, ce n'est que notre apparence. Ce qui compte, c'est ce que nous sommes. Que nos oursons aient ta bonté, ta générosité, ton intelligence et comme toi le sens de l'humour, nous serons comblés ! »

A la nuit tombante, ils se quittèrent, sans toutefois que Karla promît à Karabroc de le revoir. Eprouvait-elle quelque inquiétude à la pensée qu'un ours noir risquait de lui donner des enfants noirs, ou tigrés, mouchetés de noir et blanc ? Je ne sais. Mais, en ce cas, son inquiétude fut passagère, car bientôt, sur le layon qui menait au territoire de sa tribu, elle se sentit portée par la joie et l'espérance. Elle gambadait, heureuse de découvrir les beautés de la vie. Dans son insouciance, elle ne pouvait imaginer l'accueil que recevraient ses aveux.

Le soir, dans la grotte familiale, elle conta l'histoire : la déclaration enflammée de Karabroc, le miel offert en cadeau, les agapes, le projet de mariage... Son père écoutait, le museau grave, l'œil sévère. Il se gratta longuement avant de donner son avis; puis, ayant imposé le silence, il déclara :

« Je dirai pour commencer que ton Karabroc est un ours mal léché. Quand on a tant soit peu d'éducation, un prétendant s'adresse au père de l'oursonne, avant de confier ses sentiments à la fille. Ces manières ont peut-être cours chez les ours noirs; dans une tribu policée comme la nôtre, on ne saurait les tolérer. En outre, c'est à moi que le miel aurait dû être offert. Question de correction. Mais la correction, la délicatesse, ça n'a jamais été le fort de l'ours noir. Enfin, passons... Ma petite, je n'ai aucun préjugé, les ours noirs, je ne leur veux aucun mal, le soleil luit pour tout le monde. Si cela ne tenait qu'à moi, je pourrais fléchir à la longue, parce que je souhaite ton bonheur, même si ce bonheur me coûte un sacrifice d'amour-propre. Mais nous devons penser à l'opinion oursine, qui tolérera mal le mariage d'une blanche et d'un noir.

– Il n'y a qu'à réunir le Grand Conseil des Sages de la tribu, dit Karla. Ceux qui le composent sont des ours d'expérience qui ont beaucoup vécu, vu et entendu. J'ai confiance dans leur jugement.

– Je crains que tu ne sois déçue. Tu ferais mieux d'écouter mes avis. Tiens! je connais un superbe ours blanc, encore jeune, un grand voyageur lassé de ses pérégrinations et qui souhaite se fixer auprès d'une épouse. Il fera un excellent père de famille.

– Je n'aimerai jamais que Karabroc! s'écria Karla. Et je suis sûre que nos Sages m'autoriseront à l'épouser! »

Le Grand Conseil se réunit donc, il siégea sans désemparer pendant huit jours et huit nuits. Karla fut autorisée à plaider sa cause, elle s'y employa, mettant tous ses talents oratoires au service de sa passion. Les Sages l'écoutaient, assis pattes croisées; ni leurs museaux ni leurs regards ne trahissaient le moindre sentiment. Certains étaient sourds, beaucoup édentés. Je n'oserai t'affirmer qu'ils prêtèrent une grande attention aux arguments de Karla. Le doyen somnolait, ses voisins durent souvent l'éveiller d'un léger coup de patte. Il ne sortit de sa torpeur que lorsque Karla s'écria :

« Il vaut mieux être noir en dehors et blanc en dedans !...

— Veux-tu insinuer que ceux de ta tribu sont blancs de pelage mais qu'ils ont l'âme noire ? hurla-t-il en se levant si promptement que ses vieilles articulations craquèrent. Tu nous insultes, tu renies tes pères et tes frères. Voilà où mène une passion coupable ! Ton Karabroc épousera n'importe quelle ourse de la forêt, mais pas toi, ni aucune de chez nous. Il a beau être fort, nous avons de solides lutteurs dans notre tribu, des musclés qui ne craignent personne ! Si j'avais seulement dix ans de moins, je l'écraserais, celui qui ose t'aimer ! D'ailleurs, je suis encore capable de le prendre par la patte, de le mener au bord d'un étang et de lui dire : « Mais regarde-toi donc, tête « de nuit sans lune. Mire-toi dans l'eau !... Et « maintenant, avec ton museau à faire fuir les « hirondelles, oses-tu encore convoiter une ourse « blanche ? » Voilà ce que je lui dirai s'il s'obstine. Et toi, Karla, je t'interdis de le revoir. »

Dès qu'il connut la réponse du Conseil des Sages, le père de Karla alla chercher sa fille qui sanglotait comme sanglotaient alors les ours, en hoquets brefs arrosés de larmes. Posant sur son épaule une patte autoritaire, il lui dit :

« Je t'ai laissée libre de vivre à ta fantaisie dans une grotte où tu logeais seule. Vois le résultat : tu t'amouraches du premier venu, un ours de race inférieure qui t'aurait donné des enfants indignes de nous. Il est heureux que le Conseil des Sages y ait mis bon ordre. Mais nous sommes maintenant la honte de la tribu et j'aurai les plus grandes peines à te marier convenablement. Suis-moi, la place d'une jeune ourse, qui n'a pas encore trouvé d'époux, est dans sa famille. Tu resteras désormais avec tes parents et tu leur obéiras. »

Karla réintégra la grotte familiale. Elle espérait que Karabroc viendrait la délivrer, ignorant que son soupirant subissait, lui aussi, des reproches véhéments. Le chef de sa tribu l'invectiva publiquement :

« Toi, le plus beau, le plus vigoureux des nôtres, tu te laisses séduire par une ourse blanche ! Le blanc est une couleur maudite, elle symbolise la neige, les souffrances de l'hiver, le froid, la faim. Le blanc porte malheur. Souhaiterais-tu la mort de ta tribu ? Je me fais vieux, Karabroc, et je projetais de passer bientôt la patte, de te désigner pour me succéder. Mais tu as démérité. Aucune ourse noire en âge de se marier ne te pardonnera de l'avoir dédaignée en recherchant ailleurs que chez les tiens une alliance infâme. Et, comble de déchéance, tu t'es fait éconduire ! Nous laverons l'injure que tu as reçue dans le sang des ours blancs. »

Le Grand Conseil des ours noirs décida, à l'unanimité, de déclarer la guerre à la tribu blanche. Cependant un vieil ours que l'âge et l'expérience incitaient à la conciliation obtint qu'avant de passer à l'attaque on adressât un ultimatum aux Sages des ours blancs : on leur donnait deux soleils et deux lunes pour quitter la forêt; ce délai passé, le sang coulerait. Comme les émissaires allaient se mettre en route, une ourse survint, portant deux oursons blancs qu'elle venait de trouver cherchant du miel sur le territoire des noirs. Un nouveau débat s'ensuivit : devait-on garder les oursons ou les ramener à leurs parents ? Les avis se partagèrent. Certains, qui se voulaient civilisés, prirent la défense de ces innocents. La plupart optèrent pour l'intransigeance : il fallait garder les oursons jusqu'à ce que le dernier ours soit sorti de la forêt. Ce fut là, je crois, la première prise d'otage.

Les émissaires envoyés par les ours noirs ne revinrent pas : ils furent très certainement mis à mort. Aussitôt après cet assassinat, les ours blancs passèrent à l'attaque. Surpris, les ours noirs se défendirent mal, beaucoup de femelles et d'oursons restèrent sur le terrain. Ils ne tardèrent pas à avoir leur revanche, à la faveur d'une nuit très obscure qui camouflait merveilleusement leur pelage. Pas plus que leurs ennemis, ils n'épargnèrent les innocents : ourses pleines, vieux plantigrades arthritiques, oursons à la mamelle. Agressions, représailles, expéditions punitives furent ainsi le prélude d'une guerre fratricide qui dura plus d'un millénaire.

Après quelques années de belligérance, les deux tribus auraient été incapables de dire pourquoi elles se battaient, mais elles étaient entrées dans le cycle infernal et ne savaient comment en sortir.

Crois-moi, il est difficile de lasser l'Eternel, et pourtant ces ours y parvinrent à force de s'entretuer. Pour mettre fin au massacre, Dieu immergea la planète sous des pluies torrentielles, ce fut le premier déluge, dont je manquai d'être victime, moi, seul vivant appartenant alors à l'espèce humaine. Je peux te dire que je m'en tirai de justesse, surtout quand des continents s'effondrèrent et que la surface du globe se morcela de telle sorte que toutes les races animales se trouvèrent condamnées à vivre sur un territoire spécifique.

Liza s'était tue. Je demandai :

« Les ours en furent-ils plus heureux ?

– Non, car l'homme apparut alors sur la terre. Et celui que Dieu avait créé afin qu'il protégeât, sans distinction, tous les êtres de la planète n'a su s'élever, sur certains plans essentiels, au-dessus de la condition animale, puisque, de nos jours, le racisme, hélas ! sévit encore. En outre, sur tous les continents, les humains ne cessent de se faire la guerre au nom de je ne sais quels grands principes qui seront périmés avant la fin du siècle. »

Je comprenais parfaitement ce que Liza avait voulu exprimer, mais ma curiosité n'était pas satisfaite. Afin de masquer la futilité de ma question, je pris le ton de la plaisanterie :

« Tu ne m'as pas dit, Liza, si Karabroc et Karla ont fini par se retrouver ?

– Rassure-toi. Oui, ils se sont retrouvés, mais quelques milliards d'années plus tard ! Le directeur d'un grand zoo s'avisa de croiser un ours noir et une ourse blanche. Je puis t'assurer que l'expérience réussit et que Karabroc et Karla vécurent aussi heureux qu'on peut l'être en captivité, grâce à leurs nombreux enfants : des oursons bruns. Tu vois que leur union pouvait être féconde. Tu vois aussi qu'avec le temps la vérité finit toujours par s'imposer : ces ours bruns seront aussi intelligents et aussi beaux que leurs parents, le noir et la blanche.

– Je suis heureux, Liza, car c'est grâce à un homme que Karabroc et Karla ont fini par se rencontrer. Il ne faut donc pas désespérer.

– Même si cet homme est directeur de zoo ? » objecta Liza en riant.

IX

RÊVAIS-JE ? Il me sembla que Liza se levait, s'éloignait, disparaissait dans la pénombre de la salle. L'angoisse me saisit : j'allais me retrouver seul et jamais la solitude ne m'avait paru aussi affreuse. Une idée folle me vint à l'esprit : l'homme qui a perdu son âme. Avec Liza, c'était mon âme qui s'enfuyait. Je me dressai d'un bond et je vis Liza debout près de moi. Elle se disposait, sans doute, à partir, mais elle était là, toute proche, ses longs cheveux brillant de leur éclat blanc. Ah ! non ! je n'allais pas la perdre ! Mes mains se posèrent sur ses épaules, je l'obligeai à se rasseoir.

« Liza, ne pars pas encore ! Parle-moi de ta famille, de tes beaux-frères, par exemple. »

Pourquoi lui ai-je demandé cela ? Je l'ignore encore aujourd'hui. Sans doute parce que j'aurais dit n'importe quoi pour la faire parler davantage. Mais je lui avais posé la bonne question, car j'entendis de nouveau sa voix.

« Ma famille, mes beaux-frères ? J'en ai eu tellement ! Il est vrai que je me souviens de toutes et de tous. La famille, je veux dire la famille en général, souvent source de joie, est parfois source de discorde. Pères se brouillant avec leurs fils, fils prenant leur père en haine, frères ennemis : ce sont là des cas trop fréquents. Que trouve-t-on à l'origine de ces inimitiés ? Des raisons souvent bien futiles. Tu me parlais de mes beaux-frères ! Il suffit parfois qu'une femme remarque que la voiture de son mari est moins belle que celle de son beau-frère; alors pleuvent les reproches. Et le pire dans tout cela c'est qu'il ne leur viendra pas à l'idée de jalouser d'autres que leur proches. Leur regard ne perçoit que ce qui est à leur portée. Mesquinerie, manque de générosité et d'imagination. Au-delà du cercle familial, un monde brumeux, un monde de rêve. Or il n'est pas toujours bon de rêver, tu vas en avoir la preuve. »

Voici environ trois cents ans, dans une petite ville de Russie, j'ai vécu mariée à un très riche marchand d'épices qui m'avait fait sept enfants. Nous vivions dans un shatel[1], aimés et respectés de tous. Mon époux donnait aussi bien au curé qu'au rabbin qui régentait notre petite communauté. Aucun des deux n'aurait fait en vain appel à sa générosité, mon brave homme de mari ayant, comme on dit, le cœur sur la main. Chaque jour, nous rendions grâces à Dieu de nous avoir accordé ses bienfaits. Nos deux ecclésiastiques, pour une fois d'accord, nous affirmaient que la seule manière de témoigner notre gratitude au Seigneur était de faire des largesses aux gens du village, devoir dont nous nous acquittions volontiers. Celui qui donne ne doit-il éprouver plus de plaisir que celui qui reçoit ? Tel était notre cas, aussi ne comptait-on plus les bonnes actions de

1. Un village typique juif d'Europe centrale.

mon époux. Tous se louaient de lui : les deux communautés, juive et chrétienne, moi, sa femme, nos enfants... Seule ombre au tableau : mon beau-frère Eléazar, frère cadet de mon mari. Ne t'imagine pas que j'étais une belle-sœur du genre convoiteur; je n'éprouvais aucun sentiment de jalousie, ce dont je ne prétends pas tirer mérite : je n'avais rien à envier.

Eléazar, je le trouvais, au contraire, digne de pitié, ce malheureux, cet acariâtre comblé par le sort jusqu'au jour où il voulut épouser une des plus jolies filles du village, la fille de rebbé Avram, union flatteuse pour lui. Un rebbé ne donne pas sa fille au premier venu et Eléazar était moins encore qu'un premier venu : un boucher...

« Un boucher! protestai-je. Aurais-tu des préjugés, Liza? C'est là une profession aussi honorable que n'importe quelle autre!

— Laisse-moi achever ma phrase! Un boucher qui ne vendait pas de viande kasher, parce qu'il se voulait avant tout commerçant : il sacrifiait la clientèle juive à la clientèle chrétienne, plus nombreuse. Aussi avait-il ouvert boutique en pleine ville et non au stetl, car aucun des nôtres n'aurait acheté sa viande impure. Tu imagines donc les difficultés qu'il rencontra, quand il eut la malchance de tomber amoureux de la fille du rebbé. Mais oui, ce fut une malchance pour lui, car, si Ruth était très belle, il se trouvait, au stetl, quelques demoiselles à marier qui n'avaient rien à lui envier sur ce chapitre. Ironie du sort, dit-on. Eh oui! Un jeune homme sans principes, passionnément épris de la fille d'un homme qui ne transigeait pas avec le devoir religieux, il y avait presque de quoi rire! »

Tu penses si le rebbé s'indigna, quand Eléazar osa lui demander la main de sa fille. Il commença par refuser sur un ton qui n'admettait pas de discussion. Eléazar en fut mortifié. Il se vengea en boudant ostensiblement les offices de la synagogue, ce qui était stupide et maladroit. Pendant quelques semaines, il se présenta à chacun comme la victime d'une guigne noire. Voilà pourquoi, je te l'ai dit tout à l'heure, il n'eut pas de chance en s'éprenant de Ruth; n'importe qui, sauf le rebbé, se serait réjoui de donner sa fille à l'un des plus riches commerçants du village. Mais cette infortune fut éphémère, car un heureux hasard voulut que Ruth partageât les sentiments de mon beau-frère. Cette fille au sang vif apprécia le physique du superbe gaillard aux cheveux frisés, son charme un peu vulgaire, sa jovialité, son bagou. Elle plaida la cause du prétendant, jurant au rebbé qu'elle le ramènerait sur la bonne voie, qu'elle imposerait la vente de la viande kasher, que les arguments de l'amour pèseraient plus lourd que ceux de la religion..., etc. Le rebbé finit par céder, ce qu'il regretta par la suite, car Eléazar ne renonça pas à son fructueux négoce; il eut même l'audace de prétendre que son beau-père approuvait sa vente de viande impure, au nom d'une évolution des mœurs à quoi la religion devait s'adapter. Il poussa l'insolence jusqu'à offrir à ses futurs beaux-parents des gigots d'agneau qui n'avaient pas été tués selon les rites et, ces gigots mangés, il dévoila la supercherie, invitant tout le village à se moquer du rebbé. Provocation stupide, à laquelle le rebbé pouvait riposter en retirant son consentement. Mais, dans sa vanité de fiancé officiel, Eléazar se croyait tout permis.

L'événement tourna cependant à sa confusion, car le rebbé, ainsi ridiculisé, revint sur sa décision, malgré les pleurs de Ruth; les fiançailles furent rompues. Dès lors, Eléazar vit les rieurs se retourner contre lui. Toute notre famille devint objet de dérision. En bon frère, mon mari décida d'intervenir. Il alla trouver Eléazar et le rebbé, sollicitant l'indulgence pour le coupable, qui, promit-il, changerait de métier : à cette condition, le rebbé, que fatiguaient les pleurs et les scènes de Ruth, consentit au pardon.

Mon époux attendait les remerciements d'Eléazar; ce sont les reproches qui vinrent :

« Lâcher ma boucherie, c'est une promesse qui ne te coûte rien. Tu ne te soucies pas de savoir comment je vais gagner ma vie, après mon mariage? Avec une femme à nourrir et bientôt des enfants? L'air du temps ne convient qu'aux mendiants, et encore mourraient-ils si on ne leur faisait la charité.

— Il y a bien d'autres métiers que celui de boucher, répliqua mon époux. Il n'est, d'ailleurs, pas nécessaire que tu renonces à tuer et à vendre les veaux et les moutons, il te suffira de respecter les rites de notre religion.

— Je gagnerai beaucoup moins et la pauvreté me fait horreur.

— Tu ne serais pas tellement pauvre, mais passons... Pourquoi ne pas te faire tailleur, menuisier, forgeron?

— Artisan, quoi! Tu te moques de moi! »

J'ignore si Eléazar avait son idée en tête, s'il envisageait, faisant d'une pierre deux coups, d'entrer dans la famille du rebbé et d'accéder à une profession plus lucrative et plus honorée que celle de boucher. En tout cas, après avoir repoussé toutes les suggestions de mon mari, il proposa :

« Pourquoi ne m'associerais-tu pas à la gestion de ton entreprise? J'ai prouvé mes qualités de commerçant, je ne manque pas de courage au travail, tu me sais honnête, tu ferais donc une bonne affaire. »

Quoiqu'il fût sans illusions sur Eléazar, mon mari se laissa convaincre. Depuis quelque temps, il se plaignait d'être surmené et cherchait un adjoint. Son frère offrait une association; que pouvait-on souhaiter de mieux? Devenu un parti convenable, Eléazar fut définitivement agréé par le rebbé; il vendit sa boucherie, se maria et commença à exercer son nouveau métier.

D'une façon assez singulière, et cela dès les premiers jours, tous les prétextes lui semblaient bons pour ne pas se rendre au magasin. Quand mon époux devait s'absenter, les clients trouvaient souvent porte close. Beaucoup de petits marchands de la contrée s'approvisionnaient chez nous. Ils ne recevaient plus que très irrégulièrement les livraisons qui, selon la saison, parvenaient sur des chariots ou des traîneaux. Aux remontrances de son frère, Eléazar répondait :

« Un jeune marié est toujours amoureux, ce qui le détourne un peu de son travail. Ça finit par lui passer. Patiente un peu et tu me trouveras à pied d'œuvre, travaillant sans répit comme quand je travaillais à la boucherie. »

A propos de la boucherie, j'oubliais de te dire qu'après l'avoir vendue Eléazar n'avait pas fait le moindre apport de fonds dans l'entreprise de mon mari, quoiqu'il s'y fût engagé dans le contrat verbal d'association; il prétendait avoir tout dépensé dans l'achat et l'aménagement d'une maison, luxe indispensable, assurait-il, une fille de rebbé devant être bien logée. Il mentait. Sa femme ne le préoccupait nullement, déjà il la délaissait. Dès qu'il avait quatre kopecks en poche, il courait auberges et tripots, buvant jusqu'à l'aube. Il rentrait chez lui ivre mort, se jetait sur son lit et cuvait sa vodka.

Les premiers temps, Ruth pleura sans se plaindre; elle croyait que son mari traversait une mauvaise passe, une passe de mélancolie, et qu'il noyait sa tristesse dans la vodka. Les récriminations, pensait-elle, n'ont jamais guéri personne, au contraire. Puis, comprenant que l'ivrognerie et la paresse constituaient le vrai fond de la nature d'Eléazar, elle se fâcha.

« Tu m'as menti ! Tu as caché ton jeu d'une manière indigne ! Pourquoi ? Tu travaillais cependant, quand tu avais ta boucherie, et tu ne buvais pas.

— Parce que mon métier me plaisait. C'est ton père qui a exigé que j'y renonce pour une profession qui ne m'intéresse pas.

— Achetons donc une autre boucherie, une boucherie kasher pour ne pas offenser Dieu. Je t'aiderai à l'étal et au comptoir, nous serons heureux.

— Kasher, pourquoi kasher? fit Eléazar en ricanant, car il n'avait aucune envie de se remettre à tailler dans la viande, ayant pris goût à l'oisiveté.

— Parce que notre religion le commande, mon père le dit.

— Ton père, il n'a qu'à faire un voyage chez les cannibales. Quand il sera mort et digéré, que son âme vienne nous dire s'il a été saigné et rôti selon le rite kasher. Ah ! ah ! Ton père sous la dent des cannibales ! Sa viande n'est pas de première qualité, elle vaut tout de même mieux que celle d'un vieil éléphant ! Ton père à la broche ! Quel festin !

– Si tu n'étais pas ivre, tu rougirais de parler ainsi. Tu es pire qu'une bête, je te méprise.

– Ivre, moi ! » s'écria Eléazar, furieux.

Il bondit sur Ruth, la prit aux cheveux, la gifla, la roua de coups. Quand elle tomba évanouie, il la poussa du pied, vomit et s'endormit sur sa paillasse.

On assure qu'il n'y a que le premier pas qui coûte. Quoique cela ne soit pas absolument vrai, ce fut le cas pour mon beau-frère. Jusqu'alors, il n'osait qu'insulter sa femme. De ce jour, il la frappa sous n'importe quel prétexte, ainsi chaque fois qu'elle lui demandait de l'argent (car il la laissait presque dans le dénuement), voire sans aucun prétexte. La vodka le portait aux violences et il se justifiait en déclarant que, privé du plaisir d'abattre les animaux de boucherie, il se défoulait en frappant ce qui lui tombait sous la main. Souvent Ruth, en larmes, vint se réfugier chez moi. Elle me demandait conseil. Je lui suggérai de planter là son ivrogne et de revenir chez ses parents.

« Ce serait pécher, Liza. Mon devoir n'est-il pas de rester auprès de celui que Dieu m'a donné pour mari ?

– Beau mari ! Un blasphémateur ! »

Ruth finit cependant par s'y résigner. Elle redoutait l'accueil de ses parents et, comme elle s'y attendait, les reproches l'accablèrent. L'avait-on assez mise en garde ? Elle s'était laissé prendre à des apparences trompeuses ! Bref, son père le rebbé lui tint à peu près les propos de la vieille carpe au retour de Socia. Ruth pleura encore, le rebbé s'attendrit et lui ouvrit les bras.

« Tu es toujours chez toi ici, ma fille, nous tâcherons de te consoler et de te faire oublier ces temps désolés. »

Celui qui tomba de son haut, quand il trouva la cage vide et l'oiseau envolé, ce fut Eléazar. Il croyait la tenir, sa captive ! Unis tous deux devant Dieu, lui le maître, elle l'esclave. Il la tenait du Tout-Puissant, elle lui appartenait. Il courut donc chez le rebbé pour exiger son bien et tu imagines comment il fut reçu : jeté dehors, tout simplement. Alors, il vint gémir chez nous.

« Elle est si belle et je l'aime ! Pourquoi m'a-t-elle abandonné ? J'étais trop dur pour elle, j'en conviens, mais je commençais à devenir meilleur. Dieu me châtie injustement. »

J'en aurais ri, si je n'avais plaint la pauvre Ruth, et je pensais que l'adage dit vrai : « On ne regrette que ce qu'on a perdu. » Mais, quand on a perdu par sa faute, ces regrets sont le fait d'un imbécile. Cependant, je conseillai à mon beau-frère de s'amender. S'il se corrigeait, s'il regagnait l'estime du village par une bonne conduite, peut-être Ruth lui reviendrait-elle; après tout, ne l'avait-elle pas aimé ? Propos tenus par acquit de conscience : je ne croyais pas Eléazar capable de renoncer à ses défauts. Or il y renonça du jour au lendemain, à notre stupéfaction.

« On ne le reconnaît plus, me confia Ienkélé, mon époux. Mais il n'agit ainsi que parce qu'il souffre. Quand il aura pris son parti du départ de sa femme, il redeviendra comme auparavant. »

Je le pensais aussi, à tort. Eléazar cessa bientôt de se lamenter, tout en demeurant le modèle de labeur et de tempérance qu'il avait résolu d'être :

ponctuel au magasin, où il arrivait tôt, le matin, et où il veillait tard, le soir, à la lueur du quinquet; fuyant tripots et cabarets; assidu aux offices de la synagogue; refusant toute nourriture qui ne fût kasher. Il n'y avait pas plus humble, plus déférent, plus désintéressé; il ne parlait que de sacrifices, d'expiation.

« Dieu te pardonnera, lui dis-je, si tu persévères dans la voie du juste. Tu pleures encore quand tu es seul, mais ton malheur aura une fin. Déjà tout le stetl te cite en exemple. Ruth finira par s'attendrir, elle te reviendra. »

Emu par le repentir de son frère, Ienkélé fit une démarche chez le rebbé; il demanda à Ruth de regagner le logis conjugal.

« Ton époux ne s'enivre plus, il travaille, il ne gaspille plus son argent dans les tripots, son caractère s'est adouci; bref, tu le retrouveras tel qu'il était avant votre mariage, quand tu l'aimais. »

Le rebbé se montra disposé à l'indulgence : le châtiment avait porté ses fruits. Eléazar affichait maintenant une piété exemplaire et Ruth se devait donc de reprendre sa place auprès du coupable repentant. Ce fut ma belle-sœur qui protesta : elle doutait du sérieux de cette conversion; Eléazar la regrettait, mais, quand il la tiendrait de nouveau sous son autorité, il se laisserait, petit à petit, reprendre par ses mauvais penchants. Trop cruellement dupée, elle ne voulait pas se prêter à une nouvelle expérience.

« Je porte encore la trace de ses coups, dit-elle à son père et à Ienkélé. Quand il aura repris goût à la vodka, qui fera les frais de ses violences? Moi, bien sûr. Je n'ai que trop souffert. Chez mes parents, je ne suis ni heureuse ni malheureuse, mais je mange à ma faim, je dors, je ne passe pas mes jours à trembler. Plus tard, si Eléazar persévère dans le bien, nous verrons... »

Mon pauvre beau-frère fondit en larmes, quand Ienkélé lui rapporta ces propos : Ruth ne l'aimait plus, Ruth ne lui reviendrait plus, il implorait le secours de l'Eternel, parlait de mettre fin à ses jours. A quoi bon vivre, sans épouse ni enfants? Car il se découvrait l'âme du père de famille. Le souper fut lugubre; Eléazar, qui avait pris l'habitude de s'attabler avec nous, refusait toute nourriture. Pendant ce repas, Ienkélé, pour détourner le malheureux de ses idées noires, parla affaires; il projetait d'entreprendre un long voyage en Turquie et en Perse, afin d'y signer des contrats avec d'importants marchands d'épices. Ce voyage serait long et périlleux, je ne l'envisageais pas sans inquiétude, mais il était indispensable pour la prospérité de notre commerce : les Russes prenaient goût aux épices. Au cours de cette conversation, il me vint une idée que je crus géniale. Tu dois te défier des idées de génie : elles sont presque toujours mauvaises.

« Ienkélé, dis-je, pourquoi n'emmènerais-tu pas ton frère? A deux, on court moins de risques que seul. Et puis ce pauvre Eléazar a besoin de prendre l'air, d'oublier son chagrin. Ici, tout lui rappelle son bonheur passé. En Orient, il prendra son mal en patience, il ne pensera plus à la mort. Quand il reviendra, avec le prestige du voyageur qui a porté ses pas dans des pays lointains et encore barbares, Ruth le considérera d'un autre œil, elle l'admirera au récit de ses aventures. Qu'en penses-tu? »

Je fus approuvée par l'un et par l'autre. Les préparatifs du départ allèrent grand train. Chaque soir, mon mari faisait les comptes de ce qu'il espérait gagner. Il se voyait bientôt l'homme le plus riche du village. Cupide, non certes : il évaluait les dons qu'il pourrait faire aux indigents, au rebbé, au curé, il pensait peu à lui, à ses proches, beaucoup aux misères qu'il pourrait soulager. Et il n'oubliait pas son frère, l'associé qui aurait sa part de bénéfices. Ruth ne pourrait plus refuser de partager la vie d'un homme devenu négociant opulent et digne d'estime.

Quant à Eléazar, la perspective du voyage l'enchantait. Plus de gémissements, plus de larmes. On l'entendait chanter et siffloter. Il me supplia de lui obtenir, avant son départ, un rendez-vous avec Ruth. Pouvait-on ne pas accorder une grâce à un homme qui allait affronter les périls de la navigation et des longues marches à travers les déserts ? Ruth se laissa fléchir.

Reconnaissons-le : Eléazar fut parfait au cours de cette rencontre qui eut lieu sous mon toit, Ruth ayant refusé d'accueillir chez elle un homme qu'elle ne considérait plus comme son époux. J'attendais des pleurs, des supplications. Avec une dignité émouvante, Eléazar exprima ses remords et, sous la foi du serment, déclara à sa femme qu'il l'aimait, qu'il n'aimerait jamais qu'elle, qu'il prenait l'engagement de revenir au village trempé par l'épreuve et conscient de ses devoirs d'époux. Son talent de beau parleur fit effet, car cette faconde savait s'adapter aux circonstances. Plus de saillies qui se voulaient spirituelles, de familiarités fleuries, comme à l'époque où il courtisait Ruth. Non : un langage grave, empreint d'une abnégation et d'une tristesse qui s'élevaient parfois jusqu'au sublime. J'en étais moi-même ébranlée, tu peux donc juger si cette éloquence porta sur le cœur d'une femme toujours secrètement amoureuse. Ruth s'attendrit.

« Je suis sûre, dit-elle que tu pars désespéré. Mais j'ai confiance en Dieu : tu reviendras, tu retrouveras celle qui t'aime et nous serons heureux. »

Elle pardonnait donc, mais pouvait-elle oublier ? Je doutais de la conversion d'Eléazar, dont la loquacité me paraissait suspecte. Cependant, son chagrin d'époux abandonné était sincère. Avec la même sincérité, il est vrai, il s'était soûlé, emporté jusqu'à assommer sa femme, il avait paressé et dilapidé ses roubles. Toujours franc avec lui-même, Eléazar, il ne mentait qu'aux autres, mais parfois le comédien se prenait au jeu, d'où son pouvoir de séduction.

A l'approche du départ, Ienkélé devenait fébrile. Il modifiait son itinéraire, récapitulait la liste des fournisseurs à visiter, des marchés à conclure. Au contraire, Eléazar gardait un calme invincible. Sa force de caractère me surprit et m'étonna, car j'avais craint qu'il ne me suppliât d'organiser une nouvelle rencontre avec Ruth.

« Je n'ai rien à ajouter à ce que j'ai dit, déclara-t-il. Maintenant, j'ai hâte de partir et, plus encore, d'être revenu. La chance ne m'a jamais souri, mais j'ai l'impression qu'elle commence à me prendre en sympathie. »

La veille du départ, de nombreux amis vinrent souper chez nous. Tous souhaitaient bonne route à Ienkélé, ils levaient leur verre au succès de son voyage, se réjouissant déjà de fêter le retour. Un voyage comme celui qu'allaient entreprendre mon mari et son frère avait alors le caractère d'un exploit exceptionnel. On laissait les siens sans nouvelles. Malade, on risquait de mourir, faute de soins. Des pirates écumaient les mers. Des bandes de pillards parcouraient les déserts. Oui, aller de notre village à Constantinople et à Téhéran, puis en revenir, cela représentait une prouesse fabuleuse aux yeux de ces amis qui, pour la plupart, ne s'étaient jamais hasardés à plus de cent verstes de leur village natal.

« N'êtes-vous pas inquiète? » me demanda un de nos amis en prenant congé.

Ce fut peut-être cette question qui provoqua le cauchemar. Je m'étais endormie auprès d'Ienkélé, et, tout à coup, je me vis sur le quai d'Odessa, regardant, au-delà des voiliers ancrés dans le port, un grand bateau qui voguait vers moi, poussé par un vent léger. Quelqu'un me dit : « C'est un vaisseau turc, il vient de Constantinople, votre époux doit être à bord. » Le navire approchait, ses voiles gonflées. Je discernais l'écume qui se brisait à la pointe de l'étrave, les passagers rassemblés à la poupe. J'agitai un foulard, guettant un signe d'Ienkélé... Un trou de sommeil, et les voyageurs descendent sur le quai : j'appelle Ienkélé et une voix dit, derrière moi : « Inutile de crier si fort, ton époux est mort. » Je me retourne et vois Eléazar, dans un superbe cafetan; son regard me poignarde, ses dents me déchirent. Il répète : « Ton époux est mort », et je m'écrie : « Non, il est ici, il va apparaître sur le pont du bateau. » Et soudain plus de passagers, plus de bateau, je suis seule avec Eléazar. « Il est mort à Téhéran après avoir contracté une mauvaise fièvre. Ce qu'il a pu souffrir! Des jours et des nuits, tandis que je le soignais, je le veillais, en bon frère. Il t'appelait dans son délire. – Non, il n'est pas mort! Tu mens, tu as toujours menti. – Il est mort, te dis-je, notre pauvre Ienkélé, et la preuve, c'est que je te rapporte sa ceinture et son bonnet. »

Je poussai un cri et m'éveillai. Mes mains tâtonnèrent dans l'obscurité, je sentis le corps d'Ienkélé contre le mien, j'entendis sa respiration.

« Tu es là ? »

Le corps s'agita. Je pris la tête d'Ienkélé, lourde et vivante, je la serrai avec violence, je caressai le front, les cheveux.

« Bien sûr, je suis là, Liza. Où veux-tu que je sois !

— Ecoute-moi, Ienkélé. »

Je lui contai mon rêve, un rêve prémonitoire : le Ciel me mettait en garde; négliger cet avertissement serait commettre un sacrilège. Je suppliai donc mon époux de renoncer à ce voyage.

« Comme tu es impressionnable, ma pauvre amie ! Si je modifiais mes projets chaque fois que j'ai un cauchemar, je n'aurais plus qu'à fermer boutique et me tourner les pouces. Laisse-moi donc dormir ! »

Il m'embrassa, ramena les couvertures sur lui et retrouva aussitôt le sommeil.

Le jour se leva, éclatant. Ce soleil si lumineux qu'il en semblait noir : encore un mauvais présage, me dis-je. J'implorai de nouveau Ienkélé, trop affairé parmi ses bagages pour me prêter grande attention.

« Laisse, laisse donc, me disait-il. Tu n'auras qu'à prier pour moi. Va parler de ton cauchemar au rebbé, il se rira de ta superstition. »

Quand la troïka arriva devant notre porte, quand nos serviteurs commencèrent à charger les bagages, je pris Ienkélé dans mes bras.

« Tu as tort de t'obstiner. Si tu me connaissais, tu saurais que les présages ne me mentent pas. Je tremble pour toi, Ienkélé, pour nos enfants, pour notre bonheur. Si tu pars, je ne te reverrai plus. Laisse Eléazar s'embarquer seul. Il ne boit plus, il travaille consciencieusement, il veut se rendre digne de regagner le cœur de Ruth. Je suis sûre qu'il fera très bien tes affaires.

– Eh bien, moi, je suis certain du contraire. La première jolie fille qu'il rencontrera lui tournera la tête, il en oubliera sa chère Ruth, il redeviendra noceur et prodigue, il dépensera tout l'argent que je destine aux achats et nous serons ruinés.

– Restez donc ici, tous les deux.

– En ce cas, notre ruine sera plus lente, mais aussi sûre. Il me faut de nouveaux marchés. Notre pays est pauvre, les Turcs et les Persans sont riches, ils paient bien. A mon retour, tu seras la plus grande dame du pays, les femmes des boyards te jalouseront, conclut Ienkélé avec un rire un peu forcé, car l'approche de son départ l'attristait.

– Si tu me connaissais », dis-je encore en le serrant contre mon cœur...

J'interrompis Liza.

« Je ne comprends pas le sens de ce « Si tu me connaissais... », car je suppose que tu n'avais pas de secret pour ton mari.

– Si, j'en avais un, un seul, mais d'importance : celui de mes nombreuses vies. Ienkélé était un brave homme, très pieux, très bon, mais incapable de comprendre qu'après avoir été mariée des centaines de fois je pouvais lui appartenir tout entière, appartenir à lui seul, sans aucune pensée de regret pour mes anciens époux.

Les regrets, c'est bon pour la vieille femme seule que je devrais être aujourd'hui. S'il avait su, il m'aurait prise pour Lilith, pour une créature luciférienne qui le dominait de toute la hauteur de ses vies passées.

Donc Ienkélé ne me connaissait pas et, s'il m'avait connue, il aurait su que beaucoup de mes rêves sont prémonitoires : je tiens ce privilège, si c'en est un, du temps où les arbres parlaient, car eux aussi avaient ces sortes de songes. Mais je ne pouvais le dire à Ienkélé.

Aussi étais-je mortellement triste sur le quai du port, à Odessa, quand vint le moment des adieux.

Le voilier où devaient embarquer Ienkélé et son frère s'appelait *La Providence,* nom qui, au lieu d'apaiser mes craintes, les aviva : je crus y voir le signe ironique du destin. Une dernière fois, sur l'embarcadère, je tentai de fléchir mon mari.

« Je me moque de l'argent. Même pauvre, je serai toujours, auprès de toi, la plus heureuse des femmes. Renonce à ton voyage et reste avec ta femme et tes enfants. »

Je pus croire, quelques minutes, qu'Ienkélé se laissait enfin convaincre, comme s'il éprouvait, à son tour, le pressentiment de nos malheurs. Alors Eléazar intervint, il parla roubles, millions de roubles, il ironisa sur les esprits faibles, les pleutres; puis, d'autorité, il prit Ienkélé par le bras et le fit monter à bord. Longtemps, je restai debout sur le quai, jusqu'à ce que la voile disparût à l'horizon. La nuit tombait, le vent fouettait les petites vagues et l'écume, je frissonnai de peur et de froid.

La vie sans Ienkélé, ce fut pour moi un lent supplice. Je compris l'angoisse des femmes de marins, qui ne savent jamais si elles reverront leur mari parti en mer. Rares étaient les nouvelles des voyageurs partis pour les pays lointains, parfois cependant arrivait une lettre; alors on fêtait l'événement : l'absent vivait toujours et l'on n'osait penser qu'il avait pu périr depuis le départ de la lettre. Mais d'Ienkélé je ne recevais rien. Les premières semaines, je fus plus agacée qu'inquiète : n'aurait-il pu m'écrire d'Istanbul? Puis je m'efforçai de chasser mes idées noires en détournant ma pensée d'Ienkélé : « Il est bien, il fait de bonnes affaires, il réviendra gaiement en se riant de mes craintes. » Je te parlais des femmes de marins : si elles s'alarmaient du matin au soir, elles deviendraient folles; je voulais garder ma raison. Le plus pénible, c'était pour moi de feindre l'enjouement devant mes enfants, de plaisanter sur le silence de l'absent. « La douceur de l'Orient incite à la paresse, votre père doit être sous l'effet d'un charme..., etc. » Plaisanteries vulgaires qui calmaient, un instant, ma frayeur.

Rebbé Avram, à qui j'allai confier mes angoisses, me défendit de penser à ce cauchemar; les rêves prémonitoires, il n'y croyait pas.

« Sinon en certains cas, extrêmement rares, où Dieu nous menace d'un châtiment. Il nous prévient ainsi que, si nous ne changeons pas de conduite, sa colère s'abattra sur nous. Or Ienkélé et toi n'avez rien à vous reprocher, rien de grave, du moins, puisque nul n'est parfait. Tu m'as déjà parlé de ce rêve. Sache que, deux ou trois fois l'an, je suis victime d'un cauchemar de cette sorte et je n'y attache pas la moindre importance. »

Dans mon désarroi, au lieu de m'en tenir à ce

que m'avait conseillé le rebbé, j'allai consulter une sorcière. Mais je te vois sourire! Moi aussi, j'ai eu des faiblesses. Celle-ci fut excusable, je crois.

On décrit toujours la sorcière sous des traits épouvantables, comme si la pratique des philtres et de la marmite où bouent des crapauds impliquait une bouche aussi vide qu'une caverne gluante, un visage crevassé, des mèches folles. La mienne n'était pas ainsi. Elle ne logeait pas dans un antre rocheux, comme celles qu'on rencontre dans les romans, mais tout bonnement au bout d'un village, à quarante verstes de chez moi. Je fis le voyage vers la fin de l'hiver, peu avant le dégel, menant moi-même mon traîneau. Cette femme assez jeune m'accueillit dans une cuisine très propre, devant un feu de cyprès; un chat ronronnait sur ses genoux. Chaudrons et casseroles scintillaient à la lueur des flammes. J'en fus d'abord ébahie. Elle me demanda l'objet de ma visite et je bafouillai : le recours à la sorcellerie. Il y avait là de quoi nous faire brûler toutes les deux.

« Je suis sans nouvelles de mon époux, lui dis-je enfin.

– Et vous voulez que son cœur vous revienne, enchaîna-t-elle. Vous souhaitez certainement aussi vous venger de celle qui vous l'a ravi. Nous y parviendrons, nous y parviendrons. Je possède des charmes capables d'émouvoir les plus infidèles et des maléfices meurtriers pour celles qui les ont détournés de leur épouse.

– Personne, que je sache, ne m'a ravi le cœur de mon mari, mais il est parti pour l'Orient voici près de dix mois et je ne sais s'il est encore vivant.

– Alors il n'est pas en mon pouvoir de vous le

ramener; je ne puis que vous donner de ses nouvelles. »

Je ne demandais rien d'autre. La sorcière prit un miroir magique, se livra à des incantations et me pria de regarder. D'abord je ne vis rien qu'une buée sur la glace. Tu penses si mon cœur battait ! Enfin, je discernai les traits d'un visage, celui d'Eléazar. Puis le corps tout entier de mon beau-frère m'apparut, non pas immobile, comme sur une photographie, mais s'agitant, bougeant bras et jambes, et un sourire naissait dans son regard, égayait sa face qui prit une expression hilare; visiblement, Eléazar frétillait d'allégresse.

« Ce n'est pas là mon époux, mais son frère, dis-je... Pour celui-ci, je ne crains rien », ajoutai-je, me souvenant de mon cauchemar.

La sorcière recommença plusieurs fois ses incantations et toujours le miroir s'embuait, puis le même Eléazar montrait son visage réjoui.

« Mon époux serait-il mort ?

– En ce cas, son frère aurait la mine plus triste », objecta la sorcière.

Je n'en étais pas très sûre. Rentrée chez moi, je pensai me rassurer en me persuadant qu'Eléazar dominait maintenant ses mauvais penchants et que, même aux jours où il cédait à l'ivrognerie, à la paresse, à la violence et à l'avarice, il s'était conduit en assez bon frère; qu'on ne l'eût point vu, sur le miroir, sautant de joie alors qu'il portait le deuil d'Ienkélé. Mais souvent une voix me soufflait que je m'abusais, que l'attitude joviale d'Eléazar était tout aussi plausible Ienkélé mort. Et je revoyais les images du mauvais rêve...

A ces tourments s'ajoutaient les préoccupations provoquées par la mauvaise marche des affaires. Les commis m'obéissaient mal, je me perdais dans les comptes; peu de commandes et beaucoup de débiteurs. Si le retour d'Ienkélé tardait trop, je devrais emprunter de l'argent. Je pris l'habitude d'aller, chaque semaine, à Odessa, où j'interrogeais les marins, ainsi que les négociants qui commerçaient avec la Turquie. Que savait-on de la *Providence* ? Rien, me fut-il répondu pendant quelque temps. Puis un marchand d'étoffes m'avisa que le bateau était attendu d'un jour à l'autre. Des pêcheurs croyaient l'avoir vu de loin en jetant leurs filets. Cependant, la *Providence* n'arrivait pas, le navire faisant escale dans tous les ports de la mer Noire afin d'y décharger et d'y embarquer de la cargaison. L'angoisse me faisait perdre la raison : le souvenir de mon cauchemar, celui du miroir magique me hantaient. C'était folie de croire à un songe et à une apparition sur un miroir de sorcière, mais cette folie me tenait bien. Et puis j'ai foi en certains signes prémonitoires : ils ne m'ont jamais trompée.

Un après-midi, le marchand d'étoffes m'aborda sur le quai, où je guettais la voile blanche.

« Ne fatigue pas tes yeux, me dit-il. C'est seulement pour demain. »

Quoiqu'il fût vieux et laid, dans ma joie, je l'embrassai. Il riait.

« Tu vois qu'il suffit d'attendre. C'est là mon métier : attendre les cargaisons d'étoffes et de tapis qui m'arrivent de Turquie, avec la crainte qu'un naufrage n'ait tout coulé au fond de l'eau. Aussi, je comprends ton impatience : un bon époux, c'est bien plus rare que le cachemire et la mousseline. Ton bateau, il sera là demain à la pointe du jour; je te conseille de te lever tôt. »

La cousine chez qui je logeais partagea ma joie. Nous nous embrassions, nous gambadions, nous

nous brûlions en avalant notre thé. De la nuit, je ne fermai guère l'œil; je fus sur pied avant l'aube et courus sur le port encore désert. Un vent froid soufflait, je me réchauffais en battant la semelle, sans cesser de scruter l'obscurité qui peu à peu se dissipait. Un ciel de cendre apparut, aussi gris que la mer, un ciel qui vira, à l'est, au jaune safran, puis à l'orangé. Je me figurais que le bateau serait en vue dès que le premier rayon de soleil allumerait les reflets de l'écume. Mais non : seul, à l'horizon, le soleil émergea, entre l'eau et le ciel qui bleuissait à vue d'œil; puis il se détacha et s'éleva. Comme je fus déçue! Le marchand d'étoffes ne m'avait-il pas annoncé que la *Providence* accosterait très tôt le matin? J'interrogeai quelques pêcheurs qui venaient de lever leurs filets, près de la côte, à l'est du port; retardée par une avarie, la *Providence* n'arriverait pas avant midi. Toute la matinée, je déambulai fébrilement sur le quai, épiant l'apparition de la voile. Mon angoisse dissipée, je brûlais en imagination les étapes qui me séparaient de la minute où je me jetterais dans les bras d'Ienkélé. Il était devant moi, je criais de joie, je l'embrassais, il me disait : « Nous avons conjuré le mauvais sort. » Le ciel s'obscurcit à l'horizon, une brume enveloppa les contours de la côte, les courtes vagues, les barques de pêcheurs qui voguaient vers le lac, et, dans cette brume, je discernai une voile lointaine. Dans mon émotion, je fermai les yeux et me recueillis en remerciant l'Eternel.

Le bateau avançait assez vite, poussé par un vent qui fraîchissait. Comme il se rapprochait, des nuages engrisaillèrent le ciel.

« Doit-on craindre une tempête? demandai-je à un marin qui traînait sur le quai.

— Un petit grain tout au plus, et rien probablement. »

Ils étaient nombreux maintenant sur le port, hommes, femmes, enfants, qui parfois attendaient le retour d'un voyageur, qui, plus souvent, étaient venus en curieux. Où avais-je déjà vu cette foule ? Je me souvins tout à coup : dans mon cauchemar. Je retrouvais une image de mon rêve, sinistre, incolore. Et l'angoisse revint. Avais-je, pendant mon sommeil, reçu un avertissement du Ciel ?

La *Providence* approche, sinistre. Quelques passagers s'agitent sur le pont, ils font des signes. Je hurle à pleine voix : « Ienkélé ! Ienkélé ! » mais le bateau est encore trop éloigné pour que mon mari m'entende. Je tremble, ma tête oscille, mes pensées divaguent comme si j'avais bu trop de vodka, mes jambes se dérobent. Je me dis : « Qu'il doit être facile de mourir ! On tombe et l'on sombre dans l'inconscience. »

Quand je rouvris les yeux, je vis Eléazar penché sur moi; il semblait grave et triste. Avant même qu'il eût prononcé une parole, je savais ce qu'il allait me dire; et il le dit :

« Il te faut un grand courage, Liza, pour supporter ce coup de la destinée : mon pauvre frère est mort d'une mauvaise fièvre. Je le pleurerai avec toi. »

C'était, à quelques mots près, le propos que j'avais entendu pendant mon cauchemar. Trop accablée pour pleurer, je suis restée immobile et sans voix, comme une somnambule. Cette évidence m'éblouit : au fond de moi-même, dès lors que, malgré mes supplications, Ienkélé s'était embarqué, j'avais perdu tout espoir de le revoir vivant. Mes visites au rebbé, à la sorcière : autant de prétextes pour calmer ma douleur. Mon allégresse à la nouvelle de l'arrivée de la *Providence :* une fleur de folie. La vérité était dans le mauvais rêve, comprends-tu ?

Je crois que je me suis encore évanouie. Quand j'ai repris connaissance, Eléazar était accroupi près de moi, il m'observait avec toutes les apparences de l'affliction.

« J'ai fait l'impossible pour sauver Ienkélé, dit-il. Il a été bien soigné par le chirurgien de la *Providence.*

— Il est donc mort ces derniers jours ?

— Non, pas tout à fait. Il y a deux mois environ, voilà pourquoi je n'ai pu te ramener son corps. J'aurais tant voulu l'enterrer dans le cimetière de notre village ! Nous naviguions entre Samsoun et Trébizonde. Maudit voyage ! Que m'importe d'en revenir riche, si j'ai perdu mon frère !

— A-t-il beaucoup souffert, mon pauvre Ienkélé ?

— Oui, hélas ! Mais il a gardé sa lucidité jusqu'au dernier soupir. Il est mort en exprimant ses dernières volontés avec le bon sens que tu lui connais. Je vais d'ailleurs te mener auprès de notre capitaine, qui te fera le récit de son agonie. »

J'avais à peine la force de parler. On me porta dans une barque, puis on me hissa à bord de la *Providence,* je crois que j'étais à demi évanouie. Puis je vis, autour de moi, des hommes barbus, le capitaine Manilov, sorte de moujik dégrossi, et les membres de son équipage.

« Votre époux a souffert, me dit le capitaine, mais il est mort avec une grande sérénité. Il a parlé de vous, de ses enfants, s'inquiétant de votre avenir. Exprimant ses volontés testamentaires, il a dit...

« — N'oubliez pas, capitaine, intervint Eléazar, « qu'il vous a pris à témoin, qu'il a demandé que « vous vous portiez garant du respect de ses « volontés.

— Je ne l'oublie pas. Son testament tient en peu de phrases : « Mon frère, donne à ma femme « tout ce que tu veux et garde le reste pour toi. » Voilà le texte, madame, et je témoigne, devant mon équipage, que tel fut le vœu de votre époux sur son lit de mort. »

Le capitaine me présenta un carré de parchemin. Je lus, stupéfaite. Ainsi, Ienkélé, le cher Ienkélé, déshéritait-il sa femme et ses enfants. Brave homme, le capitaine loua mon mari de sa confiance en Eléazar, la gestion de notre négoce ne pouvait être en meilleures mains.

« Vos enfants sont jeunes, conclut-il, et vous n'avez guère l'expérience des affaires. Grâce à votre beau-frère, votre avenir est assuré. »

En une seconde, je sortis de ma torpeur. Plus du tout somnambule, parfaitement éveillée, je voyais un gouffre devant mes pieds : la spoliation brutale, la misère. Eléazar ne se donnait plus la peine de jouer la désolation. Il lançait des ordres à l'équipage, faisait porter à terre la cargaison de cannelle, de poivre et d'aromates. Superbe, cette cargaison, et payée avec l'argent d'Ienkélé puisque Eléazar n'avait jamais placé un kopeck dans notre entreprise. Je m'approchai d'un ballot qu'à l'aide de cordages les marins descendaient dans une barque : de la dentelle au petit point telle qu'on la fabriquait à Angora. Eléazar me repoussa :

« Arrière, dit-il. Ceci est mon bien. Je te

défends d'y toucher. Prétendrais-tu contrarier la volonté de ton époux? »

Il ne me restait plus qu'à revenir à quai, tandis qu'Eléazar, gonflé de sa nouvelle importance, faisait décharger bagages, sacs et colis. J'étais dépossédée et j'avoue avoir sur-le-champ séché mes larmes : il me fallait faire face à des difficultés matérielles, imprévisibles une demi-heure plus tôt. Notre affaire, depuis quelques mois, périclitait. Elle représentait cependant un nombre appréciable de roubles, je pouvais encore la vendre un bon prix. Une ruine aussi soudaine me terrifiait. Comment nourrirais-je mes enfants, dont l'aîné n'avait pas dix ans?

Je repris le chemin du village. La misère m'y attendait. Je n'avais pas prévu que, du jour au lendemain, le pain manquerait à la maison; aussi, quoiqu'il m'en coûtât, allai-je implorer la pitié d'Eléazar. Je trouvai mon beau-frère au milieu des ballots qu'on débarquait des chariots venus d'Odessa. Tout à fait maître et seigneur, Eléazar, il fallait entendre de quel ton il morigénait ses serviteurs! A ma vue, il se renfrogna. Que lui voulais-je? Il me le demanda, sur le pas de la porte, me signifiant ainsi que l'accès des magasins m'était interdit.

« Je viens faire appel à ton cœur. Les enfants de ton frère ont faim. Ne crois-tu pas qu'il soit de ton devoir de m'aider à les nourrir?

— Sans doute, sans doute, fit-il. Mais pourquoi ne t'adresses-tu pas plutôt à Dieu, qui est plus puissant que moi? Tu n'as pas laissé mes affaires en très bon état : les caisses vides, des créanciers aux trousses... Je ne t'accuse pas d'avoir dérobé de l'argent, mais reconnais que la circonstance s'y prêtait. Enfin, pour l'instant, je ne puis me permettre la moindre libéralité.

— Cependant, toutes ces belles marchandises que je vois là ! Si tu m'en cédais une partie, seulement le dixième, je pourrais les vendre et acheter du pain et du lait pour les petits.

— Oublies-tu la volonté suprême de ton époux ! s'écria-t-il d'une voix sévère. *Frère, donne à ma femme tout ce que tu veux et garde le reste pour toi.* Or je ne veux rien te donner, que cela soit dit une fois pour toutes. »

Je ne veux pas t'ennuyer avec le récit de mes malheurs. Une amie compatissante me prit à son service. Je peinais du matin au soir, peu habituée aux travaux sévères; il est vrai que, dans mes vies antérieures, j'en avais vu d'autres ! Le plus pénible pour moi, c'était de penser qu'Ienkélé avait eu la légèreté de s'en remettre à un personnage aussi douteux qu'Eléazar, qu'il avait laissé son frère disposer à son gré de l'héritage. Je doutais qu'il fût encore lucide à l'instant de cette décision. Le capitaine avait cependant la réputation d'être un homme scrupuleux, on le disait incapable d'un faux témoignage.

Par la rumeur publique, j'appris que mon beau-frère reprenait ses mauvaises habitudes. On le revoyait dans les cabarets et il gérait mal son négoce. Cependant, il ne jouait plus; devenu riche, il se découvrait avare. Il ne lui en coûtait rien naguère de perdre l'argent de son frère, il se refusait maintenant à perdre le sien. D'ailleurs, il ne frayait plus avec n'importe qui. Je savais qu'il revoyait Ruth, qu'il la pressait de rentrer au bercail. Il lui promettait un avenir somptueux. Ruth se laissait implorer sans rien promettre; elle gardait un souvenir trop amer de ses souffrances passées et les manières arrogantes qu'affectait Eléazar depuis qu'il se savait l'homme le plus riche du village lui déplaisaient. Aussi ne fus-je pas très surprise, le soir où mon beau-frère me rendit visite sous prétexte de prendre de nos nouvelles. La misère de notre habitat aurait dû le faire rougir de honte, il se contenta de sourire d'un air embarrassé.

« Ce n'est pas un palais, dit-il, mais vous pourriez être beaucoup plus mal. Le luxe ne fait pas le bonheur et j'avoue regretter parfois mon étal de boucher. Eh oui ! je menais une vie saine, je faisais jouer mes muscles en abattant les veaux, c'est autrement sain que de respirer la poussière d'un magasin. Et Ruth m'aimait, malgré le mauvais vouloir de son père; elle passait sur tous mes défauts. Figure-toi qu'aujourd'hui, alors que j'ai acquis toutes les qualités du mari modèle, elle me boude. Je pense que c'est ce vieux coquin de rebbé qui lui monte la tête contre moi. Liza, je te prends à témoin : m'a-t-on jamais vu ivre, depuis mon retour de voyage ? lever la main sur un de mes serviteurs ? M'a-t-on entendu blasphémer ? Ne vais-je pas prier à la synagogue ? Mais, comme tu sais, la solitude porte à la tristesse, la tristesse au désespoir, le désespoir aux excès de toutes sortes. Quand je recommencerai à m'enivrer, à frapper ceux qui me donnent sur les nerfs, à jurer le nom de l'Eternel, Ruth en sera responsable devant le Tout-Puissant. Elle est mon épouse, je ne puis en prendre d'autre; sa place est donc à mon foyer.

— Soit, dis-je, mais je ne puis la forcer à rentrer chez toi.

— La forcer, non. Mais l'y engager au nom du devoir, de la morale, oui. Allons la voir demain ensemble. Tu as toujours eu son estime, elle t'écoutera.

— J'accepte, à une condition : tu apporteras le testament qu'Ienkélé a dicté au capitaine de la *Providence;* il est juste que cette pièce soit montrée au rebbé.

— Il ne m'aime pas beaucoup, le rebbé, et nos affaires de famille ne le regardent en rien. Je n'ai cependant aucune raison de te refuser cela. Il est bon, d'ailleurs, que le rebbé constate que mon frère a testé dans les règles prévues par la loi, en présence d'un homme aussi respectable que le capitaine Manilov. Ainsi sera-t-il sûr que l'héritage d'Ienkélé m'appartient. »

Prenant congé, il tapota distraitement les joues des enfants, me félicitant de leur bonne mine, jeta quelques kopecks sur la table et me donna rendez-vous pour le lendemain matin à son magasin.

J'y fus, curieuse d'assister à cette entrevue avec Ruth et le rebbé, qui nous reçurent aimablement, quoique sans enthousiasme. D'abord je plaidai la cause d'Eléazar, en termes peu convaincants, je l'avoue. Il nous avait volés de la façon la plus abjecte, la plus lâche, je ne pouvais souhaiter que Ruth reprît la vie commune avec pareil gredin : après quelques jours de comédie amoureuse, Eléazar l'insulterait et la brutaliserait comme par le passé. « Si elle veut faire son malheur, me dis-je, tant pis pour elle. » Et j'en vins au véritable but de ma visite :

« Tu sais, rebbé, que mon époux a déshérité femme et enfants au profit de son frère. Je trouve cela étrange de la part d'un homme qui nous a toujours comblés de bienfaits. Il s'est pourtant exprimé en termes fort nets dans le testament qu'il a dicté au capitaine de la *Providence*.

– En termes parfaitement nets, dit mon beau-frère. Sinon je me serais fait scrupule de réduire Liza et mes neveux à une condition difficile. A mes yeux, les engagements devant un moribond sont sacrés et j'ai juré à mon pauvre Ienkélé de respecter à la lettre les dispositions de son testament. Je fais, d'ailleurs, l'impossible pour soulager leur indigence : pas plus tard qu'hier, je leur ai rendu visite et j'ai laissé sur leur table tout l'argent que je portais sur moi. N'est-ce pas, Liza ?

– Ta générosité t'honore, répliqua le rebbé. Je n'en serais pas moins curieux de voir ce testament.

– Le voici ! s'écria Eléazar d'une voix triomphante. Tu pourras constater que mon frère m'a légué tous ses biens en bonne et due forme. »

Le rebbé prit le parchemin, y jeta un coup d'œil, puis le rangea dans un tiroir.

« Ne me demande pas de me prononcer sans réfléchir. Je veux méditer sur ce texte, laisser passer une nuit, qui sera sûrement bonne conseillère. Reviens demain avec ta belle-sœur. Alors je donnerai mon avis. »

Je rentrai chez moi, l'espoir au cœur. Dans sa grande sagesse, le rebbé ne pouvait admettre un testament aussi injuste. Par contre, les termes étaient formels. Si donc le rebbé voulait et respecter la volonté d'Ienkélé, telle qu'elle s'exprimait sur ce parchemin, et me remettre en possession de mes biens, il n'aurait pas trop de toute la nuit pour trouver une solution heureuse. Cette nuit-là, moi, je ne dormis guère, me tournant et retournant sur ma couche; j'avais une telle hâte d'entendre la sentence du rebbé !

Levée au petit jour, je me retins pour ne pas courir aussitôt chez mon beau-frère. Je fis bouillir le lait, déjeunai avec mes enfants un peu mieux que d'habitude, la misérable aumône d'Eléazar m'ayant permis d'acheter quatre ou cinq galettes; je vaquai à quelques travaux de ménage, ayant si bien trompé ma patience que j'arrivai assez tard au magasin. Un serviteur m'annonça que son maître était parti depuis un instant. Avais-je été sotte de ne pas me hâter davantage ! J'imaginai Eléazar faisant le siège du rebbé, l'enrobant dans ses propos doucereux, les bienfaits d'une nuit méditative détruits en quelques instants. Je courus, arrivai essoufflée chez le rebbé. Comme je le craignais, mon beau-frère s'y trouvait déjà. Mais, par chance, le rebbé était allé prier à la synagogue et Eléazar en profitait pour chanter à Ruth sa romance de mauvais mari repentant.

« J'ai mal agi tant que j'étais pauvre. L'argent, qui souvent avilit, m'a rendu meilleur; j'ai compris la vanité des biens de ce monde et je ne veux plus vivre que pour mériter d'être aimé par toi. »

Ces paroles telles que je te rapporte ont l'air stupides, elles sentent le boniment du camelot, mais Eléazar les prononçait avec une telle véhémence, une telle passion, que Ruth s'émut.

« Soit, dit-elle, je te promets de rentrer chez toi si tu prends l'engagement d'être honnête. »

Sur ce, le rebbé arriva, l'œil malicieux.

« Tu as l'air bien joyeux, Eléazar !

— Il s'est détaché des biens de ce monde, dit Ruth. En voilà la raison.

— Et il en est une autre, ajouta vivement Eléazar. Elle concerne le testament de mon cher frère, rebbé : je suis sûr de mon bon droit.

— Voyons cela », dit le rebbé en s'asseyant.

Il ouvrit le tiroir de sa table, en sortit le parchemin et poursuivit :

« En toute bonne foi, je suis persuadé que tu as mal interprété la pensée de ton frère. »

Il y eut un silence. Je dus m'appuyer au mur; mes jambes se dérobaient et j'entendais les battements de mon cœur. Eléazar fit un pas, s'appuya à la table. Il était très pâle.

« Que nous importe ce qu'il pensait ou ce qu'il ne pensait pas ! s'écria-t-il. Les mots sont les mots.

– Qui te dit le contraire ? fit calmement le rebbé. Commence donc par réfléchir : si ton cher frère avait eu confiance en toi, pourquoi aurait-il pris la précaution de dicter ses dernières volontés au capitaine de la *Providence* ? Oui, les mots sont les mots, mais il faut savoir interpréter leur sens.

– Et d'après toi, que voulait donc dire mon frère ?

– Je lis sur ce parchemin : *Donne à ma femme tout ce que tu veux et garde le reste pour toi.* Es-tu certain d'avoir satisfait à cette obligation ? J'affirme le contraire. Comment peux-tu croire qu'un bon père, un bon époux, ait voulu déshériter les siens ? Réfléchis, Eléazar, et comprends, comprends comme moi que, lorsque ton frère décide que tu donneras à sa femme tout ce que tu veux, cela signifie *tout ce que toi, tu veux.* »

Donne à ma femme tout, ce que tu veux! et garde le reste pour toi.

X

Liza éclata de rire.

« Ne t'imagine surtout pas que le rebbé avait eu l'intention de duper mon beau-frère : il remettait simplement nos affaires en ordre; dans un ordre équitable... Eh oui ! Nous étions ainsi à Krementchik ! Notre rebbé avait des travers, comme tout le monde, et il connut des échecs.

— Tu ne me dis pas comment ton beau-frère a pris le verdict.

— Je ne l'ai jamais vu aussi blême. Du revers de sa manche, il essuya son front moite. Après s'être épongé, il murmura : « Rebbé, tu m'as « ruiné. Laisse-moi au moins ta fille. — Elle ne « m'appartient pas, répliqua le rebbé. C'est à elle « de décider si elle veut te suivre. »

« Ruth l'a pris en pitié, elle est partie avec lui. Sans la bonté, le dévouement de sa femme, il se serait pendu. T'affirmer qu'elle fut très heureuse en ménage, je ne l'ose. Cependant Eléazar ne recommença ni à boire ni à jouer; je me décidai à l'employer au magasin et je crois qu'il ne chercha plus à me voler. Le rebbé avait pris un grand ascendant sur lui, en retournant le sens de la phrase testamentaire; désormais, Eléazar n'osera plus bouger pied ou patte sans avoir pris l'avis de son beau-père. Ruth aura des enfants qu'elle aimera et elle supportera son mari. Rebbé Avram vivra très vieux. Sans lui, que serions-nous devenus ?

– Tu me parlais de ses défauts ?

– Il en avait, ainsi que nous tous. Nous ne les aurions pas remarqués, sans les propos critiques de quelques envieux qui convoitaient sa place. Un autre rabbin, rebbé Yaccov, avait même réussi à constituer une communauté dissidente. Mais, face à une difficulté, nos deux rebbés oubliaient leur rivalité pour ne penser qu'au bien public.

Il faut te dire que rebbé Avram avait su s'y prendre. Rebbé Yaccov se crut habile en demandant, un jour, la convocation des deux communautés dans la grande salle de notre synagogue, et cela au pied levé. Rebbé Avram flaira le piège. Que manigançait son antagoniste ? Aussi prit-il d'emblée la parole.

« Savez-vous, dit-il, qu'un soir de sabbat le prophète Elie redescendit sur la terre d'Israël, accompagné d'un de ses plus fidèles disciples. Tous deux, déguisés en mendiants, marchèrent jusqu'aux portes d'une bourgade peuplée de pauvres gens. Malgré l'heure tardive, tous les habitants, rassemblés dans la synagogue, priaient le Dieu d'Abraham de leur accorder ses faveurs. Ils firent place aux deux mendiants et, les oraisons achevées, s'inquiétèrent de leurs besoins. Avaient-ils faim, sommeil ? Où allaient-ils ? Un voyageur a droit à l'hospitalité et, même s'il ne possède que son bâton et sa besace, tous les égards lui sont dus.

« – Personne n'est riche ici, dit un vieil homme, mais, comme vous êtes plus démunis que nous, vous avez droit à notre respect. Doyen de cette communauté, je considère comme un honneur de vous laver les pieds. »

« Elie ne protesta pas; il savait que l'humilité de ce vieillard, porte-parole de toute sa tribu, était un gage de piété et plaisait à Dieu. Il accepta le repas offert aux indigents, le gîte, quelques présents, heureux de voir ces braves gens soumis aux principes de la loi. Après le sabbat, il déclara :

« – Je suis Elie, le prophète. Votre accueil m'a ému, aussi vais-je faire un vœu pour votre communauté : je vous souhaite un grand chef. »

« Cela dit, il reprit son bâton de pèlerin et poursuivit son chemin. La tradition rapporte qu'il marcha longtemps avant qu'apparût dans le ciel la première étoile annonçant le prochain sabbat. Un peu après le crépuscule, Elie et son compagnon entrèrent dans une ville aux belles maisons de pierre; l'œil y cherchait vainement un modeste logis en bois. Pas le moindre gueux n'errait ou ne dormait dans les rues. Singulier contraste avec la bourgade de la misère, comme si Dieu avait voulu isoler les riches des pauvres, à moins que ce ne soit les riches qui aient tenu à se retrancher du spectacle de l'indigence. Mais peut-être les mendiants priaient-ils à la synagogue. Un passant apparut à l'angle d'une maison, Elie l'interpella :

« – Cette ville me paraît déserte. Quelques lumières aux fenêtres et toi seul hors de ta maison. Où sont donc les gens ? A la synagogue ?

« – Ils y sont, en effet, répondit le passant, un homme jeune d'aspect, autant qu'on en pouvait juger dans la pénombre.

« – Et toi-même, pourquoi prends-tu le frais au lieu de prier comme eux ? »

« L'inconnu éclata de rire; il dut porter les mains à sa poitrine, tant les hoquets le secouaient.

« – Tu poses de singulières questions ! Es-tu drôle, mon pauvre homme ! Es-tu naïf ! Je prends le frais, parce que la chaleur du jour a été accablante pour quelqu'un qui a dû surveiller ses troupeaux. Un millier de moutons, bonhomme, mes bergers n'y suffisent pas. Et qu'ai-je à faire à la synagogue ?

« – Prier avec les autres.

« – Personne ne prie ici. Ceux qui se trouvent, à cette heure, à la synagogue font leurs comptes. N'étant pas marchand comme eux, mais éleveur de moutons, je n'ai pas à y aller, ce soir; mais, après-demain, jour de foire, tu m'y trouveras.

« – Mais alors, quand pries-tu ? demanda Elie. Et où ?

« – Moi, prier ! Tu te moques ! Je n'en ai ni le temps ni le goût. Pourquoi implorer Dieu ? Je ne manque de rien.

« – Afin de lui rendre grâces, puisque tu ne manques de rien.

« – Je n'ai pas à remercier Dieu. Si je suis riche, c'est parce que l'Eternel trouve juste qu'il en soit ainsi. »

« Ce langage peinait Elie, qui aurait regretté d'avoir entrepris ce voyage sur la terre s'il n'avait gardé le souvenir de l'humble bourgade où chacun vivait si profondément sa foi. Il se rendit tout de même à la synagogue. On s'y serait cru sur un marché public. Les négociants discutaient, s'interpellaient, s'invectivaient; l'un exigeait le paiement d'une dette, que l'autre contestait; certains proposaient soit la vente d'un objet ou d'un terrain, soit un prêt d'argent; on discutait sur le prix, on criait au vol. Quel scandale en ce lieu saint! Elie se fraya un chemin à travers ces braillards. Il cherchait le chef de la communauté, qu'il ne trouva pas sans peine : un vieillard de belle allure, blanc de barbe et de cheveux, le teint rubicond, bon vivant selon les apparences.

« — Qui es-tu? demanda l'homme en jetant un regard dédaigneux sur les vêtements rapiécés d'Elie et de son compagnon.

« — Nous sommes deux mendiants qui allons par les chemins.

« — Mendiants et fainéants, c'est tout comme! Vous voulez manger et dormir? Cela peut se dire sans grands discours.

« — Nous voulons d'abord prier.

« — Prier! s'écria le vieillard avec le même rire que le passant rencontré dans la nuit. Je ne m'étonne pas que tu en sois réduit à solliciter l'aumône si tu perds ton temps en oraisons. Il n'y a pas de place pour la prière, en ce lieu, on n'y connaît que le sérieux, le pratique, ce qui fait prospérer une cité industrieuse.

« — Dieu vient toujours en aide à ceux qui le prient, répliqua Elie.

« — Bonne raison pour vivre aux dépens de ceux qui travaillent! Holà, vous autres! Venez admirer un saint homme, un prophète à la langue bien pendue! Un de ces va-nu-pieds qui prétendent nous enseigner la sagesse! Voyez cet étrange : il est ici pour prier! »

« Palabres, discussions cessèrent aussitôt, une centaine de curieux firent cercle autour des deux mendiants, les accablant de sarcasmes et de quolibets. Elie ne soufflait mot, il savait que toute bonne parole eût été inutile. Quand tous les malveillants furent las de se moquer, le vieillard lui dit :

« – Ta place est avec les bêtes. Tu dormiras dans une étable avec le fainéant qui t'accompagne et tu mangeras les miettes de pain que l'on jette aux pigeons. »

« Ce fut donc dans l'odeur du fumier qu'Elie et son disciple passèrent la nuit. La vérité m'oblige à dire qu'ils y furent en meilleure compagnie qu'avec ces gens impies. Quand, le jour venu, les deux faux mendiants parurent sur la place publique, de nombreux curieux les attendaient pour les railler. Le vieillard, qui n'avait rien de respectable, leur lança, par dérision, des déchets de pain en criant :

« – Voici de quoi vous rassasier avant de reprendre la route! Comme Dieu ne manque jamais d'exaucer les prières de ses fidèles, il vous enverra de la manne, du haut de son Ciel, afin de pourvoir à votre subsistance. Il est donc inutile que des mains charitables garnissent vos besaces. »

« Alors, Elie prit la parole.

« – J'ai attendu la fin du sabbat pour vous dire que je suis Elie, le prophète. Je n'ai jamais rencontré d'aussi mauvais juifs que vous. Aussi je souhaite que tous les hommes de votre communauté soient des chefs; tel est le vœu que vous méritez. »

« Cela dit, laissant ses auditeurs médusés, il se dirigea, suivi de son disciple, vers la porte de la cité et reprit la route. Les deux hommes marchèrent près d'une heure avant que le disciple osât poser la question qui lui brûlait la langue. Enfin il se décida :

« – Veux-tu m'expliquer, maître? Nous recevons bon accueil dans un village et tu souhaites un chef à ses habitants. Ailleurs, on nous brocarde et on se moque de Dieu; alors tu souhaites à ces mauvais hommes d'être tous des chefs. Pourquoi ?

« – Réfléchis donc! répondit Elie. Un chef, pour une communauté, c'est une bénédiction, alors que plusieurs chefs, crois-moi, c'est une malédiction. »

« Rebbé Avram se tut. Il savait que les gens de son village avaient compris le sens de l'apologue; au vote qui suivit, il fut, en effet, élu à une telle majorité que nul n'osa plus mettre sa sagesse en doute et notre communauté s'en porta bien. »

La sagesse de rebbé Avram me semblait évidente. Cependant je me rappelai que Liza m'avait dit qu'il n'était pas sans travers. J'en fis la remarque et Liza eut le rire que j'aimais : son rire si gai, si franc.

« C'est là une autre histoire! s'exclama-t-elle. Ne te l'ai-je déjà dit ? Le rebbé avait cinq filles. Or il n'est jamais facile, même pour un père riche, de marier cinq filles. Disons donc que le père démuni d'argent se laissait volontiers aller, au cours des conversations précédant les fiançailles, à des promesses qu'il lui eût été impossible de tenir. Ainsi fit notre rebbé avec son futur gendre. Un garçon des plus estimables, ce futur gendre, Schmillé, un Yessivah bourrer continuellement plongé dans l'étude de la Torah. Il ne buvait pas, fuyait les cabarets et autres mauvais lieux, observait la loi à la lettre. Beau garçon, en outre.

Le rebbé aimait s'entretenir avec lui sur les dogmes du Talmud. Pouvait-il trouver meilleur parti pour Yentélé, sa fille cadette ? Certes, Yentelé n'était pas d'un caractère facile. « Elle n'est pas de mon côté », déclarait volontiers le rebbé, ce qui signifiait : « Elle tient de ses ascendants maternels. » Mais, en sage, Avram acceptait sa fille telle que Dieu la lui avait donnée et il se préoccupait avant tout de la rendre heureuse.

Dès lors, le rebbé employa son énergie à persuader Yentélé. Tous les prétextes lui furent bons pour louer Schmillé. Quel beau garçon ! Et quelle intelligence ! Quelle élévation morale ! Sachant que sa fille n'était pas insensible à l'attrait des biens terrestres, il rappelait que les parents de Schmillé comptaient parmi les plus riches bienfaiteurs de la communauté. Des gens aussi généreux ne manqueraient pas de combler le jeune ménage. Ce serait folie que de laisser échapper un tel parti. Il éveillait la jalousie de Yentélé par des allusions à des rivales imaginaires :

« J'en connais deux et même trois qui font les coquettes avec lui, si habilement qu'il est capable de se laisser séduire. Deux ou trois très jolies, aussi jolies que toi, et tout à fait charmantes. Je serais très humilié si tu te le laissais ravir. »

Piquée dans son amour-propre, Yentélé dissimula de son mieux la vivacité de son caractère, elle se fit douce, aimable; d'ailleurs, Schmillé lui plaisait. Elle plaisait aussi et le rebbé n'eut pas grand-peine à décider le jeune homme; il eut cependant le tort, pour assurer son succès, de parler dot. Que n'aurait-il promis ! Il promit beaucoup plus qu'il ne pouvait tenir. Oui, ce fut un tort, car Schmillé était riche pour deux et ne se souciait guère de posséder davantage. »

J'interrompis Liza :

« Rebbé Avram, que tu m'as donné l'occasion d'admirer me déçoit, en cette circonstance. Je m'étonne que ce saint homme, comme tu l'appelles, ait pu s'abaisser à duper ainsi un brave garçon qu'il estimait et qui lui faisait confiance.

— Il s'agissait, dans son esprit, d'un pieux mensonge, répliqua Liza. Il savait que Schmillé et Yentélé seraient heureux, mariés, aussi ne voulait-il rien négliger pour favoriser leur union. Mais je reconnais qu'il eut tort, à tous points de vue, la suite de l'histoire le prouvera. »

Donc la noce eut lieu, des grains de blé furent jetés en signe de prospérité devant les pas des mariés, Schmillé et Yentélé burent du vin dans le même verre, qu'Avram brisa, et les jeunes époux se rendirent à leur nouvelle maison où le lit nuptial avait été tourné vers le midi pour que le premier-né fût un garçon.

Un mois se passa et Avram ne pensait plus à ses promesses; il avait fait deux heureux, qui pouvait s'en plaindre? Il comptait sans sa fille. Je ne saurais te dire si Yentélé était intéressée ou non. Elle aurait dû être flattée par l'indifférence de son mari pour une dot : était-il meilleure preuve d'amour? Mais elle avait du caractère et elle entendait que son père tînt ses engagements. Avram se trompait quand il affirmait que sa cadette était « de l'autre côté », comme il disait non sans dédain : elle était de son côté à lui, par son intelligence et sa ténacité, par quelques-uns de ses défauts aussi, mais nul n'aime se voir tel qu'il est. Ce qui lui manquait : la générosité paternelle, le goût d'une vie simple, un peu rude, car elle appréciait le luxe.

« Schmillé, demanda-t-elle un matin, mon père t'a-t-il remis ma dot ?

– Il m'a donné bien plus que la plus belle des dots en me donnant sa fille.

– Laisse tes compliments et réponds-moi. Ce qui est promis est dû. Mon père a parlé de troupeaux et de terres fertiles ; je ne les vois pas. Tu as le devoir de les exiger.

– Qu'en ferions-nous ? Je possède déjà plus de biens que toutes les familles aisées de ce village. D'ailleurs, j'ai trop de respect pour ton père pour lui réclamer quoi que ce soit.

– Avoue que tu as peur de lui ! Il le savait, quand il t'a annoncé qu'il me doterait somptueusement, il savait qu'il n'aurait pas à débourser un kopeck ! Libre à toi de renoncer, mais je ne me laisserai pas léser. Si tu as pour un rouble de courage, tu iras de ce pas exiger notre dû. »

Schmillé voulut discuter ; il se fit tendre, parla de son désintéressement, mais Yentélé se montra intraitable ; il lui fallut donc se résigner à revêtir ses plus beaux habits et à se mettre en route. Plusieurs fois, il fut sur le point de rebrousser chemin ; il prétendrait que le rebbé n'était pas chez lui (mais il ne ferait ainsi qu'ajourner sa visite) ou encore que sa conscience lui interdisait une démarche aussi malséante (mais alors Yentélé l'accablerait de reproches). Il ne manquait pas de courage, mais rougissait à la pensée de parler biens terrestres à un homme qu'il vénérait. Il y avait loin des causeries sur le Talmud et la

Torah à une requête de gendre cupide. Et quelle requête ! Il avait l'air de rappeler à l'ordre un beau-père oublieux ou indélicat. Devant la porte du rebbé, il eut une dernière hésitation et, quand il frappa au battant, il espéra qu'on lui annoncerait que le rebbé venait de partir pour un long, très long voyage. Mais ce fut Avram lui-même qui l'accueillit.

« Te voilà enfin, mon fils ! A peine t'ai-je vu depuis ton mariage ! Sur la place publique, à la synagogue, mais jamais en tête-à-tête, comme naguère, quand tu venais t'instruire sur le dogme !... C'est à croire que ma fille te tient la bride courte, ajouta le rebbé en riant, et, ma foi, je me repentirais de te l'avoir donnée en mariage, si je ne vous savais heureux tous les deux !... Mais tu me manques, mon fils ! Quand reprendrons-nous nos doctes discussions sur les livres saints ? »

Etreint, affectueusement secoué par les épaules, entraîné au cœur de la maison, Schmillé ne pouvait placer un mot. Le rebbé appela joyeusement son épouse :

« Hâte-toi de venir, Ranelé ! Notre gendre préféré nous rend visite, je veux qu'il rompe le pain avec nous ! Apporte vite le kroupnik ! Et un bon strudel ! Et un pichet de notre meilleur vin ! »

Emu par tant de prévenances, Schmillé eut honte de ses velléités intéressées. Il se jugea sévèrement. Le rebbé se donnait un mal inutile en soûlant son hôte de paroles, en le forçant à boire et à manger : le pauvre garçon se serait cru déshonoré en risquant la moindre allusion au but de sa visite. Un beau-père si cordial et qui ne tient que des propos mystiques, allez donc lui parler argent ! Parfois cependant, à la perspective des reproches que lui adresserait Yentélé, Schmillé rassemblait laborieusement les éléments d'une phrase qui lui permettrait de passer de la Torah au bonheur conjugal et, de là, à la négligence fort excusable d'un beau-père qui a omis de verser la dot. Tâche d'autant plus ardue que le rebbé, promettant trop, n'avait en fait rien promis de précis. Une belle maison neuve ? Une terre à blé ? Des vaches, des chevaux, des moutons ? Schmillé ne se souvenait plus très bien. Il décida donc de ne pas mêler de sordides questions d'argent à un débat théologique d'une aussi haute volée et retrouva alors la joie qui était la sienne au temps où il se délectait des savantes exégèses du rebbé. Quand il prit congé, ayant oublié le but de sa visite, il regretta seulement de ne pouvoir prolonger l'entretien jusqu'à l'heure du souper; mais le rebbé devait, comme chaque jour, aller prier à la synagogue.

Sur le chemin du retour, le pauvre garçon fut pris de panique. Chaque fois qu'il passait devant un cabaret, il devait résister à la tentation de s'y enivrer de vodka jusqu'à rouler sous la table. Dans l'ivresse, il oublierait tout. Yentélé viendrait le chercher, elle le réprimanderait : « Toi, un ivrogne ! » Elle en pleurerait. Une scène affreuse, mais moins pénible que celle qui l'attendait : Schmillé, qui n'avait jamais bu d'alcool, préférait s'entendre traiter de poivrot que de timoré et d'imbécile. Malgré de nombreux détours, quelques haltes sous les sapins et devant les pâturages de la vallée, des palabres avec des amis rencontrés, Schmillé finit par arriver chez lui. Il espérait que Yentélé était sortie pour rendre visite à une de ses amies. Non, elle l'attendait, le visage sévère.

« Tu es resté bien longtemps chez ton beau-père. Je suppose que la discussion a été laborieuse.

– Oh ! non ! Il n'y a pas eu de discussion !

– Ce qui signifie que mon père t'a remis ma dot sans élever la moindre protestation. Tu vois combien tu avais tort de t'en faire une montagne. J'étais sûre que tout se passerait bien. Mais cette dot ? Mon père t'a signé un contrat ? Que s'engage-t-il à me donner ?

– Ecoute-moi, Yentélé, fit Schmillé d'une voix craintive, et surtout ne te fâche pas. Je ne rapporte rien, du moins aujourd'hui ; ça se passera peut-être mieux la prochaine fois...

– Quoi ! s'écria Yentélé, furieuse. Tu reviens une main devant et une main derrière !

– Je reviens comme je peux. Les circonstances ne se prêtaient pas à une requête aussi sordide.

– Aussi sordide ! Tu oublies que cette dot m'est due ! Pourquoi rentres-tu si tard ? De quelles balivernes avez-vous donc parlé ?

– Du Talmud et de la Torah, comme toujours, répondit Schmillé avec un sourire confus. On peut se passer de dot, non de religion.

– Tu en parles à ton aise, parce que tu es riche, alors que je ne possède rien. Voilà ce qu'il m'en coûte d'avoir épousé un Yessivah bourrer, qui ne connaît que le Talmud et la Torah. D'ailleurs, je ne t'avais pas choisi, je suis victime d'un père qui m'a mariée de force ! »

Elle s'arrêta pour souffler, l'œil brillant de colère, la pulpe des lèvres écarlate. Schmillé pâlit : Yentélé ne l'aimait donc pas ! Il eut un mouvement pour s'enfuir, elle le retint par le bras :

« Laisse-moi, dit-il. Je te donne tous mes biens, je pars et tu ne me reverras plus.

– Tu oublies que tu es mon époux. Quant à tes biens, je n'en veux pas. C'est ma dot qu'il me faut. Si tu veux que je t'estime et que je t'aime, tu dois l'arracher de force à mon père. Retourne donc et ne t'avise pas de revenir les mains vides.

– Aujourd'hui ce n'est pas facile. Ton père, qui m'a fait si bon accueil, s'étonnera en me voyant repasser chez lui, je ne saurai comment m'y prendre pour justifier cette seconde visite. Accorde-moi un répit, Yentélé, et je promets d'obtenir ta dot. Mais ne me dis plus que tu m'as épousé par contrainte, alors que je t'aime tant ! »

Il pleurait et Yentélé se laissa émouvoir, car elle chérissait son mari, quoi qu'elle ait dit dans un élan de fureur, mais elle le trouvait trop rêveur, trop lunaire, elle exigeait qu'il fît preuve de volonté.

Schmillé espérait qu'elle oublierait sa dot et, pendant une semaine, il s'occupa à la distraire. Mais Yentélé avait la tête dure. Huit jours après la visite au rebbé, alors que Schmillé se régalait de son thé matinal et de gâteaux de seigle, elle lui déclara à brûle-pourpoint :

« Tu vas revenir chez ton beau-père et tu lui tiendras un langage ferme. Si tu m'aimes, tu ne dois pas tolérer que je sois spoliée.

– Quoi ! Tu penses encore à ta dot ! Ton père est homme d'honneur, nous devons lui faire confiance; il s'acquittera de sa dette quand bon lui semblera.

– C'est-à-dire jamais ! Oui ou non, as-tu pour deux roubles de caractère ? Il m'en coûterait de ne plus t'estimer et de ne plus t'aimer.

— Ton père m'a si bien reçu, l'autre jour, que je suis gêné d'avoir à lui rappeler...

— Et tu ne te sens pas gêné vis-à-vis de moi? Pars sur-le-champ et ne t'avise pas de t'en retourner les mains vides. »

Schmillé s'exécuta, la mort dans l'âme. Il se reprochait de n'oser tenir tête à sa femme et il s'en voulait aussi de sa timidité face au rebbé; car, il lui fallait en convenir, Yentélé n'avait pas tort d'exiger que la promesse fût tenue. Et quelle promesse! Il s'en souvenait maintenant : celle d'une petite fortune, troupeaux, terrains, étangs poissonneux, rien ne coûtait à Avram quand il énumérait les biens dont il comblerait la jeune mariée. Pendant tout le trajet, Schmillé polit la phrase qui aussitôt après les salutations d'usage, lui permettrait d'entrer dans le vif du sujet. Mais, dès qu'il se trouva en présence du rebbé, son courage s'évanouit. Il avait si grande allure, cet homme de Dieu, dans sa lévite immaculée! Il semblait dominer de si haut les viles préoccupations terrestres!

« Permets-moi, mon fils, de t'offrir le kaise kirr (gâteau au fromage) et un bon verre de thé. Et causons sérieusement. J'ai relu ce passage de la Torah dont nous nous entretenions la semaine dernière, et je te réaffirme que tu l'as mal interprété... »

Voilà Schmillé noyé dans un flot d'arguments, d'axiomes, de postulats, de démonstrations et de distinguos. Il en perdait la respiration. Il eût été malséant de mêler le prosaïque au sacré et Schmillé s'en garda. Ce fut seulement quand il eut pris congé (un congé brusqué par la hâte du rebbé à prier et méditer dans la solitude) qu'il remarqua que, cette fois-ci, on ne l'avait pas invité à partager le repas. Devenu plus expéditif, le rebbé s'était débarrassé de son gendre avec le kaise kirr et quelques gorgées de thé. Inutile de te dire que Schmillé tremblait à la perspective de l'accueil qui l'attendait. Cependant il ne musa pas sur son chemin, comme il l'avait fait une semaine plus tôt; il se refusa à tout bavardage avec les amis rencontrés, je crois même qu'il pressa le pas dans sa hâte de subir l'algarade. « Un mauvais moment à passer, pensait-il... Après, cela ira mieux. »

Ah! oui, ce fut un mauvais moment. Le malheureux affronta une véritable crise de rage. Yentélé trépignait, invectivait, on dut l'entendre jusqu'à l'autre bout du village.

« Tu es un lâche, et rien d'autre! Un lâche qui dissimule sa couardise sous le masque de la piété, un hypocrite. Je veux, j'exige ma dot et je ne t'adresserai plus la parole avant que tu ne l'aies obtenue. »

Dès lors, Yentélé resta muette. Inutile de lui parler, elle ne répondait pas. Tout autre que Schmillé eût aussitôt couru chez le rebbé afin de mettre un terme à une situation aussi désagréable. Pourquoi notre homme ne le fit-il? Il crut sans doute que, revenue au calme, Yentélé se lasserait de rester silencieuse; c'était mal connaître cette obstinée, une vraie tête de bois, qui garda la bouche cousue et le regard glacé. Autre raison : un Yessivah bourrer ne sait parler argent; sa délicatesse et son désintéressement le mettent toujours en fâcheuse posture devant un mauvais payeur. En dépit du mutisme hargneux de son épouse, Schmillé passa donc une semaine avant de revenir chez le rebbé, tant cette démarche lui coûtait. Enfin, il s'y décida. Vêtu de sa redingote, coiffé d'un chapeau neuf, chaussé de bottes fourrées, il reprit pour la troisième fois le chemin de la maison d'Avram, résolu à tenir un langage ferme. Mais, quand il fut arrivé devant la porte, sa volonté commença à fléchir; et elle tomba en défaillance à la vue du rebbé, toujours majestueux.

« Encore toi, mon gendre ? Que veux-tu ?

– Prendre de vos nouvelles, seulement cela, balbutia Schmillé... Et puis, ajouta-t-il au prix d'un grand effort, et puis...

– Je sais, interrompit le rebbé avec un sourire malicieux. Lors de ta première visite, il y a deux semaines, j'avais déjà deviné ce qui t'amenait. Tu te fais du souci à propos de la dot et tu as tort, car je n'ai qu'une parole. Comment veux-tu être payé ? En roubles, en zlotys, en écus, en guinées ou en florins ? »

Après réflexion, le rebbé s'était décidé à avouer qu'il ne pouvait remettre la moindre dot; mieux valait le déclarer tout de suite que de continuer à atermoyer, à jouer une comédie peu digne d'un ministre du culte. Homme de bien, Schmillé se ferait une raison. Mais comment passer aux aveux ? Le rebbé s'en remit à sa science de la dialectique. Te rends-tu compte de l'embarras d'un Yessivah bourrer devant une telle question : roubles, zlotys, écus, guinées ou florins, ces termes n'avaient pour lui qu'une vague signification. La réponse fut donc celle qu'attendait le rebbé.

« Roubles, zlotys, écus, guinées ou florins, mon cher beau-père, vous me prenez au dépourvu. Vous n'ignorez pas que je n'entends rien aux questions d'argent et que je ne vous aurais jamais parlé de cette dot si je n'avais été pressé par Yentélé. Permettez-moi donc d'aller lui demander conseil. »

Le rebbé n'y vit aucun inconvénient et Schmillé revint chez lui, le cœur assez serein. Ne s'était-il acquitté de sa mission ? L'accueil de Yentélé fut cependant assez froid.

« Tu as encore manqué d'audace et d'à-propos, dit-elle. J'attendais ma dot et, une fois de plus, tu rentres les mains vides.

– Tu dois cependant rendre justice à la loyauté de ton père.

– Soit. Mais il est plus rusé que toi, puisqu'il a su gagner du temps. Tu vas donc revenir chez lui et lui dire qu'importe la monnaie, pourvu que la dot soit versée. »

Schmillé s'accorda un répit avant d'entreprendre cette nouvelle démarche. Il souffrait d'avoir à parler gros sous et d'autant plus que le choix proposé par le rebbé l'embarrassait : il ne savait trop quelle différence il pouvait y avoir entre les roubles et les écus, les guinées et les florins et il lui répugnait de s'informer; il préférait faire confiance au rebbé. Mais là aussi le bât le blessait, car, si délicat, si désintéressé fût-il, le Yessivah bourrer n'avait rien d'un sot. Ce choix ne cachait-il un piège ? Le rebbé ne se ménageait-il un faux-fuyant ? Schmillé eût donc renoncé, si Yentélé ne lui avait dit, un matin :

« Aujourd'hui, tu y vas. En roubles ou en guinées, en florins ou en écus, rapporte-moi ma dot. »

Elle le poussa dans la rue. Cette fois, Schmillé marcha d'un pas plus alerte; il ne se préoccupait plus d'élaborer une entrée en matière, il se répétait : « Ça ira tout seul », et il sifflotait gaiement pour chasser ses dernières appréhensions. A peine fut-il assis en face de son beau-père, il entra courageusement dans le vif du débat :

« Quelle différence y a-t-il, rebbé, entre roubles et florins ? Et, en admettant que je préfère les écus, que feriez-vous ?

– Mon fils, répondit rebbé Avram en hochant la tête, sache qu'au bout du compte le résultat est toujours le même, car pour nous, hommes de bien, l'argent n'a aucune importance. Surtout l'argent que nous n'avons pas. »

Tu vois qu'il s'en passait des événements à Krementchik ! J'ajouterai que, pour ne pas manquer à sa parole, rebbé Avram alla trouver son ennemi intime, rebbé Yaccov, et lui emprunta l'argent de la dot. Yaccov se fit un peu tirer l'oreille, mais la démarche de celui qui lui avait toujours donné la leçon de la sagesse et de la piété le flattait trop pour qu'il ne finît par céder. Il n'était pas fâché d'avoir, pour une fois, l'avantage. Je crois qu'à tout autre Yaccov eût refusé ce prêt...

« Un prêt à intérêt ? demandai-je.

– Non ! se récria Liza. Ce prêt sans intérêt rapportait beaucoup plus à Yaccov qu'un prêt à vingt, cinquante ou quatre-vingts pour cent; il lui faisait gagner l'estime de rebbé Avram, qu'il considérait comme son maître spirituel. Nous avons tous besoin de l'estime de ceux que nous admirons. Le tort de rebbé Yaccov était de croire que rebbé Avram attachait de l'importance à l'argent, alors que ce saint homme s'en moquait; il ne demanda jamais rien pour lui-même et, quand il lui arriva de tendre la main, ce fut toujours au profit d'un autre. Grâce à lui, Yentélé et Schmillé ne connurent pas la misère.

– J'avais cru comprendre, dis-je, que Schmillé était riche et n'avait aucun besoin de cette dot.

– Il se trouva ruiné quelque temps plus tard, par la faute d'un de ses frères qui gérait les biens familiaux. L'argent de la dot permit d'acheter un commerce de fourrures que dirigea Yentélé, car un Yessivah bourrer est peu propre à la conduite des affaires.

– Reste à savoir, dis-je, comment rebbé Avram s'acquitta de sa dette. Il ne possède rien, il emprunte, donne et il doit rembourser.

– Oui, il connaîtra bien des tourments. »

Rebbé Yaccov avait la discrétion de ne rien réclamer, mais le temps passait. Rebbé Avram se privait autant qu'il le pouvait, mais allez faire des économies avec quatre filles qui restent au foyer et qu'il faut nourrir ! Et les achats de vêtements, de souliers ! Les filles d'un rebbé ne peuvent aller pieds nus et en guenilles. En outre, rebbé Avram était un homme charitable. Chaque samedi soir, à sa table, la place du pauvre était honorée. Qu'un indigent fasse appel à sa générosité, toutes ses économies, péniblement amassées, s'envolaient. Sa femme, Ranelé, lui en faisait reproche :

« On doit payer ses dettes avant de donner aux miséreux. Tu te crois généreux; en fait, c'est l'argent de rebbé Yaccov qui fait les frais de tes bonnes actions. Renonce donc à venir en aide à tes solliciteurs tant que tu n'auras pas remboursé ton créancier. »

Rebbé Avram en prenait l'engagement. Un engagement qu'il s'efforçait de tenir en luttant contre son bon naturel; mais il ne pouvait se résigner à refuser l'aumône et à garnir la besace d'un mendiant. D'ailleurs, même s'il avait réussi à changer son cœur en pierre, il n'aurait pu rembourser qu'une faible partie de sa dette, tant ses rentrées d'argent étaient précaires. L'échéance approchait. Rebbé Avram en perdait le sommeil. Au cours de ses nuits blanches, se tournant et se retournant dans son lit, il priait Dieu de le secourir, comme il avait lui-même secouru tant de miséreux. Parfois il réveillait Ranelé, lui demandait conseil.

« Nous pourrions vendre presque tout notre mobilier, qu'en penses-tu ?

– Tu n'en feras pas grand-chose; il représente à peine le cinquième de ta dette. Et puis j'ai passé l'âge de manger accroupie et de dormir sur la paille.

– Et le cheval ? Le traîneau ?

– Tu veux aller à pied dans la neige, quand tu te rends en ville ? D'ailleurs ton cheval est trop vieux, personne n'en voudra.

– Vendons notre maison, je suis sûr que nous en ferons un bon prix, je pourrai alors rembourser toute ma dette.

– Nous n'aurons pas les moyens de payer un loyer. »

La veille de l'échéance, rebbé Avram ne put manger une bouché de pain, ni boire une gorgée de thé. Il alla prier à la synagogue et il eut l'impression que Dieu l'abandonnait. N'avait-il pas péché en empruntant une somme d'argent qu'il ne pouvait raisonnablement espérer rendre ? Tout le jour, il resta prostré devant la cheminée où flambait un mauvais bois qui dégageait plus de fumée que de chaleur. Ses filles s'efforcèrent en vain de l'égayer. Il ne disait mot et pensait qu'il faut parfois tenir en pleurant ce qu'on a promis en riant. Le soir, il attendit que tous les siens fussent couchés pour adresser seul une dernière prière à Dieu. Il ne demandait pas l'impossible, par exemple que le bois entassé près de la cheminée fût changé en or : simplement que le Ciel lui inspirât quelque procédé pour se tirer honorablement de ce mauvais pas. Le malheur lui faisait toucher le fond de l'humilité. Enfin il se décida à gagner son lit. Il ferma les yeux, s'efforça en vain de dormir, s'agitant, gémissant au point que Ranelé s'éveilla.

« Qu'as-tu donc encore? Repose-toi jusqu'à demain. Ce ne sont pas tes soupirs qui te mettront en mesure de payer.

– Je le sais, mais le sommeil me fuit.

– Si ce n'est que cela! s'écria Ranelé d'une voix joyeuse. Je vais l'appeler, moi, le sommeil, et il m'obéira. »

Elle alluma la chandelle et se leva. C'était une femme de décision, cette Ranelé, et Avram n'avait pas tort de dire que Yentélé tenait d'elle. Maintenant elle s'habillait, son mari suivait ses mouvements d'un regard effaré :

« Que fais-tu? demanda-t-il en se dressant à demi sur son lit.

– Laisse-moi agir. Je vais me rendre chez rebbé Yaccov et arranger ton affaire. »

Avram n'osa protester. Au point où il en était... Une demi-heure plus tard, Ranelé était de retour; elle riait, ses yeux brillaient d'un éclat malicieux. Elle se pencha sur son mari et l'embrassa.

« Tu peux dormir, dit-elle, Rebbé Yaccov te donne un délai de soixante jours.

– Soixante jours, répliqua rebbé Avram, soixante jours, c'est très bien... »

Dix minutes après, il continuait à s'agiter, se tournant et se retournant dans son lit.

« Pourquoi ne dors-tu pas? demanda Ranelé, agacée. Rebbé Yaccov te donne soixante jours de délai.

– Oui, bien sûr... Soixante jours, soixante jours... Mais qui me donnera mes nuits? »

XI

L'HISTOIRE me semblait inachevée.

« Rebbé Avram, demandai-je, a-t-il, un jour, payé sa dette à rebbé Yaccov ?

– Cela n'a aucune importance, répondit Liza. Rebbé Avram prendra l'habitude de vivre avec sa dette. Quant à rebbé Yaccov, je le tiens de sa femme, après s'être rongé les sangs, il a fini par retrouver la paix. Au fond, cette épreuve a été profitable pour Yaccov, elle l'a détaché des biens matériels. A son corps défendant, d'abord. Puis il s'est résolu à admettre de bon cœur son infortune. Lorsque quelqu'un lui parlait de la dette de rebbé Avram, il répliquait : « J'accepte volontiers « que le bon Dieu me fasse forêt afin que mes « amis puissent venir prendre du bois chez moi. » Cette petite épreuve l'avait rendu philosophe. A ce titre, il fut l'obligé du mauvais payeur.

– En somme, rebbé Avram prit l'habitude de vivre endetté, rebbé Yaccov prit celle de vivre sans être remboursé.

– En effet. Et, bonnes ou mauvaises, les habitudes peuvent être néfastes. On leur doit un certain bonheur, mais il arrive parfois qu'on doive s'en défaire et la rupture est alors douloureuse. Ecoute plutôt ceci. »

Un peu avant cette histoire de dot, j'ai connu deux garçons, deux amis qui voyageaient ensemble depuis leur plus jeune âge. L'un d'eux, celui qui paraissait le plus jeune, avait les traits d'un homme qui a beaucoup souffert. L'autre, au contraire, bien que plus âgé, donnait l'impression d'avoir su résister à l'emprise des « tsourés », des soucis que réserve l'existence : un sage content de son sort, alors que son compagnon était toujours triste. Un matin, dans la salle de l'auberge où il avait passé la nuit, Yenkélé, le sage, trouva un billet signé de son ami. *Tu me reverras quand j'aurai fait fortune. Attends-moi dans notre village où j'espère revenir un jour.* Cette désinvolture blessa Yenkélé! Pourquoi Schloïmé ne lui avait-il pas fait part de son projet? Craignait-il que le sage l'en détournât? Un véritable ami se fût confié, il eût proposé à son fidèle compagnon de tenter l'aventure avec lui. Mais Schloïmé avait préféré éviter toute discussion, il s'était esquivé sans un mot d'amitié; son pessimisme le portait à la dissimulation.

Nombreux, ceux qui, à la place de Yenkélé, auraient gardé rancune à Schloïmé. Pas Yenkélé. Rentré chez lui, il reprit son métier de tailleur. Beaucoup de travail pour de modestes bénéfices, dont notre homme se contentait; il ne désirait rien qui fût au-dessus de ses moyens. Depuis la disparition de son ami, il ne voyageait plus. A quoi bon courir les routes en solitaire? Et il ne voulait avoir d'autre compagnon que Schloïmé, à qui il pensait souvent en taillant les habits, s'étonnant, s'inquiétant un peu de rester sans nouvelles. Peut-être Schloïmé, ayant fait fortune, s'était-il établi à l'étranger ! Peut-être, réduit à un état misérable, avait-il honte de revenir en vaincu au village natal ! Il se pouvait aussi qu'il fût mort...

Ce matin de printemps, les premiers bourgeons s'ouvraient à la lumière. Ayant travaillé depuis l'aurore, Yenkélé s'accorda une courte promenade dans la grand-rue avant de prendre son repas de midi. Un attroupement attira son attention. Tous les enfants de Kremantchik faisaient cercle autour d'un carrosse attelé de six chevaux gris pommelé; ils n'avaient encore jamais vu aussi somptueux équipage. Ils criaient, riaient, se bousculaient et le cocher tentait de les éloigner à coups de fouet. Quel pouvait être ce visiteur ? Un opulent boyard qui s'accordait une courte halte à Kremantchik, le temps de faire souffler les chevaux, avant de poursuivre sa route ? Yenkélé n'en douta pas quand il vit un valet de pied ouvrir la portière en s'inclinant presque jusqu'au marchepied. Le maître daigna alors sortir du carrosse et, à sa stupeur, Yenkélé reconnut, dans un manteau de zibeline, coiffé d'un bonnet d'astrakan, le teint fleuri, Schloïmé. Lançant un cri de joie, il courut à son ami, l'embrassa.

« Dieu soit loué ! Je tremblais pour toi et n'espérais plus te revoir ! Tu as donc fait fortune et je m'en réjouis. Mais ne crains pas que je t'importune : un modeste tailleur ne saurait frayer avec un personnage de ton importance.

– Ne dis pas de sottises, Yenkélé ! Tu seras toujours mon meilleur ami, c'est par affection pour toi que je suis revenu à Kremantchik. »

Les deux hommes s'écartèrent l'un de l'autre, mais ils se tenaient toujours par les épaules, les mains de Yenkélé serrées sur le pelage de zibeline, celles de Schloïmé sur le tissu un peu rude d'un cafetan. Yenkélé remarqua que le visage de son ami s'assombrissait. « Parbleu, pensa-t-il, il regrette un élan qui doit surprendre ses serviteurs; un opulent bourgeois qui donne l'accolade à un pauvre diable de tailleur couvert d'un vieux cafetan et chaussé de souliers en écorce de bouleau, c'est là un spectacle assez cocasse. Peut-être même déplore-t-il son retour à Kremantchik où il a laissé le souvenir d'un grognon besogneux; il est douteux qu'il puisse s'y faire respecter. » Yenkélé prêtait à Schloïmé des sentiments qu'il n'eût pas lui-même éprouvés, mais qu'il trouvait naturels et parfaitement excusables. Afin de divertir son ami, il l'invita à dîner.

« Si toutefois, ajouta-t-il, tu ne rougis pas de t'attabler avec un gueux de mon espèce.

– Tu n'es nullement gueux, protesta Schloïmé, et je changerais volontiers ma place contre la tienne. Viens à l'auberge, c'est moi qui te prie à dîner. »

Quand ils furent attablés devant un excellent bortch, Yenkélé tenta d'égayer son ami. Il conta des anecdotes amusantes sur les villageois de Kremantchik, parla des ambitions que pouvait concevoir un homme riche, interrogea Schloïmé sur ses bonnes fortunes, puis, las de s'adresser à un visage de bois, il demanda :

« Pourquoi es-tu toujours aussi morose? Tu t'étais juré de faire fortune et tu y as réussi. Que te faut-il de plus?

– Ah! mon pauvre ami, répondit Schloïmé en

soupirant, il y a un mois, jour pour jour, j'ai perdu mon arrière-grand-tante à Odessa.

– En ce cas, mon cher Schloïmé, je comprends ton chagrin.

– Non, tu ne comprends rien. Je ne connaissais pas cette parente et j'aurais ignoré son décès si elle ne m'avait laissé cinq cent mille roubles.

– Alors, pourquoi es-tu si triste ?

– Huit jours plus tard, j'ai perdu un grand-oncle qui vivait à Kenibienkovici. Il m'a légué un million de roubles.

– Je comprends maintenant ta tristesse !

– Tu n'y es pas ! Cet oncle avait mauvaise réputation dans son village. On ne le vit jamais donner un kopeck à un pauvre et il ne mettait pas les pieds à la synagogue.

– Tu l'aimais tout de même ?

– Je ne le connaissais que par le mal qu'on me disait de lui. Il m'est même arrivé de douter de son existence.

– Pourquoi donc, Schloïmé, es-tu si maussade, alors que tu devrais rire et chanter ?

– Laisse-moi m'expliquer. La semaine suivante...

– Tu as encore perdu un membre de ta famille ?

– Ecoute-moi donc au lieu de m'interrompre !... La semaine suivante, ayant mis un vieil habit, je trouve, au fond d'une poche, un billet de loterie. Tu sais à quel point la guigne me poursuit, je n'avais donc aucun espoir de gagner. Aussi est-ce sans la moindre conviction que je me suis rendu au bureau du tirage. Avec stupeur, j'ai appris que mon billet gagnait le gros lot, soit deux millions de roubles.

– C'est à peine croyable! s'écria Yenkélé. Et tu te dis malchanceux! Mais alors, grands dieux, pourquoi as-tu l'air de porter le diable en terre?

– Parce que cette semaine..., eh bien, cette semaine, je n'ai ni hérité ni gagné de gros lot. »

XII

Je crus devoir rire, bien que cette histoire me parût plus affligeante que gaie.

« Si j'ai bien compris, dis-je, tu as voulu démontrer que certains êtres sont des malheureux incurables. Quoi qu'il advienne, ils garderont toujours leur tristesse au fond du cœur. »

Liza leva une main et murmura :

« Le cœur, le cœur, bien des gens prétendent qu'il est à l'origine du bien et du mal... Combien de fois, poursuivit-elle en affermissant sa voix, entends-tu dire : « Untel a bon cœur », ou encore : « Untel a un cœur de pierre » ? Si je te disais avoir connu un mauvais homme à qui l'on a changé le cœur !... »

Dans une petite ville de Russie vivait un homme dur en affaires et dénué de scrupules. Les trois quarts de la ville lui appartenaient. Par ses manœuvres souvent louches, il avait acculé quelques familles à la ruine et, par contrecoup, au désespoir. Certains l'accusaient d'être responsable de divers suicides; en effet, une créance non payée au jour dit valait au débiteur la visite de l'huissier et des gendarmes. On jasait aussi beaucoup sur l'origine de sa fortune; d'après ceux qui l'avaient connu enfant, Yégor aurait, tout jeune, vendu son âme au Diable, au « dibouk », et c'était grâce à l'aide du Démon qu'il avait réussi à dépouiller ses parents, leur volant tout le fruit d'une vie de labeur.

Détesté, redouté, Yégor n'en était pas moins adulé par tous. Nul n'aurait osé lui refuser le salut. Ce monstre voulait être respecté. Ainsi, à la fête du Kippour, le voyait-on à la synagogue, à la place qu'il prenait soin de retenir d'avance. Peut-être pensait-il racheter ses fautes par un jour de prières annuel. Crois-moi, beaucoup sont ainsi, qui s'imaginent s'acquitter de leur dette envers le Seigneur en sacrifiant, une fois l'an, quelques instants aux actions de grâces.

Feinte ou à demi réelle, cette dévotion lui porta malheur. Ce fut, en effet, à la synagogue, un jour de Kippour, que Yégor vit pour la première fois Riffké, la fille du rebbé. Grande, mince, le teint délicat, la bouche d'un rouge sang, des yeux d'un bleu très doux, elle apparut à Yégor comme l'image même de la pureté. Le cruel, l'impitoyable en fut ébloui. Si quelqu'un ressentit jamais ce qu'on appelle le coup de foudre, ce fut lui, dans la pénombre de cette synagogue où Riffké brillait d'un éclat éblouissant. Après l'office, il osa aborder la jeune fille. Riffké accueillit poliment les compliments de cet homme qui terrifiait ses concitoyens et Yégor crut aussitôt ses sentiments agréés. Du coup, sa passion flamba haut. Il revoyait sans cesse cette longue chevelure noire et bouclée, ce regard si confiant, une véritable obsession qui lui faisait négliger ses affaires. Un Yégor ne se fût pas permis de rendre visite au rebbé, tant sa réputation le desservait, ce qu'il n'ignorait pas. Il résolut donc d'adresser à Riffké de nombreux cadeaux, auxquels il joignait des billets où il déclarait son amour.

Tu te tromperais, en effet, si tu imaginais notre homme avare. Certes il thésaurisait, mais n'en appréciait pas moins les agréments de la fortune, menant grand train et ne se refusant aucune satisfaction dispendieuse. A quoi bon gagner beaucoup d'argent si l'on n'en profite ? Ainsi pensait-il. Dans son égoïsme, il craignait même de mourir riche; alors sa fortune irait à des héritiers pour qui il n'éprouvait que de l'hostilité; cette perspective le rendait malade. Ce qu'il souhaitait : que personne ne profitât de ses richesses après lui. Aussi déclarait-il parfois : « J'entends vivre comme un pacha et pousser le dernier soupir du gueux qui ne possède pas un kopeck au chevet de son lit funèbre. » Il fallait qu'il fût follement amoureux pour se décider à offrir un présent. Tu m'objecteras que ces cadeaux ne devaient rien à la générosité, puisqu'il croyait qu'en retour Riffké lui donnerait son cœur. Cela n'est pas tout à fait exact : Yégor se faisait une joie de plaire à Riffké, même s'il ne recevait rien en retour.

Or, non seulement il ne recevait rien, mais ces présents lui étaient renvoyés. Fleurs, fourrures, bijoux, la jeune fille n'acceptait quoi que ce soit; elle refusait même de lire les billets qu'un serviteur du rebbé rapportait, cachetés, à leur expéditeur. Pendant quelques semaines, Yégor s'obstina, la rage au cœur. Lui, l'homme le plus puissant et le plus riche de la ville, le plus beau, le plus intelligent, subir un tel affront ! Quoiqu'il fût fasciné par le charme de Riffké, il n'en considérait pas moins qu'il honorait cette jeune fille pauvre en souhaitant de l'épouser. Toute son ardeur à vivre, longtemps orientée vers le lucre, se consumait maintenant dans un amour chimérique. Il souffrait tant qu'il en oubliait ses débiteurs. Huissiers et gendarmes, sur les dents depuis des années, pouvaient enfin souffler.

Yégor finit par perdre patience. Puisque Riffké retournait lettres et présents, il dépêcha auprès d'elle son intendant, vieil homme fort honnête qui lui était tout dévoué. Ce bon naïf plaida la cause de son maître, qu'il présenta comme une victime des mauvais payeurs, une âme tendre qui devait se faire violence pour obtenir son dû. Un peu ébranlée, la jeune fille accepta une entrevue. Mais le rebbé, moins crédule, la mit en garde : il ne voyait que sottise dans l'admiration béate de l'intendant.

« Ce Yégor, dans sa soif de possession, veut que tu lui appartiennes, comme lui appartiennent les maisons et les terrains qu'il a acquis par la ruse et la violence. Il n'a d'égards pour toi que dans la mesure où tu t'opposes à sa volonté. Sitôt que tu seras sa femme, il te dédaignera. Un cœur de pierre peut s'échauffer; il ne s'attendrit jamais. »

Riffké reçut Yégor dans une petite pièce dont les fenêtres donnaient sur un jardin. Depuis qu'il l'avait abordée, à la sortie de la synagogue, Yégor n'avait pas revu cette jeune fille dont l'image l'obsédait. Tout son sang reflua à son cœur; il se croyait aimé. Timidement, il prit la main de Riffké et voulut la porter à ses lèvres; cette main se crispa et se déroba.

« Asseyez-vous, monsieur, dit Riffké en désignant un fauteuil près d'une fenêtre. Si je vous reçois aujourd'hui, ce n'est pas pour vous dire que vos nombreux cadeaux, que j'ai toujours refusés, flattent ma vanité. Ils me blessent, au contraire, car vous faites peu de cas de mon honneur en supposant que je pourrais me réjouir de posséder ces belles fourrures et ces bijoux acquis avec de l'argent... »

Elle hésita, ne voulant prononcer un mot trop rude. Yégor rougit et se leva d'un bond.

« De l'argent volé, c'est bien cela que vous voulez dire ? » s'écria-t-il.

Riffké baissa les yeux et reprit d'une voix timide :

« Non, pas tout à fait : de l'argent arraché de force à de pauvres gens.

– De force, dites-vous ! A vous entendre, on me croirait un brigand qui détrousse les voyageurs. Je ne prends cet argent que fort du droit que me reconnaissent les lois. En voici la preuve : ce sont les huissiers et les gendarmes qui font rentrer mes créances.

– Evidemment ! Sans quoi vous seriez depuis longtemps en prison. Mais entre le vol et la spoliation légale je ne fais pas de différence. Peut-être, aurais-je plus d'estime pour un brigand qui joue sa vie chaque fois qu'il s'embusque sur les grands chemins que pour un affairiste qui pille et assassine sans risque.

– Vous employez des mots dont vous ne mesurez pas la portée, du moins je l'espère. Je n'ai jamais tué personne. Quant aux imbéciles que je mets sur la paille, ils n'ont qu'à s'en prendre à eux-mêmes; ils ont pensé me duper, ils ont perdu, il est juste qu'ils paient.

– Vous reconnaissez donc vous-même que vous avez un cœur de pierre », dit Riffké avec un sourire amusé, très doux, presque indulgent, qui affola Yégor.

Les deux jeunes gens se considérèrent quelques secondes, en silence. Yégor n'avait jamais trouvé Riffké aussi belle. Il l'eût volontiers prise dans ses bras en murmurant de tendres propos, mais il ne l'osait.

« Vous êtes bien exigeante, dit-il avec violence. Comment me souhaiteriez-vous ?

– Semblable à mon père, qui a un cœur de juste; il n'a jamais porté tort à son prochain et il méprise les richesses. Le jour où vous serez comme lui, revenez me voir. »

Riffké se dirigea ves la porte de la maison, qu'elle ouvrit, signifiant ainsi que l'entretien était terminé. Yégor rentra chez lui aussi peiné qu'irrité. Il se demandait ce qui lui en coûterait le plus : de renoncer à ses biens ou de renoncer à Riffké. Même en cette circonstance, il continuait à calculer. L'entrevue qu'il venait d'avoir avec la jeune fille lui avait échauffé le sang. Il se fût volontiers dépouillé pour posséder cette superbe créature, mais la perspective de la misère lui parut intolérable. Réfléchissant, il se fit à l'idée que sa pauvreté pourrait n'être que passagère. En un premier temps, il restituerait à ses victimes tout ce qu'il leur avait légalement extorqué. Ceux qui le maudissaient le béniraient, il acquerrait, d'un coup, la réputation d'un pécheur repenti. Deuxième temps : il épouserait Riffké, qui n'aurait plus de raison de lui refuser sa main. Troisième temps : marié, il regagnerait assez promptement sa fortune, n'importeraient les moyens. Ce plan lui parut judicieux, il sourit. Cependant, il le rejeta.

Yégor était méchant homme, âpre, cupide,

cruel à l'occasion. Son orgueil, son goût quasi morbide de la puissance le portaient aux pires exactions. Un fauve. Mais le fond de son âme n'était pas mauvais et il lui répugnait de triompher par la duperie. Par ailleurs, sa passion amoureuse ne l'empêchant pas de calculer, il prévoyait que Riffké ne lui pardonnerait pas de l'avoir abusée, qu'elle le prendrait en horreur et serait malheureuse. Or il voulait le bonheur de la jeune fille, il le voulait aussi farouchement qu'il avait voulu s'enrichir, sacrifiant tout à sa détermination, y compris ses parents. Remarque que c'était là un sentiment égoïste : il cherchait son propre bonheur à travers celui de Riffké.

Après deux nuits blanches et deux journées de prostration, Yégor décida de sacrifier sa fortune à l'amour de Riffké. Mais à l'instant de passer aux actes, le courage lui manqua et il pensa que rien ne serait possible tant que, dans sa poitrine, battrait un cœur de pierre. Comment s'en défaire? Seul le rebbé saurait le conseiller : Yégor alla frapper à sa porte.

« Rebbé, cela fait des mois que j'aime votre fille, qui refuse de m'épouser. Il lui faut, dit-elle, un mari qui ait un cœur de juste. Vous qui passez pour ne rien ignorer, renseignez-moi, je vous en supplie : où puis-je acheter un cœur de juste? J'y mettrai le prix qu'on exigera.

— Un cœur de juste ne s'achète pas! Tu dois, avec l'aide de Dieu, arracher de ton cœur les mauvais sentiments. Et peut-être qu'alors...

— Je n'y parviendrai jamais, rebbé. Je vous jure que je veux sincèrement acquérir un cœur de juste, secourez-moi...

— Je crois en ta bonne volonté, dit le rebbé, ému par la détresse de Yégor. Je connais un ermite, un sage, une sorte de prophète. Il vit en solitaire à trente verstes de Kremantchik, au seuil de la forêt. S'il y a un juste sur notre terre, c'est lui. »

Yégor prit son bâton de pèlerin et se mit en route. Il aurait pu faire le trajet en carrosse ou dans le petit tonneau à deux places qu'il conduisait lui-même, mais il préféra cheminer à pied. Pour quelle raison ? Je ne sais, peut-être croyait-il que Dieu le récompenserait de sa bonne intention en le libérant de ses goûts de faste.

L'ermite logeait dans une hutte de branches et de boue sèche. Cette hutte, comme l'avait dit le rebbé, était adossée à la forêt. Un léger vent d'automne agitait le feuillage doré des trembles et des bouleaux, le vert foncé des sapins et les frondaisons des chênes qui commençaient à roussir. Le vieil homme vint à la rencontre de Yégor du plus loin qu'il le vit. Sa robe de bure avait la couleur de la saison, mais sa barbe était aussi blanche qu'un matin d'hiver après une chute de neige. Quand il fut près de Yégor, il s'arrêta.

« Sois le bienvenu, voyageur. Je t'attendais. Dieu m'avait annoncé ta visite. Mais je ne sais ce que tu me veux.

– Je suis mauvais et je souhaite devenir bon. Or ma volonté ne peut rien contre mon cœur de pierre. En changeant ce cœur contre un cœur de juste, tu me sauveras.

– Je sauverai ton âme, mais tu souffriras parce que tu seras désarmé devant tes ennemis.

– Je ne crains pas mes ennemis et, grâce à mon cœur de juste, je pourrai épouser la jeune fille que j'aime.

– Si tu l'aimes encore quand tu auras changé de cœur !... N'importe ! Je n'ai pas le droit de te refuser une métamorphose qui te rendra meilleur. »

J'ignore quelle fut la suite de cet entretien. Je sais seulement que Yégor passa trois cent soixante-cinq jours et trois cent soixante-cinq nuits dans la hutte de l'ermite et que, lorsqu'il prit congé de son hôte, il était toute douceur et bonté. Ce que je sais surtout, c'est que les gens de Kremantchik retrouvèrent la joie de vivre. On s'abordait dans la rue :

« Avez-vous de ses nouvelles ?

– Non, mais il reviendra bien assez tôt !

– Quel singulier départ ! A pied, bâton en main, comme un vagabond ! On peut espérer qu'il est devenu fou ! »

Après quelques semaines, ses hommes de confiance s'enhardirent. Ils commencèrent par confisquer à leur profit les revenus des biens du maître. Puis, plusieurs mois ayant passé, l'un d'eux osa vendre une maison et des terrains; il garda l'argent. Cet exemple fut suivi par les autres; en peu de temps, toute la fortune de Yégor changea de main. A qui bon se gêner ? Le puissant accapareur devait être mort, ou enfermé dans quelque asile de fous. Si, par le plus étrange des hasards, il revenait un jour à Kremantchik, il n'aurait aucun recours contre ses spoliateurs qui, à l'exemple de leur maître, s'étaient assuré la protection des lois. Yégor, comme tu vois, avait fait école.

Près d'un an après le départ de Yégor, Riffké s'éprit d'un jeune marchand de passage à Kremantchik. Ce garçon, flatté d'être remarqué par la fille d'un rebbé, demanda sa main. Le rebbé éleva une objection : c'était lui qui était responsable de l'absence de Yégor, avait-il le droit de donner sa fille à un nouveau prétendant ?

« Il est parti par amour pour toi, afin de changer son cœur de pierre contre le cœur d'un juste digne de t'épouser. S'il revient, s'il te trouve mariée à un autre, que lui dirai-je ?

– Que les absents ont toujours tort, répondit gaiement Riffké. Il est probable que Yégor a toujours son méchant cœur. Si, par miracle, l'ermite a pu le doter d'un cœur juste, ce cœur comprendra mes raisons. »

La noce eut donc lieu. De ce jour, Yégor fut oublié par tous. Mais, cinq ou six ans plus tard, un après-midi d'été, le maréchal-ferrant crut voir passer devant sa forge un traîne-sandale qui ressemblait au disparu. Il lâcha le fer qu'il avait mis à rougir sur son feu et courut sur les pas du vagabond, qu'il rejoignit, dévisagea. Il fut alors certain de reconnaître Yégor, amaigri, les traits ravagés par la fatigue, les cheveux précocement grisonnants, un Yégor presque défiguré, mais enfin c'était lui. Cette évidence terrifia le maréchal-ferrant, qui avait, quatre ou cinq ans plus tôt, signé une reconnaissance de dette à l'implacable. Il bégaya et s'enfuit. Après une telle émotion, il ne put reprendre son travail et parcourut tout le village en annonçant la nouvelle. Les gens sortaient de chez eux, s'attroupaient. Les hommes de confiance qui avaient dépouillé Yégor affectaient le calme, quoiqu'ils fussent aux cent coups. Ils se concertaient : bien sûr, le vol était légal, mais Yégor userait de tous les moyens pour leur faire rendre gorge. Au souvenir de ses cruautés passées, les spoliateurs tremblaient : du rôle de complice, ils allaient passer à celui de victime.

L'accoutrement dont, au dire du maréchal-ferrant, s'était affublé Yégor ajoutait à l'angoisse. Comédie sinistre, pensait-on. Ivan le Terrible, à en croire la chronique, mystifiait parfois ses courtisans en se faisant passer pour mort. Et, quand il réapparaissait, gare à ceux qui s'étaient réjouis de la fausse nouvelle ! Ainsi Yégor simulait-il l'indigence afin de pouvoir exiger plus âprement son dû. Avec lui, les ruses les plus démoniaques étaient vraisemblables. Cependant, il restait invisible, on le cherchait vainement dans toutes les rues, sur toutes les places. Peut-être avait-il seulement traversé le village et s'éloignait-il, à l'aventure, avec son crâne un peu fêlé.

Tandis que les langues allaient bon train, Yégor rendait visite au rebbé. D'abord, ce dernier ne le reconnut pas, mais, quand Yégor se fut nommé, il lui ouvrit les bras.

« On t'a cru mort, on t'a même oublié. Mais je constate que tu t'es sanctifié : ces guenilles, cette barbe sale... L'ermite a donc fait un miracle ! Tu t'es détaché des biens de ce monde !

– L'ermite a changé mon cœur; il lui en coûta beaucoup de temps et de prières. Oui, ce fut long... Depuis, j'erre sur les routes en m'efforçant de vivre comme un juste. »

Un garçonnet aux cheveux blonds et aux joues roses entra dans la pièce en sautillant. A la vue du loqueteux, il poussa un cri de frayeur et se réfugia entre les jambes du rebbé.

« C'est mon petit-fils, dit le rebbé, vois comme il ressemble à sa mère. Cette pauvre Riffké, poursuivit-il en se rappelant tout à coup que Yégor avait changé de cœur par amour pour elle, elle te croyait mort. Elle t'a bien pleuré, va ! Puis elle s'est décidée à en épouser un autre. Vous n'étiez pas fiancés ! Elle ne t'avait fait qu'une vague promesse et sous condition; rien ne lui permettait de soupçonner ta métamorphose.

– Précisément, rebbé, répliqua Yégor avec douceur, c'est cette métamorphose qui me détache de ta fille. De tout mon cœur de juste, je lui souhaite le bonheur avec son mari. »

Yégor prit congé, laissant sceptique le rebbé, qui l'avait trop longtemps connu âpre et orgueilleux pour croire à un changement aussi absolu. L'orgueil, pensa le rebbé, devait subsister sous cette apparence d'humilité et de résignation. Naguère Yégor se voulait le plus opulent, le plus puissant de tous les villageois de Kremantchik. Aujourd'hui, il briguait la place du plus pauvre, du plus proche de Dieu par la piété et par l'abnégation. Vexé d'apprendre que Riffké ne l'avait pas attendu, il jouait le détachement.

Dès qu'il fut dans la rue, Yégor attira le regard des passants. On vint l'examiner sous le nez, c'était bien lui ! De nouveau, le village s'alarma, on accourut, on l'entoura. Il regardait les uns et les autres sans avoir l'air de les reconnaître et, pour le coup, ses commis infidèles s'enhardirent, le croyant devenu idiot.

« Tes trois maisons, tes champs de la vallée de Golak, ça m'appartient maintenant, lui déclara brutalement le gros Nester, celui qui, le premier, avait osé porter la main sur les biens de son maître. Et les isbas de la forêt de Zenov, je les ai vendues avec la terre et les arbres; je garde l'argent, que tu me devais. Les papiers sont en règle, chez le notaire, et, si tu les contestes, je te ferai mettre en prison !

– Ces maisons, ces champs, cette forêt, je les avais mal acquis, répliqua Yégor. Il est juste que je sois volé à mon tour. »

Un murmure de stupeur accueillit ce propos. Puis vinrent le mépris, la haine : Yégor faisait l'effet d'un fauve enchaîné que chacun peut impunément insulter et frapper. Tous ses commis l'invectivèrent, se vantant de leurs méfaits, et aussi d'autres, qui lui devaient de l'argent et qui proclamaient qu'ils ne rendraient pas un kopeck et même quelques-uns avec qui il n'avait jamais eu affaire et qui se prétendaient ses créanciers, exigeant qu'il payât ses dettes.

« Je ne demande rien à personne, dit Yégor quand cessèrent les clameurs, mais je ne puis donner quoi que ce soit, étant aussi pauvre que Job sur son fumier. Cependant, Job fut heureux de se retrouver riche, alors que je souhaite de mourir dans le dénuement, pourvu que Dieu me préserve du péché. »

On ricana, on se frappa d'un doigt sur le front, comme chacun a coutume de le faire pour dénoncer la folie. Le magnat déchu ne présentant plus d'intérêt, les mauvais commis, les menteurs, les insulteurs, les curieux s'éloignèrent par petits groupes bavards. Parfois quelqu'un se retournait et lançait un quolibet au misérable qui s'était accroupi sur la pierre et somnolait.

A la surprise des villageois, Yégor resta à Krementchick. N'ayant plus de toit pour l'abriter, il dormait à la belle étoile. L'hiver, il cherchait refuge dans une grange ou sous un hangar; surpris, chassé, il s'éloignait sans maugréer. Il mendiait dans les rues, raillé par les passants qui le désignaient en ricanant : « Voyez donc l'homme qui faisait trembler la cité! » Les enfants lui jetaient des pierres, sans qu'il tentât jamais de fuir ou d'esquisser un geste de défense. Il subissait ces épreuves avec la résignation du juste qui se soumet à la volonté de Dieu. Les derniers temps, il négligeait même de se nourrir; je crois que le monde dans lequel nous sommes condamnés à vivre ne l'intéressait plus. Ce fut à la veille du Kippour que Riffké, sortie de bon matin, le découvrit affaissé sur les marches de la synagogue, ses yeux grands ouverts et fixes. Elle s'approcha, posa la main sur ces cheveux naguère si blonds et qu'elle voyait maintenant aussi blancs que la neige vierge des hautes montagnes. Il était mort.

« Si je comprends bien, dis-je, il est mort victime de la bonté que lui imposait son cœur de juste.

– Si tu veux ! fit Liza. En notre siècle, on dirait plutôt qu'il fut victime d'un « phénomène de rejet ».

– Et pourtant, objectai-je, si Riffké fut infidèle à Yégor, le rebbé, lui, aurait volontiers accueilli dans sa famille le pécheur repenti. Pourquoi Yégor n'a-t-il pas recherché l'amitié et la protection du saint homme qui l'avait sauvé du mal en lui conseillant de changer de cœur ?

– Peut-être par volonté d'expiation. Ayant semé la désolation, Yégor tenait à souffrir à son tour. Un cœur de juste a des exigences qui déconcertent le commun des mortels.

– Chaque fois que tu me contes une histoire de ton village, un rabbin y tient un rôle.

– Parce que Kremantchik n'était pas un stetl ordinaire. Les Avram, qui y étaient rabbins de père en fils, n'avaient d'autre ambition que de faire vivre leurs coreligionnaires dans la vérité de Dieu.

— Ne s'est-il jamais trouvé un garçon qui souhaitât occuper une autre fonction ? »

Liza répondit en frappant de sa main sur la table :

« Non, cette idée ne pouvait leur venir à l'esprit, tant ils étaient imprégnés de l'esprit divin. Et ce n'était pas là manque d'ambition, puisque rien ne les aurait empêchés de devenir rabbins d'Elizabethgrad ou de Bilgorai. Mais ne crois-tu pas qu'il fallait parfois une ambition démesurée pour être rabbin à Kremantchik ? Ce n'est pas une tâche facile de servir ses semblables, surtout lorsqu'on s'efforce de le faire avec l'humilité qui ménage l'amour-propre de son prochain. A mes yeux, l'ambition n'est pas toujours un défaut, elle peut même, en certains cas, devenir une qualité. Apprends ce qui s'est passé, il y a bien longtemps, à Kremantchik. »

XIII

Le rebbé Avram de l'époque n'avait qu'un fils, il l'aimait plus que tout au monde. Ce fils ne lui donnait que des satisfactions. A dix ans, il lisait la Torah et les livres sacrés n'avaient déjà plus de secrets pour lui. En un mot, il était digne de son père. Le jour de sa Bar Mitzvah, tous les gens du village et des environs vinrent assister à l'événement, et c'en était un, crois-moi : le fils du rebbé allait devenir un homme devant Dieu et devant les hommes. Si tu l'avais vu, notre rebbé! Il n'était pas peu fier! Depuis treize ans, il attendait ce moment où son fils unique prendrait le flambeau que tous les Avram s'étaient passé, de génération en génération, depuis tant d'années.

Dans cette synagogue, où l'ombre était la plus accueillante, la paix la plus profonde, où la pompe du cérémonial invitait à la rêverie, à la réflexion et à la prière, la communauté se recueillait : son destin religieux se jouait entre ce père et ce fils qui échangeaient questions et réponses. D'une voix émue, le rebbé interrogeait son fils, qui répondait à la satisfaction de tous. A un Avram succéderait un autre Avram, cette évidence semblait acquise, quand le rebbé s'avisa de poser une dernière question. On se demanda ce qui l'y poussait, puisque la cause était gagnée. Sans doute le rebbé se fit-il un point d'honneur de parfaire son triomphe, cas d'ambition malencontreuse.

« Mon fils, que veux-tu être plus tard ?

— Comme toi, père. Gardien de notre communauté, rabbin de Kremantchik. »

Cette réponse eût comblé de joie tout autre que notre rebbé. Mais, sans un mot de commentaire, Avram abrégea la cérémonie et rentra chez lui. Au repas du soir, il ne prit qu'un verre de thé et resta muet. Des amis lui rendirent visite après le souper. Il les reçut assez fraîchement. Son air taciturne et inquiet surprit. Son épouse elle-même, la douce Sonia, n'arrivait pas à le faire sourire.

Une crise d'humeur noire ? On le crut d'abord, quoique le rebbé n'en fût point coutumier. C'était un homme enclin à la sérénité, à l'appétit solide, au sommeil régulier. Pieux, dévoué à tous, doté d'un tempérament optimiste. Oserais-je dire, si l'expression n'était trop familière, qu'il se sentait bien dans sa peau ! Quelle surprise, dans tout le village, quand on le vit obstinément soucieux, pâli par l'insomnie, et devenu si obsédé par son mal secret qu'il ne répondait plus aux saluts ! Le médecin, prévenu, vint le voir.

« Tu ne te portes plus aussi bien qu'auparavant, rebbé. Je suis sûr que tu souffres et que ta dignité t'interdit de te plaindre. Tu as maigri, tes traits sont altérés, je voudrais t'examiner.

— Ma souffrance est de celles que tu ne sais guérir, répliqua le rebbé. Dieu seul a ce pouvoir. »

Cette réponse scandalisa le médecin, qui clama dans tout Kremantchik que Rebbé Avram était atteint de la folie des grandeurs. Comme tout bienfaiteur a ses envieux, certains villageois déclarèrent à qui voulait les entendre que le rebbé n'avait plus toute sa raison et qu'il serait peut-être judicieux de lui retirer son ministère. Etait-ce la dernière réponse de son fils à la synagogue qui lui avait troublé l'esprit? Sonia se le demanda et elle pria l'enfant d'interroger son père à ce sujet. Le rebbé le nia, mais en termes si vagues qu'ils ne signifiaient rien.

On le plaignait, on le blâmait aussi : atteint d'un mal incurable (puisque Dieu seul l'en pourrait guérir! il l'avouait lui-même), il se devait de renoncer à sa fonction. Faudrait-il l'y contraindre? Les malveillants le suggéraient. Bientôt la rumeur se répandit jusque dans les villages voisins : rebbé Avram souffrait de troubles mentaux, peut-être même était-il tombé sous l'emprise du dibouk. C'est ainsi que rebbé Yankov fut informé du malheur de son meilleur ami. Les deux rabbins se connaissaient de longue date, ayant fait leurs études à la même Yessivah, et les Yankov tenaient dans leur village le même rôle que les Avram à Kremantchik. Aussi Yankov se fit-il un devoir d'accourir chez le cher compagnon de ses années de jeunesse.

Après les politesses d'usage, ce dernier exposa le but de sa visite :

« Tu ne dors plus, tu ne manges plus, quel est le sujet de ton inquiétude? On prétend que tu as été blessé par la réponse de ton fils. Cependant, ayant assisté à l'office, je crois, au contraire, que tu as tout lieu d'en être satisfait. Je ne vois vraiment pas ce que tu peux reprocher à cet enfant. »

Rebbé Avram hocha la tête et prit un temps avant de répondre :

« Il faut, pour que tu puisses me comprendre,

que tu te souviennes de ma Bar Mitzvah. Il y a à peu près un demi-siècle, après m'avoir donné sa bénédiction, mon père me posa la dernière question : « Mon fils, quelle sera ta vocation ? Que « veux-tu être plus tard ? » Je répondis à mon père que je voulais être Moïse et vois ce que je suis devenu : le rebbé de Kremantchik, communauté de cinq cents habitants... »

Liza s'étant tue, je lui dis :

« Je crois qu'il n'avait pas à s'inquiéter, car il fut « Moïse » pour sa communauté. »

Oui, répliqua Liza, tu as plus que raison. Mais il ne s'en douta jamais, tant il était absorbé par les soucis des autres. On venait le consulter pour la moindre vétille. Rebbé Avram était vraiment un sage. Je crois même que Moïse lui avait donné un peu de son savoir, ce que, dans sa modestie, il ne soupçonnait pas. Je me souviens du jour où Yoska, le porteur d'eau, se présenta et lui dit :

– Voudrais-tu m'expliquer une chose que je n'arrive pas à comprendre ?

– Sois le bienvenu dans ma maison, Yoska, et parle.

– Tu connais Boris, mon cousin, et tu n'es pas sans savoir qu'il est devenu très riche. Que Dieu, dans sa grande bonté, lui donne dix fois et cent fois plus ! Sais-tu, Rebbé, que Boris et moi avons grandi ensemble, que nous partagions tout, joies et peines, qu'il assista à mon mariage et que je fus présent au sien. Bref, rebbé, il était plus qu'un ami pour moi : un frère. Or, depuis que le voilà riche, Boris m'évite et, quand il lui arrive de me rencontrer, à peine daigne-t-il me reconnaître. Je suis pourtant un homme estimable qui, bien qu'exerçant un métier modeste, gagne assez pour n'avoir pas à tendre la main. Je ne demande rien d'autre à Boris que son amitié... Je sais ce que tu vas me dire, rebbé : que Boris travaille beaucoup, qu'il est souvent en voyage... Mais je ne suis pas seul à me plaindre de Boris; son épouse m'a confié son chagrin, car il ne se conduit pas mieux avec elle... Et voilà, rebbé! Peux-tu m'éclairer de tes conseils? »

Le rebbé murmura une prière. Assistant à la scène, je crus voir rayonner son visage et son regard s'illuminer comme si Moïse en personne venait de lui conter une bonne histoire. Puis rebbé Avram parla :

« Yoska, dis-moi ce que tu vois à travers la vitre de cette fenêtre?

— Je vois des enfants qui jouent, un vieillard assis qui rempaille une chaise, deux commères qui bavardent... En un mot, la vie quotidienne de notre village... Mais pourquoi me poses-tu cette question?

— Retourne-toi, reprit le rebbé, et regarde dans cette glace; qu'y vois-tu?

— Je n'y vois que mon reflet.

— Es-tu sûr de n'y voir rien d'autre?

— Non, rien d'autre! Rien d'autre, absolument. »

Rebbé Avram hocha la tête d'un air affligé, resta une bonne minute silencieux et répliqua :

« Tu as raison, Yoska, il n'y a rien d'autre dans cette glace que ton propre reflet. Et ma petite expérience des hommes me persuade qu'ils sont souvent semblables à cette glace... Tiens, considère cette même vitre, en imaginant qu'il y ait un peu d'argent derrière. Alors, crois-moi, tu ne verras ni la vie du village, ni — et moins encore — tes amis. »

Liza leva sur moi un regard plein de tristesse. Comme son rebbé Avram, elle semblait méditer. Je ne pus m'empêcher de lui dire que j'avais rencontré des hommes plus désintéressés.

« Je n'en doute pas, admit-elle, mais en est-il beaucoup? Si rares soient-ils, fréquentes-en autant que tu pourras, ils feront de toi un optimiste.

— Dis-moi, Liza, rebbé Avram appartenait-il à la famille des optimistes?

— Cela me semble évident. Sinon, comment aurait-il fait pour résoudre les problèmes de cette étonnante communauté de Kremantchik? Je crois qu'il n'y serait pas parvenu s'il n'avait eu le sens de l'humour. Certains différends étaient tellement cocasses! Même au terme de sa vie, notre cher rebbé n'avait rien perdu de son humour, ni de l'habitude qu'il avait prise de persifler ses petits travers et surtout ceux des autres; ainsi, en dépit de l'âge et des déconvenues, gardait-il confiance dans la vie. Il enterra tous ses amis de jeunesse et personne n'aurait su dire s'il avait ou non passé le cap de la centième année; lui-même en était venu à oublier la date de sa naissance. Qui se souciait, d'ailleurs, de savoir quand il avait vu le jour? Chacun souhaitait qu'il continuât à assurer ses fonctions, et je peux t'affirmer qu'il le faisait sans jamais se plaindre de ses infirmités et toujours avec ce goût de la plaisanterie, qui était pour lui un véritable bain de jouvence. Tu vas t'en rendre compte par toi-même. »

Par une chaude journée d'été, Yoska, le porteur d'eau, vint le voir, le suppliant de procéder à la circoncision du fils d'Olga.

« Tu sais, rebbé, Olga, la cadette du cordonnier qui ne met jamais les pieds à la synagogue. Voici cinq jours qu'elle a accouché d'un gros garçon de sept livres.

– C'est trop exiger d'un homme de mon âge, protesta le rebbé. Il serait grand temps que je prenne ma retraite! J'ai les plus grandes peines à marcher et ton Olga habite loin du village. Adresse-toi plutôt à un autre rabbin.

– Tu n'as pas le droit de refuser, rebbé, insista le porteur d'eau. C'est toi qu'Olga veut voir circoncire son fils, toi qui l'as vue grandir, qui l'as mariée, et non un rabbin qu'elle ne connaît pas. Si tu acceptes, elle ira plus souvent à la synagogue et elle y ramènera son père. Si tu rejettes sa requête, la faute retombera sur toi. D'autant que tu n'auras pas d'excuse; je viendrai, en effet, te chercher moi-même avec ma carriole. »

Rebbé Avram aurait eu mauvaise grâce de ne pas céder devant de tels arguments. Le jour fixé pour la circoncision, il monta dans la voiture que Yoska arrêta devant sa porte. Si tu avais vu la mine heureuse de Yoska! Sa joie et sa fierté! Il l'avait gagnée, sa part de Paradis! Il fit claquer son fouet, lança des « Hi! Hi! Brou! Brou! » et l'animal prit le pas sur une route plate comme les dalles d'une synagogue.

« Il est vieux, dit Yoska, mais ne s'en tire pas trop mal. Te souviens-tu, rebbé, du joli bidet à longs poils que tu m'avais offert et que je me suis laissé prendre par Yvan le riche! C'était un vaillant, celui-là, un infatigable! J'ai beaucoup perdu quand Yvan le riche est venu me le voler! Si tu n'avais été en voyage, rebbé, tu m'aurais défendu!

— Sans doute, Yoska, sans doute.

— Ce bidet, reprit Yoska après un silence, il nous aurait menés au grand trot jusque chez Olga... Il est vrai qu'il serait vieux aujourd'hui et même, depuis longtemps, enterré... Hi! Hi! Brou! Brou!... Il est vieux, celui-ci aussi, plus que vieux, et il n'a jamais été très porté sur le travail. Vois-tu, rebbé, chez certains, l'âge corrige les défauts; chez d'autres, il les aggrave. »

Le soleil chauffait et la rosse transpirait. Comme la route commençait à monter jusqu'au sommet d'une éminence que le regard découvrait à travers les sapins, l'animal ralentit son pas et malgré les « Hi! Hi! » finit par s'arrêter.

« Il est très vieux, constata Yoska. En outre, je l'ai toujours connu plutôt fainéant. Si tu n'étais pas toi-même aussi âgé et si Yvan le riche vivait encore, je te demanderais de me ramener à ces superbes écuries où je pourrais faire un bon choix. Mais il paraît qu'elles n'existent plus, ces écuries, qu'un incendie les a détruites, brûlant tous les chevaux qu'elles abritaient. Je me demande pourquoi les palefreniers n'ont pas pensé à ouvrir les portes.

— Parce que le maître était absent, répliqua le rebbé. Les palefreniers de garde en ont profité pour aller dormir dans leur lit, comme ils le faisaient cette nuit où nous sommes allés chercher ton bidet.

— Nous aurions dû revenir cette nuit-là, dit Yoska. Pour sauver les bêtes et choisir un bon cheval... Je m'excuse, rebbé, mais il vaut mieux monter cette côte à pied, par pitié pour ce vieux serviteur qui fait de son mieux. »

Le rebbé descendit de voiture, malgré sa sciatique qui lui arracha un gémissement. Mais le cheval semblait changé en statue : il fut impossible de l'obliger à mettre un pied devant l'autre. Yoska se plaça devant lui, tira sur les rênes, fit mine d'offrir un morceau de sucre, menaça et, Dieu lui pardonne! blasphéma. Peine perdue.

« Cette carriole est lourde pour des muscles affaiblis, dit-il. La bonne volonté ne te manque pas, mon pauvre, ajouta-t-il en caressant l'encolure du cheval. Ce sont tes forces qui te trahissent. Mais ne t'inquiète pas, on va te donner un coup de main... Rebbé, nous ne manquons pas de vigueur, l'un et l'autre. Aide-moi, s'il te plaît, à pousser la voiture. »

Sans protester, le rebbé s'exécuta. Des trois, le cheval qui tirait, les hommes qui poussaient, il était certainement le plus fatigué quand le haut de la côte fut atteint. Transpirant, soufflant, le cœur en déroute, il manqua plusieurs fois de tomber. Quand l'attelage s'arrêta, il épongea son front et s'assit sur le bas-côté, la respiration sifflante, prêt à demander grâce. Le sentiment de sa dignité l'emporta et il pria seulement Yoska de l'aider à remonter sur le siège. A peine fut-il installé que la carriole commença à descendre l'autre versant de l'éminence, une pente encore plus abrupte que la première. Là, quoique Yoska eût mis le frein, le cheval prit le trot; un trot forcé, qu'accélérait le poids de la voiture. A chaque enjambée, la rosse semblait sur le point de trébucher et le rebbé se cramponnait craintivement aux ridelles du véhicule, aussi vétuste que l'animal. Les roues grinçaient, le frein crissait, et Yoska s'agrippait aux rênes.

« Si l'on continue ainsi, dit-il d'une voix blanche, nous allons prendre le galop. Alors, je ne répondrai plus de rien. Rebbé, m'est avis qu'il faut descendre et aller à pied, ce qui vaut mieux que de se rompre les os. »

Telle était aussi l'opinion de rebbé Avram, qui retrouva le sol de la route avec autant d'allégresse que lui permettait sa fatigue. Comme il avait perdu l'habitude de la marche, les jarrets lui cuisaient. Cependant, il ne se plaignait pas, quoique cette maudite descente fût fort longue, car elle débouchait sur une basse plaine aux herbes roussies par la sécheresse. A mi-côte, la pente devenant plus raide, la pression de la carriole sur le cheval s'accentua et Yoska pria rebbé Avram de saisir à pleines mains les ressorts et d'y peser de tout son poids afin de soulager la pauvre bête; encore un mauvais moment à passer, mais après...

Après, la route fut plate à perte de vue. Herbes, orties et parfois, dans un pli de terrain, un bouquet de bouleaux. Rebbé Avram, les jambes molles, s'assit sur une souche de sapin; il avait peine à reprendre son souffle.

« Je regrette de n'avoir pas emporté une bouteille de thé froid, dit Yoska, car tu dois avoir aussi soif que moi. Si encore je pouvais t'inviter dans une auberge! Mais, d'ici la maison d'Olga, il n'y a pas la moindre habitation, ni même un seul arbre sous lequel nous pourrions nous reposer un instant! Ah! ce soleil! Si j'étais le Bon Dieu, je supprimerais les saisons, toutes à l'exception du printemps. Un mois de mai perpétuel, ni chaud ni froid, avec des feuilles vert tendre sur les branches et des fleurs partout.

— Je me reposerai sur le siège de ta carriole, répliqua rebbé Avram. Mes varices me brûlent, mon cœur bat trop vite et il faut que je retrouve mes forces avant de circoncire l'enfant. Je t'avais prévenu : ce genre d'expédition n'est plus de mon âge. »

Il se leva en soupirant, posa une main sur les ridelles, l'autre sur le plancher de la voiture, et attendit l'aide de Yoska pour se hisser à bord. Mais Yoska resta immobile, appuyé sur son fouet.

« Hâte-toi, reprit rebbé Avram. Cette côte nous a retardés et maintenant le temps presse.

– Non, rebbé, fit Yoska en hochant la tête, soyons raisonnables. Mon pauvre cheval n'en peut plus et il vaut mieux que nous cheminions à pied pour ménager ses forces. D'ailleurs, nous n'en avons plus pour bien longtemps et je te promets que nous serons à l'heure. Vois-tu, rebbé, tout cela c'est la faute d'Yvan le riche. S'il ne m'avait volé, je dis bien volé, mon bidet, je n'en aurais pas été réduit à acheter à bas prix un mauvais cheval. Un cheval qui n'a pas tardé à crever et que je n'ai pu remplacer que par un autre mauvais cheval. De fil en aiguille, j'en suis arrivé à ce porte-choux que tu vois là, une vraie carne qui ne fut jamais franche du collier et qui aujourd'hui ne tient guère mieux sur ses jambes qu'un vieil ivrogne. Yvan le riche m'a ruiné, rebbé, et c'est à cause de lui que nous allons finir notre voyage à pied. »

Tout en parlant, Yoska se dandinait d'un air embarrassé. Il était difficile de deviner s'il était vraiment contrit ou s'il jouait la comédie. Peut-être cheval et voiture ne lui avaient-ils servi que pour décider le rebbé; il prévoyait, avant d'avoir pris la route, qu'il faudrait cheminer sur plusieurs verstes, tantôt poussant ou retenant la carriole, tantôt marchant auprès d'elle. Mais comment protester ? Rebbé Avram se résigna quoiqu'il fût recru de fatigue. Il titubait, quand il arriva devant la maison d'Olga; ses oreilles bourdonnaient, son regard se voilait. Yoska s'approcha de lui et, sur un ton triomphant :

« Tu peux constater, dit-il, que je ne t'avais pas menti ! Comme je le prévoyais, nous sommes arrivés sur le coup de midi. »

Et il désigna le cadran solaire qui ornait la façade de la maison. Rebbé Avram comprit alors que le porteur d'eau l'avait délibérément dupé et cela sans crainte ni remords : avec l'aide de Dieu, un saint homme doit franchir la limite de ses forces. Il n'en était pas moins vexé et tenait à avoir le dernier mot.

« Sans doute, mon ami, fit-il en reprenant son souffle, sans doute ! Je voudrais cependant te poser une question : dis-moi, Yoska, pourquoi as-tu emmené le cheval ? »

Tel était rebbé Avram; même exténué, le quasi-centenaire gardait son esprit de repartie. Son grand âge lui donnait une singulière autorité, il lui arrivait d'en tirer parti pour se prévaloir de souvenirs imaginaires, mais toujours, bien entendu, afin de servir la cause du bien. Ainsi le jour où il reçut la visite de Temele, le forgeron, un homme au physique trompeur : colosse velu comme un loup, mâchoire carrée, regard impérieux et, sous ces dehors imposants, pas une ombre de caractère. Le fils de Temele, le petit Zemach, galopin aux cheveux jaunes et aux oreilles décollées, terrifiait son père, dont il avait fait son souffre-douleur.

« Les rôles sont renversés, gémit Temele, je devrais commander et je dois obéir; réprimander et je subis toutes les avanies; punir et je suis pratiquement mis en pénitence. Mon fils est le plus mauvais élève de l'école et, au lieu de faire effort pour mieux travailler, il m'accable de reproches. Si j'étais riche, dit-il, le savoir lui serait inutile. Tu sais que j'ai de l'ambition pour lui, que je souhaite qu'il devienne un clerc ou un scribe et non un pauvre forgeron comme moi. Mais comment atteindre ce but s'il refuse d'apprendre la grammaire et le calcul ?

— Envoie-moi ton fils aujourd'hui même, dit le rebbé. Je te le renverrai si doux et si docile que tu ne le reconnaîtras plus. »

Une heure plus tard, Zemach se présenta chez rebbé Avram, le visage hargneux, car cette visite le privait d'une partie de plaisir avec quelques autres polissons. Le rebbé considéra avec attention les petits yeux fuyants, très pâles, de l'enfant. Puis il demanda :

« Pourquoi es-tu injuste avec ton père ?

— Parce qu'il est pauvre. S'il était intelligent, il serait riche. Quand il était jeune, on lui a proposé une place d'intendant, il l'a acceptée, mais, comme il était incapable de tenir ses comptes, son maître l'a congédié et il est retourné à l'enclume et au marteau. S'il avait su se montrer digne de son emploi, je serais né dans le château d'un boyard, non dans une misérable isba; je mangerais à une bonne table et, comme mon père se serait certainement enrichi sur le dos du seigneur, j'aurais un avenir de bourgeois désœuvré et je pourrais donc me dispenser d'étudier. Voilà pourquoi je déteste mon père.

— Tu n'es pas le premier à éprouver un tel sentiment, dit le rebbé. Autrfois, il y a très longtemps, j'ai connu Adam, notre père à tous.

— Vous avez connu Adam? s'écria Zemach, stupéfait.

— Après la mort d'Eve, son épouse, il était venu prendre sa retraite à Kremantchik, reprit imperturbablement rebbé Avram. Nous connaissions ses malheurs et nous les respections. Fort âgé, il marchait avec peine, mais il gardait bon œil et fine oreille, ainsi que toute sa raison. Ce soir de printemps, assis sur une chaise devant l'école, il observait les enfants qui sortaient de classe, pieds nus et sacoche de cuir en bandoulière.

— On allait déjà à l'école! s'étonna Zemach.

— Evidemment! L'homme connaissait déjà les bienfaits de l'instruction. Donc les écoliers passaient en riant et en se bousculant devant le père Adam tout réjoui d'avoir déjà une si nombreuse postérité, et voilà que l'un d'eux, poussant du coude le camarade qui l'accompagnait, s'écria en désignant le patriarche : « Regarde un peu le « vieux débris! Si cet imbécile ne s'était pas fait « chasser du Paradis terrestre, nous ne serions « pas obligés d'aller travailler à l'école! »

« Adam hocha tristement la tête et pensa : « Les jeunes, qui me doivent la vie, ne respectent « plus rien. » Je crois même qu'il essuya une larme. Rentré chez lui, au lieu de faire ses devoirs, le petit rancunier profita de l'absence de ses parents — son père jouait aux cartes à l'auberge, sa mère prenait le thé chez des voisins — pour grimper au cerisier et bâfrer à ventre-que-veux-tu de ces fruits qui lui étaient défendus. Un bruit suspect l'alarma; il voulut descendre à la hâte, glissa, se brisa les deux jambes. Cet accident arrêta sa croissance, il resta un nabot, estropié par surcroît. Cela n'empêcha pas une jeune fille de l'épouser plus tard par charité. Mais il ne put exercer que des métiers dérisoires et fut presque réduit à la mendicité. Il eut un fils, qui le traita comme il avait lui-même traité le vieil Adam, comme tu traites ton père et comme tu seras peut-être traité par tes propres enfants. Car, nul d'entre nous n'étant innocent, tout père est sujet aux reproches de sa progéniture. Quel est celui qui nous a causé le plus grand tort ? Adam assurément, car, s'il n'avait fauté, nous nous prélasserions en un lieu de délices, et nous ignorerions la maladie et la mort. Mais, sans lui, nous n'existerions pas et la vie la plus ingrate vaut mieux que le néant. Tu as donc le devoir de vénérer ton brave homme de père à qui tu dois corps et âme. »

Il paraît que Zemach devint un bon fils, mais ce n'est pas tant cela qui nous intéresse que la dextérité de rebbé Avram pour adapter un personnage biblique aux commodités de sa fiction. Car le rebbé s'amusait parfois à inventer des histoires plus ou moins drôles qu'il donnait pour vraies, et toujours dans un but édifiant.

« Tout de même, dis-je, l'anachronisme ne l'effrayait pas. Puisque rebbé Avram a eu plusieurs vies, peut-être se trouve-t-il aujourd'hui réincarné comme tu l'es toi-même, Liza, et a-t-il, tandis que je te parle, l'occasion de placer son histoire du vieil Adam. Mais les enfants ne sont plus aussi crédules et seul un demeuré goberait une telle histoire.

— Ils y croiraient encore, protesta Liza, et tu y croirais toi-même si tu l'écoutais. Dans cette histoire du vieil Adam que je t'ai brièvement contée, rebbé Avram mettait une verve et une passion qui la rendaient vraisemblable, tout simplement parce qu'il se prenait à son invention et qu'il eût juré sur le Talmud avoir connu Adam et s'être entretenu avec lui du péché originel.

– Bref, dis-je, agacé, il tombait parfois dans la folie et y entraînait ses auditeurs.

– Il n'y a pas de foi religieuse sans un peu de déraison. Aussi le rebbé n'était pas plus fou que ses meilleures ouailles qui ne croyaient pas moins que lui au Tout-Puissant. Il lui arriva de s'associer volontairement aux fantasmes d'une fillette de Kremantchik, afin de la sauver du désespoir et de la mort. »

Liza but une gorgée de thé qui restait au fond de son verre, s'accouda à la table, le front appuyé à la paume de sa main droite. Elle resta ainsi quelques minutes. Je crus qu'elle s'était assoupie. Ou rêvait-elle ? Je n'osais parler, respectant son silence. Enfin elle leva la tête. Elle allait parler. J'attendis.

XIV

Liza croisa les mains et reprit :

Il y a bien longtemps, donc, non loin de la mer Caspienne, vivait le petit bourg heureux de Kremantchik. Chacun faisait son devoir, les femmes au rouet, les hommes à l'atelier, aux champs ou à la garde des troupeaux, et chacun était heureux.

À l'exception toutefois d'Hémon, le tailleur, et de sa femme Tsouré, le seul couple du village qui n'eût ni enfant ni espoir d'en avoir un jour. Hémon et Tsouré avaient en vain prié le Tout-Puissant pour qu'il protégeât leur union. S'ils priaient toujours avec la même ferveur, ils renonçaient, au terme de leurs oraisons, à lancer l'adjuration : « Oh ! Seigneur ! Donne-nous l'enfant qui fait le bonheur du foyer des justes ! »

Ce fut presque par hasard que les deux époux se décidèrent à confier leur peine à rebbé Avram, s'étonnant de n'y avoir pas songé plus tôt.

Le rebbé leur prêta une oreille attentive puis les rassura :

« Le désespoir et la résignation ne servent à rien. Mieux vaut supplier le Seigneur jusqu'à ce qu'il vous exauce. Ce soir, je lui parlerai, je plaiderai votre cause, confiant dans sa bonté. Je puis vous affirmer que je serai entendu. »

Après cette entrevue, Tsouré se rendit souvent seule à la synagogue. Et elle fut bientôt enceinte. Le miracle avait eu lieu.

Au lieu de naître, comme tous les enfants, avec un duvet clair sur le crâne, la petite Sabine vit le jour avec une tête déjà ornée d'une chevelure brune et bouclée; et ses yeux s'ouvraient déjà tout grands sur la vie. Quelle joie pour Hémon et Tsouré ! Toute le village fêta l'extraordinaire événement, on fit bombance pendant deux jours. Le rebbé fut vénéré par tous, on voyait en lui l'instrument de la bonté divine.

L'enfant grandit. La plus grande joie d'Hémon était de la promener dans les rues de Kremantchik, non par orgueil, quoique Sabine fît l'admiration des villageois, mais parce que la fillette se divertissait au spectacle de ce monde en miniature.

Hémon, qui avait été si humilié d'être privé d'enfant, savourait son bonheur. Il connut ainsi, avant de mourir, de belles saisons : Dieu lui fit cette grâce.

Car la maladie l'attendait; elle fondit sur lui, un soir de printemps, et l'emporta en quelques heures. Une mauvaise fièvre, diagnostiqua le médecin, qui avait plus de bonne volonté que de science. Le premier soin de Tsouré fut d'éloigner Sabine. Ce fut assez facile, la fillette étant alors en séjour chez des cousins, à trois lieues de Kremantchik. Ces cousins furent priés de garder l'enfant pendant quelques jours et de lui cacher la mort de son père. Le corps d'Hémon prit le chemin du cimetière, tout le village assista aux obsèques. A l'issue de la cérémonie, le rebbé fit part aux villageois du désir de Tsouré : afin d'éviter à Sabine un chagrin qui risquait de faire sombrer sa raison, nul ne lui parlerait du décès de son père. Hémon était parti pour un lointain voyage, telle serait la vérité officielle.

Il fallait un très grand courage à Tsouré pour entrer dans ce jeu. Dès le retour de Sabine, elle s'imposa, en effet, une mine rieuse, un ton gai, des propos plaisants; rien ne devait faire soupçonner à l'enfant le malheur qui la frappait.

« J'ai rencontré aujourd'hui un montreur d'ours qui a vu ton père avant-hier. Ils ont même soupé ensemble. Ton père va bien, il te fait dire d'attendre sagement son retour.

– Et quand reviendra-t-il ?

– Bientôt, sois patiente. »

Sabine ne cessait d'interroger sa mère. Pourquoi Hémon était-il parti aussi soudainement ? Pourquoi n'était-il pas venu lui faire ses adieux chez les cousins ? Pourquoi ne faisait-il pas parvenir le moindre message ? Tsouré devait s'armer d'une patience héroïque pour répondre à ces questions qui la frappaient souvent à l'improviste.

Bientôt, la fillette délaissa ses jouets. Elle fuyait la compagnie de ses camarades et Tsouré la trouvait souvent au fond de l'atelier paternel, blottie parmi les chutes de tissus et enroulée dans une vieille chemise qu'Hémon portait quand il travaillait. Ainsi restait-elle durant des heures, dodelinant de la tête, le regard absent.

Le médecin du village s'avoua honnêtement incapable de guérir Sabine. Il aurait pu prescrire des remèdes, ou mieux encore s'en tirer avec des paroles lénifiantes, à la manière des charlatans :

sa conscience s'y refusa. Tsouré s'en fut désespérée. Emus par sa détresse, les bonnes gens du village se cotisèrent pour lui permettre de consulter les plus éminents praticiens de la contrée. Moins scrupuleux que le médecin du village, ces hommes, dont le savoir était loin d'égaler la notoriété, accablèrent Tsouré de propos pédantesques, propos qu'ils faisaient payer au plus haut prix. Sabine était folle, disaient-ils, se trouvant tous d'accord sur ce point. L'un conseillait des saignées, l'autre des tisanes, chacun, repérant la bonne cliente, proposait de « suivre » la malade, laissant entendre que la guérison viendrait à son heure, pourvu qu'on fût patient et qu'on ne lésinât pas sur la dépense.

A son tour, Tsouré manqua de perdre la raison, d'autant que l'état de Sabine empirait; la fillette n'absorbait plus que du lait, cuillerée par cuillerée; elle dépérissait à tel point que le médecin du village ne lui donna plus que quelques jours à vivre. Tsouré eut alors l'idée de se confier à rebbé Avram. Dieu seul pouvait sauver Sabine, ce Dieu que le rabbin priait avec ferveur : ne le disait-on pas en communication permanente avec le Tout-Puissant ?

« Sabine est un peu mon enfant, dit le rebbé, puisqu'elle doit la vie à un miracle de Dieu. Non pas que je me considère comme le Tout-Puissant, ce serait là une pensée sacrilège. Mais le Seigneur a bien voulu exaucer ma prière. Prions encore, Tsouré, et nous serons entendus. »

Le rebbé pria donc et jeûna jusqu'au lendemain. Dès le matin, il rendit visite à la petite malade; les volets de la pièce étaient clos, Sabine ne pouvant plus supporter la lumière. Il alluma une chandelle, dont il dissimula la flamme derrière sa main, vit un visage exsangue et fiévreux, des jouets épars, des vêtements pliés sur une commode et, auprès de la malade, un plateau de friandises dédaignées par la fillette. Les bras de Sabine l'effrayèrent : ils étaient devenus tellement frêles qu'ils semblaient prêts à se briser au moindre contact.

« Bonjour, Sabine, dit rebbé Avram en s'asseyant au chevet de la petite, Dieu m'a ordonné de venir chez toi pour te sauver. Tu dois manger, afin de reprendre des forces, et courir dans la campagne, afin de pouvoir admirer les fleurs, l'herbe, les arbres, toutes les beautés de la création; c'est offenser le Seigneur que de les dédaigner. Lève-toi et viens, nous rapporterons un grand bouquet à ta mère. »

Il se pencha et effleura de ses lèvres les cheveux noirs que la sueur collait aux joues de Sabine. L'enfant ne répondit pas, mais elle se tourna lentement vers le rebbé. Mais le rebbé ne semblait pas la voir. Il s'était redressé et regardait fixement le plancher de la chambre. Où se trouvait-il ? Dans l'ombre, auprès de Sabine, ou très loin de là, en communication avec Dieu ? La voix de la fillette l'arracha à son recueillement :

« Dis, rebbé, vois-tu, toi aussi, Kiriglans ? »

Rebbé Avram avait tressailli. Il releva la tête. Qui venait de parler ? Sabine, bien sûr. Il ne comprenait rien à son propos. Cependant il répondit avec toute la douceur qu'il devait à sa piété :

« Bien sûr, ma petite fille, je le vois, ton Kiriglans !

— O rebbé, s'écria l'enfant qui semblait avoir tout à coup recouvré toutes ses forces, ne lui trouves-tu pas une mauvaise mine ? Je le vois blanc et noir, il manque de couleurs pour un pingouin! Regarde ses yeux! N'a-t-il pas l'air malade?

– En effet, il a l'air malade, fit Avram, qui ne voulait pas contrarier la fillette.

– Dis-moi, rebbé, dis-moi ce que je dois faire pour qu'il ait des joues bien roses et pour qu'il puisse jouer avec moi!

– Oh! c'est simple! Si tu manges un peu, tu reprendras des forces et ton ami retrouvera ses belles couleurs. »

Sabine eut un sourire qui éclaira sa face exténuée.

« J'ai faim, dit-elle. Nous avons faim. »

Elle se dressa légèrement et s'accouda sur la couette. Puis elle reprit d'une voix autoritaire :

« Va dire à maman que Kiriglans et moi nous mourons de faim. Je veux des gâteaux, je veux du lait pour Kiriglans.

– Chut! fit le rebbé en posant un doigt sur ses lèvres. Ne fais pas trop de bruit, parce que ton Kiriglans ne nous connaît pas encore. Il pourrait prendre peur et s'enfuir.

– Je ne veux pas qu'il s'en aille! s'écria Sabine. C'est mon ami! »

Ses bras étreignirent une forme imaginaire. Puis ses mains ouvertes firent plusieurs mouvements très lents et très doux, de gauche à droite, de droite à gauche – on eût dit deux oiseaux qui cherchent où se poser – comme si elle caressait la tête du pingouin. Silencieusement, le rebbé sortit de la chambre, descendit l'escalier et rejoignit Tsouré qui attendait dans la grande salle du rez-de-chaussée, en compagnie de quelques amis curieux de savoir si un homme de Dieu réussirait où avaient échoué les hommes de science. Voyant paraître Avram, Tsouré se leva brusquement, le visage en larmes.

« Je n'ose plus espérer ! s'écria-t-elle. Que m'annonces-tu ?

– Que ta fille est guérie : elle veut manger.

– Tu as guéri ma fille ?

– Non, c'est à Dieu que nous devons ce miracle. »

Tsouré eut un mouvement pour embrasser rebbé Avram, qui la repoussa en la regardant gravement dans les yeux.

« Ecoute-moi. Ta fille est sans doute guérie, mais elle vit avec un pingouin.

– Un pingouin ! s'exclama Tsouré. Tu te moques, rebbé ! »

Les amis se rapprochèrent en s'entre-regardant avec stupeur. L'un d'eux fit un geste irrespectueux, se tapant légèrement le doigt sur le front. Sabine avait-elle donné son mal à rebbé Avram ? La folie ne s'attrape cependant pas par contagion, comme le rhume de cerveau ou le choléra ?

« Rassurez-vous, reprit le rebbé, je n'ai pas perdu la raison. Sabine s'imagine qu'elle a maintenant un grand ami, le pingouin Kiriglans. Tu ne dois pas la contrarier, Tsouré, il faut que, toi aussi, tu croies à ce pingouin si tu veux que ta fille vive.

– Je t'entends bien, rebbé. Tout ce que je souhaite, c'est que ma fille vive.

– Tu dois croire à ce pingouin aussi fermement qu'au Seigneur Tout-Puissant. Tu ne le verras pas, mais notre Dieu, le vois-tu ? Ce Dieu qui a envoyé un pingouin auprès de ta fille pour la sauver.

– Mais voyons, rebbé, ce pingouin existe-t-il, oui ou non ?

— Je n'ai pas à répondre. Pour Sabine, il existe puisque Dieu l'a voulu ainsi. Tu n'oublieras donc jamais de demander, chaque jour et même plusieurs fois par jour, s'il a faim ou soif, s'il a bien dormi. Ne manque pas de t'inquiéter de sa santé, car Sabine se désole à la pensée qu'il pourrait tomber malade. »

Une nouvelle vie s'organisa; ils furent trois au foyer. A table, une place était réservée à Kiriglans, qui partageait le repas de Sabine et de Tsouré. Le pingouin couchait auprès de la petite fille, qui le choyait comme elle avait choyé naguère sa poupée favorite. Elle lui parlait comme elle avait parlé à sa poupée, le brossait, le cajolait, jouait avec lui.

Souvent Tsouré s'interrogeait sur les motivations qui incitaient Sabine à imaginer cette étrange présence. Animal ou être humain, Kiriglans? Il était impossible d'en décider. Sabine n'entreprenait rien sans l'avoir consulté. Ainsi, quand il neigeait, demandait-elle à Kiriglans s'il était ou non prudent de sortir. Chaque fois, Kiriglans rendait son oracle. On pourrait croire que Sabine trouvait ainsi une bonne raison pour satisfaire toutes ses fantaisies. Ce n'était nullement le cas, Kiriglans ne donnait jamais que de sages conseils, ce qui permet d'affirmer qu'immatériel ou non il devait être inspiré par Dieu.

Malgré tout, il était pénible pour Tsouré de subir sans répit cette fiction. La mort d'Hémon l'avait laissée dans une demi-misère, elle se trouvait dans l'obligation de louer ses services à quelques voisins fortunés, afin de pouvoir payer la nourriture et le vêtement. Souvent les soucis la rongeaient, aggravés par la tristesse de son deuil. Il lui fallait alors une solide volonté pour ne pas s'emporter quand Sabine l'entretenait de Kiriglans.

« Attention, lui dit, un soir, la fillette, tu l'as bousculé ! Tu ne le vois donc pas ? »

Tsouré posa la soupière fumante sur la table et répliqua avec humeur :

« Non, je ne le vois pas. Comment est-il, ton oiseau ?

– Ce n'est pas un oiseau, c'est un pingouin.

– Comment le sais-tu ? Tu n'en as jamais vu.

– C'est vrai, je n'en avais jamais vu avant de voir Kiriglans... Regarde-le donc. La tête, le cou, le dos sont noirs, mais il y a un petit trait blanc qui va du bec à l'œil. Son ventre est blanc. Ses pieds sont palmés et il n'a que trois doigts.

– Est-ce qu'il vole bien ? demanda Tsouré d'une voix moqueuse.

– Non, mais il sait nager. C'est un oiseau qui vit comme un poisson.

– Admettons-le. Ce que je ne puis concevoir, c'est qu'il soit venu jusqu'ici. Les pingouins vivent très loin dans le nord, d'après ce qu'on raconte. Non seulement tu n'en avais jamais vu, mais tu ignorais même leur existence.

– Ça prouve justement que Kiriglans est un vrai pingouin, répliqua Sabine sans se démonter. Comment pourrais-je imaginer une chose dont je n'ai pas entendu parler ? La première fois que je l'ai vu, j'ai pensé : « Tiens, voilà un pingouin », et j'ai même deviné qu'il s'appelait Kiriglans. »

De tels propos ne pouvaient qu'irriter Tsouré tout en la désespérant. Plus d'une fois, elle fut sur le point de déclarer brutalement que Kiriglans n'était qu'une fumée de démence, que jamais un pingouin n'avait mis les pattes à Krementchik et qu'elle interdisait dorénavant toute allusion à ces billevesées qui lui empoisonnaient l'existence. Mais elle se rappelait alors que rebbé Avram avait sauvé la vie de Sabine (Avram, ou plutôt Dieu, dont le rebbé n'était que l'instrument) et que, sans Kiriglans, le salut de la fillette n'eût pas été possible. Il fallait donc entrer dans le jeu de Sabine, sous peine d'offenser le Seigneur. Tsouré s'y employa en refoulant ses mouvements d'impatience; elle alla jusqu'à s'enquérir d'elle-même de la santé, des humeurs de Kiriglans, jusqu'à adresser des propos aimables à ce tiers insolite, propos que traduisait la fillette, Tsouré ignorant, bien entendu, le dialecte des pingouins.

L'attitude des villageois encourageait Tsouré dans ses efforts de patience et de compréhension. Il n'y avait pas que des braves gens à Kremantchik. Mais chacun, jusqu'au plus malveillant, s'ingénia à se rendre complice du rêve de l'enfant. Rebbé Avram les y incita en réservant, à la synagogue, une place pour Kiriglans auprès de la fillette. Quant aux autres enfants, ils admirent sans difficulté le compagnon de Sabine dans leurs jeux. Ça les flattait de lier connaissance avec un pingouin. Evidemment, on souriait un peu, quand Sabine discutait avec Kiriglans, quand elle lui faisait d'interminables discours. Mais personne n'osait se moquer : Sabine parlait avec un tel sérieux que le plus sceptique en aurait été troublé.

A l'école, où le maître s'accommodait de l'élève Kiriglans, qui y tenait sa place comme à la synagogue, Sabine faisait bonne figure. Il arriva que, devant un problème difficile à résoudre, toute la classe renonça, à l'exception de Sabine qui trouva très vite la solution. Quand le maître la félicita, la fillette répondit vivement :

« Je ne mérite aucun éloge : c'est Kiriglans qui m'a soufflé la réponse. »

Quand le maître ordonnait à ses élèves de faire un dessin, chaque copie représentait un pingouin. Le boulanger cuisait des gâteaux en forme de pingouin. Cela devint une obsession.

Sabine grandit, atteignit sa dix-septième année. Un soir, à la fête, elle dansa avec un garçon du village voisin. Ce Guerschem, un jeune tailleur, était très beau, aussi blond de cheveux, aussi doux de regard que l'avait été Hémon. Sabine en rêva toute la nuit. D'ailleurs, elle l'épousera bientôt. Quand, le matin venu, la jeune fille descendit à la cuisine, elle vit sa mère disposer trois bols sur la table.

« Voyons, mère, nous ne sommes plus que deux. Tu devrais savoir que Kiriglans est parti hier soir. Je ne le reverrai plus, il est retourné auprès de père. »

Un instant, Tsouré demeura stupéfaite. Sa fille serait-elle guérie ? Elle n'osait s'en réjouir, craignant qu'après un éclair de lucidité Sabine retombât dans la démence. Afin de l'éprouver, elle versa du lait dans les trois bols.

« Ne m'as-tu pas comprise ? fit Sabine avec irritation. Kiriglans a disparu et ne reviendra plus !

— Où avais-je la tête ! » s'exclama Tsouré, maintenant tout à fait rassurée.

Mais soudain elle se sentit affreusement seule. En recouvrant la raison, Sabine venait de congédier Kiriglans. C'était là une injustice, parce que, si la jeune fille pouvait se passer désormais de la présence du pingouin, Tsouré, elle, s'en trouvait privée. D'un geste autoritaire, elle saisit le bol; puis d'une voix ferme :

« J'ai oublié de te dire qu'après t'avoir laissée il

est venu dans ma chambre, où il dort encore. Je vais lui porter son lait. »

Liza se redressa.

« Tout ce que tu viens d'entendre est vrai. J'ai moi-même vécu à Kremantchik, peu après la mort de Sabine et de Guerschem, j'ai connu leurs petits-enfants. On y parlait encore de Kiriglans. Ce qu'il est permis de croire, c'est qu'Hémon-Kiriglans a sauvé sa fille d'un mortel désespoir et qu'il a disparu quand Sabine a retrouvé son père sous les traits de Guerschem. Mais il est resté vivant pour Tsouré, que nul ne pouvait arracher aux tristesses du veuvage. Le noir de son plumage symbolisait le deuil, les pensées funèbres; le blanc, la virginité de la jeune Sabine. Quand cette dernière aima Guerschem, le Kiriglans qui survécut dans l'imagination de Tsouré fut noir de la tête aux pattes. »

XV

« ON prétend le destin aveugle, poursuivit Liza. Moi, je le vois plutôt insensé, car, pas plus que Sabine et son Kiriglans, il n'obéit aux lois de la raison. Comment expliquer les miracles ?

Je me souviens, comme si c'était hier, d'un vendredi soir 24 décembre à Jérusalem, en des temps très anciens. Il faisait grand froid, le soleil venait de se coucher derrière les collines et les premières étoiles apparaissaient dans un ciel bleu marine. Le vieil Abraham s'apprêtait à fermer son échoppe après une journée bien remplie. Il ne comprenait pas très bien la cause de cette effervescence qui jetait les chrétiens dans les rues, les poussait dans les magasins où ils achetaient les cadeaux que leurs enfants trouveraient, le lendemain matin, devant la cheminée de la cuisine. Cette agitation l'irritait, car il aimait le calme. Certes, il savait que les chrétiens de Jérusalem, au lieu de se coucher à l'heure habituelle, veilleraient jusqu'à minuit et que les juifs cessaient toute activité pour fêter le Shabbat. Il savait aussi, car nul ne l'ignorait, qu'un enfant était né cette nuit-là, à Bethléem, et que certains hommes, ceux qu'on appelait les chrétiens, le tenaient pour le fils de Dieu. Avait-il ri, la première fois où il entendit parler de cela! Comment osait-on affirmer que l'enfant de Bethléem incarnait le Messie? Y avait-il seulement un Dieu?

Notre homme doutait de l'existence divine. Au cours de sa longue vie, il attendit en vain un signe, un signe infime, d'abord avec confiance, puis avec impatience, enfin avec une résignation qui finit par tourner à l'indifférence. Ni Dieu ni Diable : Abraham en prit d'autant plus aisément son parti que les élans mystiques ne le tourmentaient pas. « Dieu, je m'en passe, affirmait-il quand il se trouvait en veine de confidences, tout comme je me passe d'alcool, parce que l'alcool me porte à la tête. Je n'éprouve pas le besoin de voler, de boire et de prier. »

Abraham resta célibataire; une épouse, des enfants l'eussent encombré. Pas d'ami; seulement quelques relations de métier et de voisinage avec qui il lui plaisait de s'entretenir, le soir, après le travail, mais, que l'une d'elles mourût, il n'en ressentait qu'un peu de désagrément. Il se considérait comme un sage, un sage fort différent de rebbé Avram, tu l'as sans doute deviné : le rebbé se dévouait pour ses semblables et Abraham ne se consacrait qu'à lui-même. Pauvre, il devait travailler; il exerçait la profession de bourrelier, qui ne lui laissait pas beaucoup de répit. Acharné, consciencieux dans son labeur qui, hors les jours de fête, l'occupait tout le jour; le cœur s'y était endurci. A un rabbin venu, un jour, le sermonner, il rétorqua : « Votre religion, c'est un luxe qu'un homme de ma condition ne peut se permettre. » Sa seule angoisse : tomber malade, manquer de pain. Aussi économisait-il, arrondissait-il son magot. Tu connais le dicton : « Aide-toi, le Ciel t'aidera. » Abraham ne comptait que sur lui-même.

Ainsi vieillit-il au fil d'années calmes et grises. On l'avait connu coquet, plutôt joli garçon. Il devint un sexagénaire aux cheveux gris fer, à la dentition délabrée, aux mains noueuses, mais qui gardait le muscle solide et le regard perçant; il ignorait les infirmités qui accablaient beaucoup de ses anciens compagnons de jeunesse et s'en réjouissait. A ceux qui l'en félicitaient, lui demandant la recette de sa vitalité, il aurait pu répondre que l'indifférence conserve. Mais la fanfaronnade n'était pas dans son personnage.

Revenons à la veille de ce Noël. Abraham rangea ses outils, prit la clef qu'il allait tourner dans la serrure de son échoppe, vida le contenu d'une urne sur le bois qui brûlait dans l'âtre. Il s'apprêtait à souffler la chandelle, à sortir, quand il aperçut, au fond de la pièce, un homme assez jeune, à la barbe blonde, qui le regardait en silence; il eut un mouvement de surprise.

« Je croyais être seul ici, dit-il. Que fais-tu là? J'allais fermer boutique, croyant tous mes clients partis. Et puis, comment es-tu entré? Porte et fenêtre sont closes. Je ne t'ai vu ni entendu quand tu t'es glissé jusqu'à l'endroit où tu te tiens. On ne se présente pas de la sorte.

— Ne te fâche pas, Abraham, dit l'inconnu, et sache que je suis partout chez moi, tous les hommes sont mes amis. Sers-moi à boire, car je viens de faire un très, très long voyage et j'ai la gorge sèche.

— Tu es un indiscret, voyageur! s'écria Abraham, furieux. Je suis un bourrelier et non un cabaretier. Un bourrelier qui achève une rude journée. Vois ces selles, ces brides, ces sangles, tous ces harnais que j'ai préparés depuis ce matin, et cette alêne qui m'a, plus d'une fois, meurtri les doigts. Je crois avoir gagné le droit au repos et tu viens m'importuner. D'ailleurs, il n'y a pas de vin ici. C'est là une boisson d'ivrogne.

– Donne-moi donc de l'eau. Je ne demande à chacun que ce qu'il peut donner. »

Il restait un peu d'eau au fond de l'urne. De mauvaise grâce, Abraham l'offrit à l'inconnu, qui but, s'essuya la bouche et posa l'urne sur la table. Cependant, il sentait une douceur insolite attendrir son cœur; il s'éveilla à la pitié devant cet étranger au regard lumineux qui venait de se désaltérer avec une once d'eau qui aurait tenu dans le creux de la main. Il fut même gêné de s'entendre humblement remercier.

« Tu dois avoir encore soif, dit-il. Attends un instant, je vais te faire du thé. Et chauffe-toi un peu. »

Sur les cendres fumantes, Abraham jeta une brassée de bois, qu'il alluma. Puis il prépara le thé. Mais, tandis qu'il s'occupait, il entendit dans la rue un joyeux vacarme. Des chrétiens riaient et chantaient. Abraham imagina les bandes joyeuses qui parcouraient la ville et s'irrita : il eût aimé se mêler à eux, sentir un frisson d'allégresse courir sur sa peau; seule la présence du fâcheux l'en empêchait et il se renfrogna.

L'eau du thé chauffait sur le feu. Abraham alla chercher deux verres dans l'arrière-boutique. Quand le thé fut prêt, il servit son hôte, se servit lui-même et se hâta tellement de vider son gobelet qu'il se brûla. Dans la rue, les passants chantaient toujours et s'interpellaient gaiement, bien que la nuit fût froide. Mais cette veille de Noël les enfiévrait tous, même les juifs qui refusaient la religion du Christ. Tous fêtaient la joie de vivre. Le voyageur buvait lentement, les pieds vers la flamme; il semblait avoir l'intention de rester assis sur son escabeau jusqu'à ce que le bois fût consumé et la chandelle éteinte, une chandelle dont le suif fondait inutilement. Abraham, qui n'aimait pas le gaspillage, eut un geste d'impatience.

« Pourquoi es-tu si pressé? demanda le voyageur. T'apprêtais-tu à fêter le Shabbat en famille?

– Je ne fête pas plus le Shabbat que Noël, le Pourim ou le Kippour, répondit hargneusement le vieil Abraham. Rien de tout cela ne m'intéresse. Hâte-toi de boire ton thé et passe ton chemin. »

Abraham s'énervait. Cette présence, il la trouvait aussi étrange qu'importune. Il ne comprenait pas comment cet intrus avait pu entrer chez lui. Sa vue commençait-elle à baisser? Non, puisqu'il ne se trompait jamais dans ses comptes et qu'il savait toujours reconnaître la plus petite pièce de monnaie. Alors? Il s'interrogeait, ne trouvait pas de réponse et se tourmentait.

« Ainsi, fit l'étranger, tu veux que je passe mon chemin. Allons, Abraham, ne te donne pas plus méchant que tu ne l'es! Tu accepteras bien de faire quelques pas en ma compagnie! »

Pour le coup, le vieil Abraham manqua de s'emporter. Les rumeurs de la rue l'attiraient, tous ces chants, ces cris! Il aimait la foule, à condition qu'il s'y sentît seul, brassé par ces gens qui lui étaient indifférents comme une épave par la vague. Il fut donc sur le point d'envoyer au diable ce diable d'homme. Cependant, à sa surprise, il s'entendit répondre :

« Bien sûr, je t'accompagnerai, puisque tel est ton désir. »

L'inconnu posa une main sur son épaule.

« Sache, Abraham, dit-il, que je n'ai jamais douté de toi, ni de l'ensemble des hommes. Viens donc. »

Le feu agonisait. Abraham ouvrit la porte, moucha la chandelle. Les deux hommes se trouvèrent dans la rue, entre des maisons à terrasses, sous la lumière rayonnante et douce de la lune. La ville était en joie. Des bûches flambaient sur les places publiques, projetant de vives lueurs et des étincelles qui montaient haut dans le ciel. Aux carrefours, d'autres feux incendiaient la nuit. De toutes les rues, une foule joyeuse se dégorgeait. Abraham marchait gaiement auprès de son nouvel ami, la semelle de ses sandales de corde claquait sur ses talons. Ils arrivèrent à une esplanade proche des remparts où de nombreux curieux admiraient un bateleur. Accroupi près d'un tas d'immondices, un paralytique proposait des amandes en implorant la pitié.

« Achetez, achetez à un pauvre infirme ! Je n'ai rien vendu depuis ce matin ! »

Le malheureux avait beau crier, son appel désespéré n'était entendu de personne. Le vieil Abraham vit alors son compagnon s'approcher du paralytique, à qui il remit une poignée de pièces d'or. L'infirme leva les yeux sur son bienfaiteur, des yeux qui brillèrent extraordinairement dans sa face hâve et piquetée de poils grisâtres; puis il lui prit la main et la baisa en signe de reconnaissance. A peine eut-il fait ce geste, il bougea une jambe, puis l'autre, se frotta les pieds, replia ses jambes sous son corps et, d'un bond, se leva. Laissant là sa corbeille d'amandes, sans un regard pour Abraham et pour l'étranger, il s'enfuit et se perdit dans la foule en hurlant :

« Je marche ! Je marche ! »

Tout autre qu'Abraham eût été bouleversé, mais le vieux sceptique ne perdait pas son sang-froid pour si peu. Il se contenta de sourire.

« Ami, tu t'es fait duper, dit-il. Cet homme n'avait rien d'un infirme, sinon il me faut croire au miracle. Et lequel d'entre nous, ici-bas, oserait prétendre à un pouvoir miraculeux ? »

L'inconnu ne répondit pas et les deux hommes reprirent leur chemin. La ville descendait en s'incurvant avec ses toits plats, ses terrasses, ses bouquets de palmiers et, çà et là, les feux de joie dont l'éclat illuminait les pierres sombres des remparts. Abraham et son ami approchaient d'une porte de la ville, quand un tumulte s'éleva dans la foule. On fuyait, on se bousculait, on hurlait. Abraham entendit les claquements des sabots de chevaux qui résonnaient durement sur la terre sèche, puis des grincements de roues qui cahotaient d'ornière en ornière. Il y eut un remous dans la multitude des gens qui tentaient de se garer, un couloir s'ouvrit dans cette masse humaine et, à la lueur des hautes flammes, un attelage apparut, deux chevaux emballés traînant une carriole qui, à chaque foulée des bêtes en folie, semblait sur le point de se disloquer. Abraham se blottit dans l'encoignure d'une porte. Près de lui, un antique patriarche gémissait, agité par un tremblement sénile.

« N'aie pas peur », murmura Abraham.

Mais, à un geste, il comprit que cet homme ne craignait pas pour lui-même : de son bras tendu, il désigna un enfant qui était resté seul au milieu de la rue, paralysé par la peur. L'attelage se rapprochait. Son conducteur tirait de toutes ses forces sur les rênes pour tenter de maîtriser les chevaux. J'assistais à la scène et voyais l'enfant terrifié, immobile, face au bolide, voué à la mort, déjà mort... Tout se passa très vite. Le compagnon d'Abraham, l'inconnu, l'étranger, l'homme à la barbe blonde et au regard de lumière, s'élança au-devant des chevaux. Il leva un bras. Les chevaux, leur élan brisé net, se cabrèrent et s'arrêtèrent, frissonnant, l'écume à la bouche. Puis il prit l'enfant par la main et le mena à une femme qui sortit de la foule en sanglotant. C'était une toute jeune femme au visage aigu et aux longs cheveux noirs. Elle se jeta par terre aux pieds de l'inconnu pour les baiser; il la releva avec douceur.

« Il est plus facile de commander à deux chevaux qu'à l'Océan en furie, dit-il. L'animal souffre et se réjouit comme nous, alors que les éléments sont privés de sentiment. »

Puis il rejoignit le vieil Abraham. Ah! si tu l'avais vu, notre Abraham! Il trépignait d'allégresse. Le courage si calme du sauveur, sa modestie, l'expression de bonté heureuse qui éclairait son visage... Il en était bouleversé, ce cœur jusqu'alors insensible.

« Je viens d'être témoin d'un miracle! s'écria-t-il. Un miracle! Cela existe donc, les miracles! Fou que je fus en refusant d'y croire!

— Ne sais-tu qu'il y a ici-bas autant de miracles que de gouttes d'eau dans la mer? dit l'inconnu en le prenant par le bras. Viens. »

Ils marchèrent encore. Le ciel semblait un immense voile noir tendu sur la ville sacrée, un voile troué par des milliers de regards étoilés que les étincelles des brasiers tentaient en vain de rejoindre dans les profondeurs nocturnes. Les voiles blancs des femmes s'agitaient au rythme des tambourins que frappaient des musiciens de fortune.

Plus loin, ils virent un nouvel attroupement autour d'un énorme cèdre. Sur une des plus hautes branches de l'arbre, un homme criait :

« Je veux mourir! Ma femme et mes enfants m'ont abandonné. Je les hais comme je vous hais tous et je haïrais Dieu s'il existait!... Eloignez-vous avant que je saute dans le vide! Vous me dégoûtez tous, l'humanité me répugne et je préfère le suicide, le retour au néant à la honte de vivre parmi vous! »

Les curieux qui faisaient cercle au pied du cèdre refusèrent, nul ne tenant à recevoir sur sa tête le corps de l'énergumène qui poursuivait ses invectives. La plupart espéraient qu'il n'oserait sauter, mais il se trouvait quelques pervers qui attendaient le spectacle du démoralisé s'élançant à bas du cèdre et s'écrasant au sol avec un cri horrible.

« Attends-moi, dit alors l'étranger au vieil Abraham, il faut que je sauve ce malheureux. »

Aussitôt, il disparut. Abraham le chercha du regard, entendit des clameurs, vit des bras tendus vers la cime du cèdre. Il leva les yeux : l'inconnu se tenait debout sur la branche où s'agitait l'homme qui voulait mourir. Sa voix porta jusqu'à la foule qui environnait l'arbre :

« Viens. Je suis monté pour te sauver. Sache que tu n'es pas abandonné de tous. Tu n'as pas le droit de me décevoir, car je suis un homme comme toi.

– J'ai peur, dit l'autre. Le vide m'effraie et je n'aurai pas le courage de redescendre. »

L'inconnu prit la main du malheureux, et on eut l'impression qu'il s'allégeait de tout le poids de son corps. Lentement, de branche en branche, il le ramena jusqu'à terre. Là, chacun s'empressa autour de lui, l'acclamant, touchant ses habits, criant au miracle. Le désespéré retrouvait le sourire et il remerciait son sauveur.

« Qui es-tu ? Dis-moi ton nom ! »

Mais l'inconnu, se dérobant aux louanges et aux ovations, se fondit dans la foule, suivi par le vieil Abraham qui lui tenait la main. Les deux compagnons firent encore quelques pas ensemble, puis j'entendis la voix d'Abraham, celui qui jusqu'alors ne croyait à rien :

« Pardonne-moi, voici l'heure venue où je dois te quitter. Ne sommes-nous pas un vendredi soir ? Les étoiles brillent depuis longtemps dans le ciel et il me faut rentrer afin de pouvoir fêter mon premier Shabbat. »

L'étranger poursuivit seul son chemin. Il allait d'un pas ailé, un sourire heureux égayait son visage; sans doute pensait-il avoir été bien inspiré en rendant visite au vieil Abraham. Derrière lui, les feux s'éteignaient comme des torches qui achèvent de se consumer, la rue s'assombrissait. Les cloches d'une église sonnèrent, appelant les chrétiens à la messe de minuit, tandis que les juifs restés fidèles à la religion de Moïse rentraient chez eux pour célébrer le Shabbat. Dans la chambre qu'il occupait au-dessus de son échoppe, Abraham ouvrait son cœur à Dieu. L'homme inconnu, à qui les habitants de Jérusalem devaient d'avoir assisté à trois miracles, marchait toujours dans une pénombre de plus en plus solitaire. Bientôt, un nuage ayant voilé l'éclat de la lune, son corps disparut dans la nuit. On n'entendait plus que le bruit de ses pas.

Il arriva ainsi dans une venelle obscure proche des remparts. Deux silhouettes noires surgirent d'un porche.

« Ton argent ! Donne-nous ton argent ! »

L'homme sentit contre sa gorge la pointe d'un poignard. Il eut un geste pour prendre sa bourse et la remettre à ses agresseurs, un geste qu'il n'eut pas le temps d'achever, car un autre poignard le frappa en plein cœur.

Un instant plus tard, les deux assassins, à demi ivres, fêtaient leur crime devant quelques bouteilles de vin. La salle du cabaret était comble : beaucoup de ceux qui bafouaient la religion, juive ou chrétienne, s'y trouvaient rassemblés. Accoudés à la table, l'œil trouble, les compères bavardaient en ricanant.

« Elle ne pèse pas très lourd, cette bourse, dit l'un d'eux, le plus jeune, un petit maigre à la barbe en pointe. Nous la boirons sans peine d'ici le lever du jour. Un faiseur de miracles, je l'imaginais plus riche.

– Tu crois, toi, à ces miracles ? répliqua l'autre, dont le visage bouffi était marqué d'une estafilade. S'il avait été capable de faire un miracle, il ne serait pas mort. Qu'est-ce qu'il a murmuré, ce baladin, quand tu l'as poignardé ?

– Je n'ai pas très bien compris... Tiens ! Une bêtise dans ce goût-là : « Pardonnez-leur, car ils « ne savent ce qu'ils font ! »

XVI

LIZA s'était tue. Je la regardai, tâchant de deviner le mystère de ses nombreuses vies. Existait-elle vraiment ? Je crus que la vieille femme aux cheveux blancs allait soudain m'apparaître dans la beauté de sa jeunesse. Une seconde, je crus la voir ainsi, celle qui avait connu Eve et Lilith, qui avait été, au cours de divers âges, l'épouse de rebbé Avram et qui maintenant, tout en vivant là, sous mon regard, dans le crépuscule qui assombrissait cette salle de bar, marchait peut-être dans une rue de Brooklyn, voyageait dans une rame de métro ou travaillait dans un kibboutz. Incarnant la conscience de l'humanité, serait-elle condamnée à vivre jusqu'à la fin des temps ?

Comme le thé refroidissait sur notre table, je me levai au passage d'un serveur que je rejoignis en quelques enjambées.

« Donnez-nous encore du thé, dis-je, et quelques gâteaux secs. »

Je voulais retarder autant que possible l'instant où il me faudrait me séparer de Liza. Quand je me retournai pour regagner ma place, je ne la vis plus. Venait-elle de partir sans un mot d'adieu ? Cela me parut d'autant moins vraisemblable que mon tête-à-tête avec le serveur n'avait duré que quelques secondes. J'éprouvai une sensation de froid intolérable, celle que doit ressentir un enfant soudainement abandonné. Appelant le serveur qui s'éloignait, je courus vers le fond de la salle.

« Où est donc passée la vieille dame qui se trouvait avec moi ? L'avez-vous vue sortir ?

— Non.

— La connaissez-vous ? repris-je, abasourdi. Qui est-elle ?

— Probablement une touriste comme vous. C'est la première fois qu'on la voit ici. »

Dans mon désarroi, je me précipitai hors de l'hostellerie, traversai la place en courant, revins sur mes pas. Dans le jour déclinant, les mendiants restaient immobiles, debout ou accroupis, imperturbables; ils semblaient l'image même de la sagesse. Je m'adressai à l'un d'eux, vieillard édenté au regard singulièrement vif.

« La mendiante aux longs cheveux blancs qui est entrée avec moi dans l'hostellerie, au début de cet après-midi ? Tu dois te souvenir : en refusant mon aumône, elle m'a pris la main.

— Je ne sais de quelle mendiante tu veux parler. J'en connais quelques-unes, des vieilles comme celle dont tu parles, mais aucune n'est venue ici aujourd'hui.

— Une très vieille femme, vêtue d'une robe noire...

— Alors, je n'y suis plus du tout. Des mendiantes qui s'habillent en noir, rien qu'en noir, il n'y en a pas à Hara Séghira. »

J'interrogeai une vingtaine de ces indigents qui attendaient sereinement la nuit pour partir, à moins qu'ils ne se métamorphosent sur place en statues du sommeil, de la naissance des étoiles au lever du prochain jour. Tous me firent la même réponse. Un véritable affolement me gagna, je tremblais presque. En quelques pas, je fus dans la Ghriba, où les touristes se mêlaient aux fidèles.

La splendeur mystique du lieu ne m'émut pas; il me sembla qu'en fuyant le monde de la matière Liza avait emporté l'âme de la synagogue. Le rabbin priait, debout. Je vis sur son visage l'expression de gravité heureuse que j'aimais tant chez Liza; j'osai troubler sa prière.

« Rebbé, dis-je, vous devez connaître une vieille mendiante aux longs cheveux blancs, toute vêtue de noir. Elle s'appelle Liza. »

Le rebbé leva sur moi un regard étonné.

« Je ne sais de qui vous parlez. Je suis rabbin de cette synagogue depuis bientôt trente ans et je vous affirme que s'il existait une Liza mendiante à Djerba je ne pourrais l'ignorer... Vous avez l'air tout déconcerté! Non, je vous le répète, il n'y a pas de Liza ici... Vous rêvez éveillé ou vous avez pris un coup de soleil. »

Le rêve éveillé, ce n'est pas mon genre : j'ai beaucoup trop de préoccupations pour m'offrir cet agrément. Rêveur, moi! Je revins à l'hostellerie, mû par un espoir que je m'efforçai de croire raisonnable : si j'y retrouvais Liza, assise sur la banquette de cuir et attendant mon retour! Des touristes avaient envahi la salle du bar, qui parlaient fort en des langues diverses. Mais nul n'occupait la table où j'avais bu le thé avec Liza et, sur cette table, je vis nos deux verres, témoignage indiscutable, ainsi que le billet offert à la vieille mendiante, refusé, oublié. Des preuves matérielles, comme disent les experts chargés d'authentifier un miracle. Je m'approchai de la table, regardai de près ces deux verres, ce billet, je les touchai même et, me rappelant que, dans mon affolement, j'étais sorti sans payer mon dû, j'appelai le serveur.

*

Je suis resté quelques jours de plus à Djerba, à la recherche de Liza. Je visitai tous les souks, toujours conduit par le chauffeur qui m'avait amené à la Ghriba. Avait-il entendu parler de Liza la mendiante ? Je ne manquai pas de le lui demander. Il me fit une réponse négative et, comme j'insistais, me jura sur la sainte Ghriba qu'à Djerba il n'avait jamais entendu prononcer ce nom. Dans ma surprise, je ne pus m'empêcher de lui demander pourquoi, étant musulman, il jurait sur la sainte synagogue. Par dérision ?

« Certes pas, me dit-il. Il nous arrive souvent de venir prier en ce lieu, car, s'il est bon pour les juifs, pourquoi ne le serait-il pas pour nous ? »

J'ai interrogé des centaines de personnes. Je ne devais pas revoir Liza. Nul ne la connaissait. Et pourtant, je ne fus pas le jouet d'une illusion. Certains ne me croiront pas, et diront que Liza n'existe pas : je le sais mieux que personne, puisque je l'ai rencontrée...

DU MÊME AUTEUR

Chez le même éditeur :

UN SAC DE BILLES.
ANNA ET SON ORCHESTRE (Prix R.T.L. Grand Public 1975.)
BABY-FOOT.

« Composition réalisée en ordinateur par IOTA »

IMPRIMÉ EN FRANCE PAR BRODARD ET TAUPIN
7, bd Romain-Rolland - Montrouge - Usine de La Flèche.
LIBRAIRIE GÉNÉRALE FRANÇAISE - 14, rue de l'Ancienne-Comédie - Paris.
ISBN : 2 - 253 - 03305 - 7

30/5851/8